KB060255

부적 쓰는 여자

박도열
소설집

도서출판
청어

삽화 1. 독서의 맛

소슬한 바람이 불어대는 밤이면

쪽창 너머로 들려오는 대숲 소리를 듣거나,

외양간에서 들려오는 워낭소리를 들으며

108인의 영웅호걸들이 활약하는 소설의 매력에 흠뻑
빠져들었을 때,

그리고 양장본 수호지 전 5권의 마지막 장을 덮었을 때,

온몸으로 번지는 희열감은 평생토록 잊지 못한다.

삽화 2. 황순원 선생님

소설 〈소나기〉의 작가 황순원 선생님을 뵙고 싶어,

주소 한 장 달랑 들고

선생님 댁을 무작정 방문했던 스무 살 무렵.

지금 생각하면 참 무례하기 짝이 없는 행동이지만,

기특하게 여기시며 방문을 허락해 주신 선생님으로부터

선물로 받은 양장본 소설집을 오랫동안 보관했던 기억이
떠오른다.

2022년 여름에
斗月 박도열

차례

부적 쓰는 여자

새들은 황혼을 날면서도 서두름 없이 날고 있었다. 뒤쳐진 새 한 마리가 바삐 무리를 쫓고 있었다. 나는 새들이 서편 하늘로 가뭇없이 사라질 때까지 하늘을 바라보았다. 새들이 사라지고 난 후에 묘한 기분이 들었다. 슬픈 것 같기도 하고 편안해진 것도 같았다.

나직이 숨을 고르고는 붓에 힘을 주었다. 오늘은 왠지 붓끝이 가볍다. 이제 한 획만 쓰면 된다. 나는 호흡을 가다듬고 마지막 획을 길게 내리긋는다. 미세한 흔들림도 없이 붓끝이 전서체의 획을 마무리했다. 나는 황색 부적지에서 붓을 떼고 지긋이 글씨를 바라보았다. 집안에 두 마리의 용이 화목하게 깃들어 있는 모양새다. 마주 보는 획이 기울지 않고 균형을 잘 이루고 있다. 게다가 단아한 글씨와 잡귀를 물리치는 담백한 운필로 금방이라도 집안 가득 화평한 꽃 기운이 생동할 것만 같다. 나는 매우 흡족해하며 붓을 옆에 나란히 놓았다.

보통 부적(符籍)이라 함은 대개 한 해의 액(厄)을 피하거나 벽사(壁邪)와 기복(祈福)의 민간 신앙을 담고 있는 데서 유래한다. 요즘에는 현대적이며 새로운 글씨체를 통해 무병장수의 삶과 소망을 담긴 부적을 주로 찾는다. 적당한 먹의 농담과 담백한 운필. 그리고 기운 생동한 붓질과 여백 등이 조화롭게 그려진 부적을 높이 쳐 준다.

가게 진열대에 인쇄소에서 찍어낸 부적이 다발로 있지만 단골 손님들은 내가 직접 쓴 부적을 원한다. 내가 직접 써서 파는 것은 한 장에 십만 원 정도를 받는다. 부적은 누가 쓰느냐에 따라 가격이 천차만별이다. 비싼 것은 한 장에 백만 원까지 받는다는 소문도 있다. 그런 경지의 부적은 가로세로 획마다 금석기(金石氣)가 있으며, 글씨는 마치 살아서 움직이는 듯한 생동감과 다양한 서체를 넘나들며 자유로운 조형미까지 갖추고 있다. 실로 대단한 경지라고 아니 할 수 없다. 게다가 그보다 한술 더 뜬 최고 경지에 이른 부적은 완연한 획의 흐름에서 삶의 희로애락이 감지되며 파격적인 데다 변화무쌍하고 괴기스러움까지 느껴질 정도이다.

나는 부적을 일주일에 두 번 정도 쓴다. 부적을 쓰는 날은 보통 손 없는 날을 잡는다. 부적을 쓸 때는 신령한 공력이 배어야 하기 때문이다. 그런 날은 일찍 일어나 목욕재계를 하고 동쪽을 향하여 정화수를 올린다. 그리고 향을 사른 후 무릎을 꿇고 주문한 손님들의 소망을 염원하며 기도를 올린 뒤 경건하게 붓을 든다.

나는 진열장 겸 책상으로 쓰는 계산대에 앉아 방금 쓴 부적을 물끄러미 바라보았다. 황색종이 위에 마르지 않는 붉은 글씨가 물기로 번들거렸다. 부적지로 사용하는 종이는 홰나무로 만든 괴황지다. 크기는 가로 10센티 세로 15센티 정도다. 붉은 먹물은 흔한 물감이 아니라 경면주사

(鏡面朱砂)라고 하는 특별한 안료이다. 그것의 원료는 붉은 색을 띠는 광석에서 채굴한다. 원료를 작은 용기에 넣고 절구공이로 곱게 빻아서 미세한 가루로 만든다. 그리고 부적유(符籍油)로는 참기름이나 백설탕을 녹인 액체를 가루와 섞으면 부적 특유의 붉은 색깔과 특유의 향을 풍기는데 이것을 경면주사라 한다.

　나는 고개를 들고 가게 안을 천천히 둘러봤다. 벽시계는 한가한 오전을 가리키고 있다. 가게 중앙에는 활활 타는 전기난로가 썰렁한 가게 안을 따뜻하게 데워주고 있다. 아담한 공간에는 무속인들에게 필요한 각종 제의 용품들이 진열되어 있다. 맞은편 붙박이 진열장에는 망자들의 넋을 달래줄 영가 옷이 촘촘히 쌓여있고, 그 옆에는 무속인들이 굿할 때 쓰는 무신도 대신방울 오방기 장군칼 향로 장구 꽹과리 북 등 무구가 가지런히 놓여 있으며, 등 뒤로는 기도할 때 쓰는 등초 무지개초와 목향 금난향 궁연향 등 각종 향과 초가 칸칸마다 들어있다.

　다시 고개를 들고 실내에 놓인 간이 탁자 위로 시선을 옮긴다. 그것은 장판을 씌운 자그마한 작업용 탁자다. 무속인들이 필요한 물건들을 골라 탁자에 놓으면 그것들을 큰 보자기로 싸서 묶는 곳이다. 그들이 한 번씩 가게에 들러 굿판에 쓸 제의 용품을 고르면 보통 서너 보따리가 넘을 때도 있다. 흔히 사람들은 무속인. 하면 무당이라 하여

천시하는데 정작 그들의 신심은 대단하다. 그들은 과거 현재 미래를 꿰뚫어 보는 신령님을 섬긴다. 신령님을 무가에서는 보통 몸주라 부르는데, 그들은 몸주와 교감하는 능력을 지닌 영매자(靈媒者)이기 때문이다.

　잠시 창밖으로 눈길을 부렸다. 하늘이 점차 흐려지는가 싶더니 진눈깨비가 풀풀 날리기 시작했다. 저만치서 팔짱을 낀 연인이 까르르 웃으며 정답게 걸어왔다. 세련된 차림에 잘 어울리는 커플이다. 두 사람의 어깨엔 얼음 가루가 묻은 스케이트화가 대롱대롱 매달려 있다. 어디 스케이트장에라도 다녀오는 모양이었다. 언뜻 부러운 생각도 들었다.

　눈길을 당겨 부적을 봤다. 부적이 거의 다 말라 있었다. 부적을 조심히 집어서 서랍장에 넣었다. 지금은 명절 전이어서 손님이 뜸한 편이다. 설이 지나면 한해의 액땜이나 복을 바라는 부적 주문이 들어오고 굿판도 자주 열릴 것이다. 내가 부적을 쓰게 된 것은 손님들 때문이다. 부적을 찾는 손님마다 직접 손으로 쓴 걸 원하기에 오빠를 통해 부적 쓰는 법을 배웠다. 처음엔 한 장 두 장 팔리던 것이 지금은 소문이 좋게 돌아 단골로 내 부적을 사가는 손님들이 제법 있다. 유리문에 매달린 종소리가 쨍그렁, 하고 울렸다. 출입문 쪽을 보았다. 조금 전에 팔짱을 끼고 다정하게 걸어가던 연인들이었다. 나는 방긋 웃으며 손님을 맞이했다.

—어서 오세요.

—언니, 우리가요, 만난 지 꼭 백 일째거든요. 그래서 부적처럼 간직할 수 있는 기념품을 찾는데, 어떤 게 있어요?

—그러세요? 축하드려요.

나는 현대적으로 고안된 액세서리 부적 용품이 걸려 있는 매대로 그들을 안내했다. 진열대에는 갖가지 액세서리 부적 용품들이 걸려 있었다. 그들은 이것저것 가늠해보다 그중 하나를 골랐다.

—언니, 이걸로 할게요.

그들이 고른 것은 나비 문양의 매듭 핸드폰 줄이다. 날개 사이에 태극 문양이 그려져 있고 그 위에 옴(梵어)자가 새겨져 있다. 옴이란 길상의 뜻을 지닌다. 전통 문양인 나비 그림에 상감기법을 적용한 앙증맞은 부적이다.

—나비 문양이네요. 나비는 기쁨과 행복 그리고 아름다움을 상징한대요. 게다가 사이좋은 연인이나 금실 좋은 부부를 상징하기도 하구요.

—그래요? 그럼 우리가 잘 고른 거네요, 호호.

풋풋한 연인들이 싱그러운 웃음을 떨어뜨려 놓고 나가자 마음 한곳이 공허해졌다. 나는 콤팩디스크를 켰다. 오카리나의 잔잔한 소리가 가게 안을 흘렀다. 혼자 있을 때면 자주 듣는 음악이다. 나는 눈을 감고 향기로운 소리에 잠겨 들었다. 짙고 푸른 숲이 보이고 맑은 계곡물 소리와 바람 소리. 그리고 가난한 저녁을 먹고 달빛 맑은 산중에서 도란도란 자연과 대화하는 소리. 때로는 별빛 아래에 앉은 외로운 목동의 피리 소리 마냥 멜로디가 귓가에 들려왔다.

주전자에 물을 끓여서 찻잔에 부었다. 계산대에 앉아 한 모금 들이키고 다시 창밖을 내다봤다. 눈발이 제법 굵어져서 분분히 날리고 있었다. 집안일 외엔 다른 일이라곤 전혀 해 본 적 없던 내가 10년 전에 불교용품점을 차리게 된 까닭은 불의의 화재 때문이다. 그 화재로 인해 남편은 세상을 떴다. 남편을 빼앗아간 그 화마의 기억은 여전히 내 기억 속에 악몽으로 자리 잡고 있다. 어쩌면 내 마음 어느 한켠에는 여전히 남편과의 마지막 순간이 스냅사진처럼 뚜렷하게 찍혀있을 것이다. 그래서인지 가끔 남편이 내 곁에 존재하는 듯 그의 부재를 인지하지 못하는 환영에 사로잡히기도 했다.

남편을 빼앗아가 버린 그 악몽의 기억이 스르르 떠올랐다. 그날도 평소와 다름없는 아침이었다. 자동차 딜러였던 남편은 여느 날처럼 출근 준비를 했다. 새로 다려놓은 하얀 와이셔츠에 내가 생일 선물로 사 준 넥타이를 맸다.

그러고는 셋집 빌라 이 층 계단을 바쁘게 내려갔다. 부지런함이 몸에 밴 남편은 남보다 항상 먼저 출근을 했다. 또한 가장의 책임감 때문인지 주어진 시간을 허투루 보내는 걸 본 적이 없었다. 그런 성실함 때문인지 남편은 동기들보다도 먼저 승진하는 기쁨도 누리기도 했다.

잠시 뒤 남편이 투덜거리며 다시 계단을 올라왔다. 자가용 바퀴가 펑크 났다고 했다. 아무래도 전철역까지는 버스를 타고 가야 할 것 같다고 했다. 날씨가 풀렸다지만 아침저녁으로는 쌀쌀한 날씨여서 나는 남편에게 외투를 한 겹 더 입혀주며 잘 다녀와요,라고 하며 생긋 웃음을 지어보였다. 잘 다녀와요,라고. 그리고 아이를 유치원에 등원시킨 후에 청소를 하며 TV를 켜는데, 뉴스 속보가 자막으로 떴다. 오전 9시 경 OO역 전철 내에서 60대 남성이 플라스틱 통에 든 휘발유에 불을 붙인 뒤 객실 내에 던져 차량 내부를 완전히 전소시켰다는 뉴스였다.

뉴스 자막을 보는 순간 가슴이 철렁 내려앉았다. OO역은 남편이 종종 전철을 타고 회사에 출근할 때 이용하는 전철역이었다. 나는 떨리는 마음을 진정시키고는 범인의 방화시간과 남편의 출근 시간을 되짚어보았다. 9시 경이면 남편은 이미 회사에 출근해서 근무를 하고 있을 시간이다. 남편은 보통 회사에 한 시간 정도 일찍 출근하기 때문에 화마를 당하지는 않았을 것이다. 나는 가슴을 쓸어내리면서도 한편으로는 남편의 직업상 외근이 잦은 업무여서 조금은 걱정이 되었다. 그의 휴대폰에 전화를 해 보았다. 그런데 전화를 받을 수 없다는 음성만 줄곧 들려왔다. 회사에 전화를 걸었다. 계속 통화 중이더니 겨우 연결이 되었다. 저쪽에서 잠시 침묵이 흘렀다.

그러더니 '사모님, 너무 놀라지 마십시오. 김 과장님이 9시 경에 ○○역 방향으로 외근을 나갔다고 합니다. 저희도 지금 연락이 안 돼…' 나는 저쪽 말이 채 끝나기도 전에 휴대폰을 떨어뜨리고 말았다. 수많은 사상자를 낸 전철 화재는 내 운명을 완전히 뒤바꿔놓았다. 남편의 시신은 화염 속으로 사라져 끝내 찾을 수 없었다. 나는 너무나 큰 충격에 오열과 통곡을 하며 까무러치기를 반복했다. 그날 이후 나는 한동안 빙의 상태로 현실과 비현실 사이를 수없이 오가며 넋을 놓고 살았다. 살아도 산 게 아닌 그저 숨만 쉬고 있을 뿐이었다.

남편은 꿈속이든 현실이든 가릴 것 없이 언제든지 내 앞에 나타났다 사라졌다. 우리가 연애할 때 서로 손을 꼭 부여잡고 마음 졸이며 봤던 〈사랑과 영혼〉이라는 영화가 문득 떠올랐다. 예기치 못한 불의의 사고로 목숨을 잃은 한 남자의 지고지순한 사랑. 사랑하는 남자를 잃고 슬픔에 잠긴 한 여자와 그런 여자를 두고 이승을 떠나지 못한 한 남자의 애틋한 사랑을 그린 감동적인 영화였다. 우린 영화가 끝날 때까지 눈물을 글썽이며 가슴 저릿하게 관람했었다.

그런데 그 영화가 몇 년 후 내 얘기가 될 줄은 꿈에도 몰랐다. 남편을 잃은 그 도시에서 더 이상 살 수 없었다. 내가 어느 정도 사고의 후유증에서 벗어나고 정신적인 안정을 되찾을 무렵. 친오빠의 도움으로 수원에 정착한 뒤 '종로불교사'라는 가게를 열었다. 친오빠는 오래전부터 이곳에서 불교용품점을 운영하고 있었다. 가게를 연 후로 나는 남편을 가슴 깊이 묻어두고 살아왔다. 행여 힘든 일이 생기면 나 자신이 나약해질까 두려워서 일부러 강해지려고 노력했다.

창밖에는 여전히 하얀 눈이 소복이 내리고 있었다. 가게 앞에 서 있는 남천나무에도 조용히 눈이 쌓여갔다. 붉게 물든 채로 말라버린 남천나무 이파리들은 가을이 지나고 겨울이 되어도 떨어지지 않고 나무에 꼭 붙어있다. 나는 시선을 당겨 계산대 끝에 놓인 모래시계를 발견했다. 유리로 된 호리병 모양의 입구가 위아래로 마주 보게 붙어있다. 그 안에는 보라색 모래 알갱이가 들어있다. 모래시계를 거꾸로 세우자 보라색 모래 알갱이가 주르륵 쏟아져 내렸다. 마치 시간이 거꾸로 흐르듯 모래 알갱이들이 시간을 거슬러 쌓인다.

모래시계를 물끄러미 응시하다 보니 남편을 떠나보낸

지 5년쯤 후에 문득 내 앞에 나타난 한 남자가 떠올랐다. 평소 친한 언니의 소개로 알게 된 남자다. 언젠가 그 남자와 애들이랑 커다란 모래시계가 있는 바닷가에 놀러 갔다가 사 온 기념품이다. 피차 서로 미워해서 헤어진 게 아니어서 추억이 깃든 모래시계를 굳이 버리지 않고 남겨두었다.

초혼일 때는 두려움보다는 설렘이 더 크고, 재혼일 경우에는 설렘보다는 두려움이 더 크다.라고 어느 심리학자가 말했던가. 만약 다시 그때로 되돌아간다면 나는 어떤 선택을 하게 될까. 한 남자를 만나 새로운 인생을 시작하게 될까. 아니면 아이들의 의견을 따라 지금처럼 혼자의 삶을 선택하게 될까. 지혜롭게 사랑하고 냉정하게 판단하라. 가장 중요한 것은 당신의 행복이다, 라는 명제를 어느 책에선가 읽었지만, 나는 여전히 내 운명에 대해서 확신이 서지 않는다. 운명이라는 것이 정해져 있는 것일까. 아니면 바꾸기 나름일까. 여전히 나는 홀로서기라는 무거운 숙제 앞에 주눅이 들곤 한다.

그 남자는 시를 쓰는 시인이라고 했다. 비록 가진 것은 없지만 은혜 씨를 향한 사랑만큼은 누구보다도 열정적이라고 힘주어 말했다. 자신도 몇 년 전 이혼이라는 아픈 상처를 가지고 있다고 했다. 수수하고 세상의 때가 묻지 않은 그의 첫인상에 호감이 갔다. 그 남자가 싫지는 않았다.

아니. 그 남자가 나를 사랑하는 만큼이나 나도 그를 좋아하게 되었다. 우리는 결혼을 전제로 종종 만남을 가졌다. 남자가 모 문예공모전에서 상을 받았을 때. 나는 누구보다도 기뻐했고 축하를 건넸다.

그날 밤 우리는 수상의 흥분을 감추지 못한 채 격렬하고도 뜨거운 사랑으로 피날레를 장식했다. 그리고 며칠 후 나는 사랑의 증표로 남자에게 새 자동차를 선물했다. 자동차 키를 받아든 남자는 감격하며 자신은 여태까지 한번도 자동차를 소유해 본 적이 없다고 말했다.

하지만 서로 사랑한다고 다 결혼하는 건 아닌 것 같았다. 신은 인간에게 그렇게 호락호락 않다는 걸 알았다. 초등학교에 다니는 딸은 그 남자에게 매우 호의적인 데 반해 유치원에 다니는 아들은 은근히 적의를 품고 있는 듯했다. 아마도 엄마를 너무 사랑해서 어쩌면 낯선 남자에게 엄마를 빼앗길지도 모른다는 불안한 심리가 깔려있는 것 같았다. 그런 심리가 은연중에 나타난 날이 있었다.

한번은 다 같이 어느 공원에 나들이 가는 중이었다. 그날따라 비를 뿌렸는데 자꾸 앞 유리창에 성에가 끼면서 뿌예졌다. 아직 새 차에 적응하지 못한 남자는 어떻게 성에를 제거하는지를 몰라서 무척 당황해했다. 그 와중에 뒷좌석에 탔던 아들이 괜히 심통을 부렸다. 남자는 차량 조작법을 몰라 당황하던 터라 아들을 향해 버럭 소리를 지르며 화풀이를 했다. 그 순간 왠지 모를 불안감이 머리를 스쳤다. 과연 내가 저 남자를 선택한 것이 잘한 일일까. 하는 의문이 문득 들기도 했다.

내가 가끔씩 남자를 만나는 동인 유독 예민해진 아들이 은근히 속을 끓였다. 어느 날은 밥을 먹지도 않고 짜증을 부리는가 하면 예전에 안 하던 심술을 부리기도 했다. 그런 아들이 한편으로는 안 되어서 하루는 잠들기 전 나란히 누워서 대화를 나눴다.

―엄마, 그 아저씨랑 함께 사는 거야?

―왜? 그러면 안 돼?

―나, 그 아저씨 싫어. 나는 엄마랑 오래오래 살 거야. 엄마. 그 아저씨랑 살지 마. 알았지?

나는 가슴이 먹먹해지며 뭔가 설움 같은 게 울컥 치밀어서 어느새 눈물이 그렁그렁해졌다.

―엄마는, 아무하고도 안 살아. 우리 아들하고만 살 거야.

나는 아들을 꼭 껴안아 주었다. 아들은 그제서야 안심이 되는지 내 품에서 쌔근쌔근 잠이 들었다.

그리고 며칠 후 기어코 사단이 나고 말았다. 한날은 잠시 놀러왔던 남자는 내가 잠시 자리를 비운 틈에 거실에서 깜박 낮잠에 들었던 모양이었다. 그때 밖에서 들어온 아들이 그걸 보고는 안 그래도 꼴보기 싫었던 터라 마침 잠자고 있던 남자의 머리통을 냅다 발로 밟아버렸다. 남자는 마른하늘에 날벼락 치듯 너무 황당하고 화가 났다고 했다. 어찌 생각하면 순수한 아이로서는 지극히 본능적인 행동이었지만, 사랑하는 엄마를 빼앗아가는 남자가 오죽 미웠으면 그랬겠는가, 싶기도 했다. 남자는 어린아이의 돌발적인 행동에 무척이나 당황하기도 하고 실망해서는 그날 이후로 발길도 뜸하다가 자동차를 돌려주는 것으로 관계를 정리했다.

그렇게 그 남자와 사이가 멀어지고 나니 다시 예전처럼 되돌리기는 쉽지가 않았다. 아마도 남자도 자신의 혈육이 아닌 두 아이를 감당하며 어찌 살아갈 수 있을지 고민도 많이 했을 것이다. 그 후로 그 남자와는 가끔씩 안부를 묻는 친구 사이로 남기로 했다. 최근에 그 남자로부터 시집이 배달되었다. 등단 후 출간한 첫 시집이라고 했다. 나는 가만히 그의 시집을 펼쳐들었다.

모래시계의 모래 알갱이들이 거의 다 흘러내릴 때쯤 유리문에 달린 방울 소리를 짤랑거리며 누군가 가게 안으로 들어섰다. 고개를 돌려보니 천궁보살이다. 보살은 올해 쉰 줄로 머리가 벌써 반백이다. 생머리를 뒤로 빗어 넘겨 쪽을 쪘다. 굿이 있는 날이면 가게에는 가끔씩 들렀다. 그는 늘 피곤한 기색으로 입을 꾹 다물고 있다. 가격을 흥정할 때도 고갯짓으로 거의 다 하곤 했다. 무슨 사연이 있는

지 쉽게 속내를 보인 적이 없다. 어쩔 수 없이 말해야 될 때도 필요한 말이 끝나면 도로 입이 닫힌다. 나는 예의 밝은 표정으로 인사말을 건넸다.

　―보살님, 오랜만에 오셨네요.

　―…

　―차 한 잔 드릴까요?

　보살은 깊은 한숨을 내쉬며 고개를 끄덕였다. 그러고는 탁자에 앉았다. 그날따라 보살은 더욱 초췌하고 피곤해 보였다. 나는 차를 타서 보살에게 건네고 곁에 앉았다. 볼륨을 줄인 오카리나 소리가 가게 안을 잔잔히 흐르고 있다. 보살은 김이 모락모락 나는 차를 입에 댔다가 뗐다.

　―부적이나 한 장 받을까 하고…

　―부적이라면 보살님도 쓸 수 있지 않아요?

　사실 웬만한 무속인들에게 부적은 필수여서 대개가 다 직접 써서 판다. 그런데 뜬금없이 그저 어깨너머로 배운 내게 부적을 써 달라니. 나는 도무지 갈피를 잡을 수가 없었다. 오히려 부적이라면 신통력이 있는 무속인들의 부적을 더 높이 치기 때문이다. 무속인 중에도 세습무인 숙무와 신내림을 받은 강신무가 있는데, 특히 강신무의 부적이 더 영험하다 하여 부르는 게 값이다. 천궁보살도 내 짐작으론 강신무(降神巫)임에 틀림없다. 일전에 어느 손님이 천궁보살한테 부적을 받은 거라면서 쓴 지 오래된 부적을 보여 준 적이 있었다. 흔히 보는 부적이 아니라 자동 기술된 검은색 글씨였다.

―나, 부적 안 쓰네.

―아니, 부적을 안 쓰다니요?

―…

―아무렴, 제가 쓴 부적보다야 보살님이 쓴 부적이 훨씬 더 영험하지 않아요.

―영험은 무슨… 우리 집 영감이 엊그제 죽었네. 그래서 저승 가는 길에 마지막으로 부적 보시나 하려고.

―그렇다면 영감님을 위해서 더욱 부적을 쓰셔야죠.

―급살 맞을 냥반…

보살은 쾡하게 들어간 눈언저리를 비비며 물기를 닦았다. 나이에 비해 훨씬 늙어 보였다. 그동안 마음고생도 어지간히 한 것 같아서 측은한 생각마저 들었다. 남편과 살아오면서 미운 정 고운 정이 들었을 보살의 심정을 어느 정도 헤아릴 것 같다. 어쩌면 보살의 마음이 시린 하늘에 떠 있는 조각달처럼 한없이 쓸쓸하리라. 남편이 떠난 이후에 내게 하늘을 바라보는 버릇이 생겼다. 길을 걷다가도 물끄러미 하늘을 바라보면 마치 남편이 손짓하는 듯한 환영. 꿈속을 찾아온 남편과 행복한 시간을 보내다 눈을 뜨면 문득 혼자란 생각에 하염없이 베개를 적시던 눈물. 내 안에 간직된 남편이라는 슬픈 단어. 신의 시샘을 받은 것일까. 남편은 그렇게 일찍 세상을 떠나려고 내게 많은 사랑을 안겨주었는지도. 부모의 반대에 부딪혀 힘들게 결혼한 만큼 남편은 나를 더욱 아껴주었지. 그런 남편의 따뜻한 품에서 나는 온실 식물처럼 살았다. 쉬는 날이면 나를 데리고 드라이브하는 게 취미인 듯, 바다로 가서 개펄을 파헤치거나 산을 오르기도 했다.

한 번은 산을 오르다 토끼풀이 수북이 우거져 있는 걸 발견하고는 누가 먼저랄 것도 없이 네잎클로버를 찾기로 했다. 먼저 내가 한 잎을 찾자 남편도 곧이어 찾았다. 그러고는 네잎클로버가 잇따라 발견되었다. 남편이 행복한 표정을 지으며, 우리에게 행운이 줄줄이 오려나 보다! 함박웃음을 지으며 행복했던 시간들. 남편은 발견한 네잎클로버를 행운의 부적이라며 책갈피에 소중히 끼워 두었다.

실내를 흐르던 오카리나 멜로디가 다음 곡으로 이어지고 있다. 나는 차를 한 모금 마시고 보살을 향해 조심히 입을 열었다.

―영감님이 생전에 보살님한테 잘못한 게 많으신가 보네요?

―웬수도 그런 웬수가 없지. 불쌍하기도 하고…

목이 타는 듯 보살은 손에 든 찻잔을 입에 가져가 길게 들이키고 한숨을 내쉬었다. 윤기를 잃은 반백의 머리가 빗질을 자주 하지 않아서 부스스 일어나 있다. 대체 무슨 사연이 있기에 보살이 부적을 쓰지 않을까. 보통 무속인들은 굿이 없을 때는 사주를 봐주거나 부적을 써서 생업을 이어간다. 더러는 식당이나 상점을 하기도 하지만. 보살은 찻잔에서 입을 떼고 헛기침을 한 뒤에 목청을 다듬었다.

　—우리 집 냥반이 젊었을 적부터 내 속께나 썩였지. 아들을 하나 낳고 둘째를 가지려는데 어떤 영문인지 들어서지가 않더구면. 그래서 외아들을 금쪽같이 여기며 키웠네. 그런데 원래 난봉기질이 있던 냥반이 슬슬 바람을 피우더란 말일세. 그래서 바람기를 잡으려고 점쟁이 집에 가서 부부 금슬이 좋아지는 애정 부적을 샀네. 부적은 양과 음이 조화를 이루어야 효험이 있잖은가. 그래서 두 장을 받아서는 한 장은 꼭 접어서 영감 바지춤에 몰래 숨겨 놓고 또 한 장은 베개 속에 넣었지. 그런데 부적이 효험이 없는지 이 냥반의 바람기는 갈수록 심해지더구면. 그래서 다음번엔 용한 점쟁이를 찾아가서 비방을 물어봤네. 남편 바람기를 잠재우는 데는 여우 자궁만큼 좋은 부적이 없다는 거야. 그래서 요새 살아있는 여우도 보기 힘든데 어디서 여우 자궁을 구하냐니까. 다 구하는 수가 있다며 알려주데. 중국을 드나드는 보따리 상인들이 몰래 사 가지고 들어온다는구면. 그래서 얻기 힘든 여우 자궁을 하나 얻

24

지 않았겠나. 그러고는 그것을 내 속옷에 몰래 숨기고 있었지. 그러고 한 며칠 지나니까 아닌 게 아니라 이 냥반의 바람기가 수그러들더란 말일세. 집에도 꼬박 들어오고 사업차 출장 간다는 핑계도 줄어들고 말이지. 그게 정말 효험이 있어서 그런 건지 어쩐지는 모르겠지만 암튼 바람기는 없어졌네.

　─아휴, 보살님. 사내들은 젊을 적에 한 번씩 다 바람을 피운다잖아요.

　남편에게도 그와 비슷한 일이 한 번 있었다. 한번은 빨래를 하려고 남편 바지주머니를 뒤지는데 쪽지가 하나 나왔다. 업무적인 메모 같기도 하고 어떻게 보면 아닌 것도 같고. 암튼 머리가 혼란스러웠다. 나를 혼란스럽게 했던 건 메모 내용이 아니라 글이 적힌 메모지였다. 그것은 일상적인 메모지가 아니고 하트 그림이 그려진 종이였다.

　저녁에 퇴근하자 대뜸 당신, 어디 숨겨놓은 여자 있어요? 하고 물었다. 남편은 뜨악한 눈빛을 하다가 이내 웃으며, 당연히 있지. 여기 당신, 하고는 얼버무리는 느낌이었다. 나는 아무래도 남편이 뭔가 숨긴다 싶어 감추고 있던 메모지를 얼굴에 디밀었다. 메모지를 본 남편은 큼큼, 헛기침을 하더니 아, 그거! 하면서 고백을 했다. 며칠 전 출장길에 우연히 결혼 전 사귀었던 여자를 만났다고. 그리고 함께 차를 마시고 헤어질 때 여자가 남편에게 메모지를 건네준 거라고. 나는 남편에게 이딴 메모지를 받지 말라며 못을 박고는 씩씩댔던 기억이 났다.

보살은 눈이 약간 침침한 듯 눈을 한번 비비고는 창밖으로 시선을 일별했다. 어젯밤에 잠을 옳게 못 잤는지 눈동자도 붉게 번져있었다. 찻잔에 남은 차를 마저 입에 붓고는,

─그것뿐이면 말을 안 하지. 이 냥반의 바람기도 좀 잠잠해지고 사업에 열심이다. 싶었는데 덜컥 부도가 나버렸네. 게다가 엎친 데 덮친 격으로 집 앞으로 열차가 지나다니는데, 철로에서 놀고 있던 외동아들이 열차에 치여 죽었어. 부도난 이후로 이 냥반은 도망다니느라 기별도 없고, 외아들은 죽고. 나는 실성하다시피 해서 사는 걸 작파했지. 그러다가 종종 부적을 받으러 드나들던 무당을 찾아가서 죽은 아들 넋이나 달래주려고 굿을 부탁했어. 그리고 굿판이 한창 열리고 연신 비나리를 하는데 천궁에서 온 신령(神靈)이 그예 턱 하니 내 몸주로 들어와 버렸다네. 그때가 아마 20여 년 전이었지.

물끄러미 얘기를 듣고 있는 내 마음도 덩달아 숙연해졌다. 늘 입을 닫고 살아가는 보살의 마음을 조금은 이해할 것 같다. 게다가 가게에 올 때마다 늘 추레한 옷차림. 영

감님의 행방불명과 외동아들의 불의의 사고. 아마 보살은 죄인의 마음으로 살아가고 있는 것 같다. 소중한 자식을 잃고 녹록지 않은 세월을 살아온 저 앙상한 가슴에는 얼마나 깊은 한을 담고 있을까. 부모가 죽으면 산에다 묻고 자식이 죽으면 가슴에 묻는다는데, 생때같은 아들을 잃은 어미의 슬픔을 그 무엇에 비할 수 있겠는가. 살아있는 날이 어쩌면 죽는 일보다 못한 형벌의 삶이리라. 내 삶이란 것도. 남편이 남기고 간 흔적을 매일 마주쳐야 하는 슬픈 날들. 아침이면 눈물로 흥건히 젖어있는 베개를 안고 또 흐느껴야 하는 텅 빈 시간. 남편이 여느 날처럼 일찍 일어나는 습관처럼, 불쑥 화장실에서 나올 것만 같은 착각에 물끄러미 화장실 문을 응시하기도 했다.

　다른 남편들은 반찬 타박도 잘한다는데, 어떻게 된 건지 음식솜씨도 별로인 내가 밥상을 차려주면 꾸역꾸역 군소리 없이 잘도 먹었다. 한번은 그 모습이 귀여워서, 그때는 정말 남편이 귀엽게 보여서, 일부러 맵고 짜게 국을 끓였더니 내 입맛이 변했나, 하며 고개를 갸웃거리던 남편이다. 남편과 사내 결혼한 내가 잠깐 직장 생활한 것 말고는 결혼한 이후 줄곧 살림만 했다. 아침에 눈을 뜨고서도 멍하니 창밖을 바라보다. 남편 출근 준비를 해야 하는데, 하며 문득문득 며칠 전의 아침으로 돌아가기도 했다. 침울한 아이들을 달래 학교에 보내 놓고 힘없이 앉아 남편

의 체취가 밴 가구들을 만져보다 울컥 슬픔이 복받쳐오기
도 했다.

가난한 우리는 소박한 결혼식을 하고 비용을 줄이기 위
해 신혼여행을 설악산으로 갔다. 마침 눈이 내려 산길이
하얗게 덮여 있었다. 등산로에 사람들이 아무도 없을 때
나를 덜렁 업고 가면서 내 와이프가 보기보다 무겁네, 하
며 놀려댔었지. 엊그제 남편의 쉰 번째 생일날, 생일상에
밥과 미역국을 떠 놓고 그의 부재에 난 또 얼마나 흐느꼈
던가. 남편은 결혼하고 십 년간 내 곁에 머무르다 떠났
다. 그리고 홀로 견뎌온 십 년의 시간. 그 시간 동안 가끔
씩 모든 게 허무하게 다가올 때가 있다. 살아있으면서 이
렇듯 무감각하게 세상을 응시하는 지금의 나. 어떤 날은
일이 손에 안 잡혀 매사에 흐느적거리다 하루해를 넘기기
도. 그럴 때면 거울을 들고 또 다른 나를 뚫어져라 쳐다
봤다. 마치 깨진 거울 조각 속에 내 얼굴이 들어있는 것처
럼. 그 안에 조각난 얼굴이 슬픈 눈으로 나를 지그시 건너
보았다.

언젠가 남편과 함께 동해 바닷가로 드라이브 갔던 날,
처연한 장면을 봤다. 국도 한복판에 커다란 개 한 마리가
죽어있었다. 차량들이 쌩쌩 달리며 일으키는 바람에 하

얀 털이 날리고 있었다. 만지면 아직은 따뜻한 온기가 남아있을 것 같은 들개의 주검. 나는 문득 죽어있는 들개의 몸을 만져보고 싶은 충동이 일었다. 그 순간 내 손끝을 타고 오는 끔찍한 소름과 시체의 온기가 동시에 전해져 온 것 같아 몸을 가늘게 떨며 움츠렸다. 사체를 미처 발견하지 못한 차량들이 들개의 몸을 타고 넘어갔다. 그럴 때마다 죽은 들개의 머리가 들썩거렸다. 죽기 전까지도 한 발만 더 뛰면 바퀴에 치여 죽는다는 것을 모른 채 앞으로만 달렸을 미련한 짐승. 어쩌면 내 삶도 길 위에 죽어있는 그 미련한 짐승과 다를 게 없다는 생각이 들었다. 한 치 앞도 내다볼 수 없는 미욱한 존재. 어느 순간 내 앞에 깊은 슬픔이 기다리고 있는 줄도 모른 채 달려오지 않았던가.

남편이 책갈피에 끼워놓은 네잎클로버의 행운이 늘 우리에게 행복을 가져다주리라 여기듯. 슬픔과 행복은 야누스의 얼굴처럼 둘이 아님을, 남편을 잃고서야 가슴이 저리도록 와 닿았다. 전철 화재사건 뒤 처참한 내 심정은 길에서 죽은 개의 사체 같았다. 개의 몸뚱이 위로 차바퀴가 수없이 지나다 보면 나중에는 털가죽만 남듯. 남편을 잃고 한동안 방황한 내 삶은 생명을 잃은 털가죽이나 다름없었다.

남편이 바닷가 큰 바위에 서서, 우리도 여기 온 기념으로 글을 새겨두자고 했을 때, 나는 다른 사람들이 보면 싫어할 텐데. 하며 말렸다. 그러나 남편은, 옛날 선사시대에 바위에 그렸던 암각화라는 것도 일종의 행운을 비는 부적이래. 그때 사람들도 바위에 그림을 새기며 풍요를 빌었을 거야. 그리고 바위에 새긴 동물마다 상징하는 그들의 소망도 깃들어 있는 거래. 하고는 주위를 두리번거리다 마침 색깔이 나는 작은 돌멩이를 찾아서는 글을 새기기 시작했다. 우리 가정에 사랑과 행복이 가득 넘치기를. 현우와 은혜 다녀감. 글을 다 쓰고 난 남편의 환하게 웃는 표정이 선명하게 떠올랐다.

아이들과 함께 힘든 삶을 살아가야 하는 많은 시간. 어느 순간 남편이 아주 가까운 곳에서 아이들과 나를 지켜보리라는 느낌이 불현듯 들 때도 있다. 언뜻 등 뒤에서 누군가 지켜보고 있다는 시선. 얼핏 뒤돌아보면 무료한 정물 풍경만이 헛헛한 가슴으로 밀려들던 상실감에 몸을 떨기도. 아이들은 아빠와 함께할 시간이 많지 않다는 것을 예감이라도 한 듯이 유독 아빠를 잘 따랐다. 퇴근한 남편과 아이들이 한데 어울려 장난을 치거나 할 때면 은근히 질투가 생길 정도였으니까. 짧은 시간 동안 남편은 나와 아이들에게 사랑을 듬뿍 안겨주고 떠난 것 같다. 평생 나누어 줄 사랑을 한꺼번에 다 주고 가려는 것처럼.

시난고난한 삶을 살아온 보살은 나이에 비해 주름도 많이 잡혀 있었다. 그 모진 세월을 저 보살은 어떻게 견디며 살아왔을까. 보살은 눈언저리로 흘러내린 몇 올의 머리카락을 갈퀴 같은 손으로 쓸어 올리더니,

─그렇게 집안 폭삭 망하고 팔자에도 없는 무당이 되었지. 사는 게 힘들 때는 한 많은 이 세상과 연을 끊으려고 골백번도 마음먹었지. 그래도 개똥밭에 굴러도 이승이 낫다고, 모진 게 목숨인가 벼. 이를 악물었지. 죽을 때 죽더라도 이 냥반이 집에 돌아오는 것 보고 죽겠다고. 그래서 내가 배운 짓이라고는 푸닥거리밖에 없으니 굿판을 열거나 부적을 쓰면서 연명했네. 시난고난 갖은 고생하며 사는데 한날은 파출소에서 깜깜무소식이던 그 냥반 소식이 들려오더란 말이여. 웬 부랑인이 나를 찾더라고 하면서. 한달음에 가보니 허, 이 냥반이 거지꼴을 하고 쭈그려 앉아 있는데, 우리 집 영감이 맞는가 싶더구먼. 가만히 보니 눈도 좀 이상해 보이는 게 정신도 온전치 않더라니. 옛날에 그 번지르르하던 행색은 어디 가고 꼭 비렁뱅이 짝이었지.

고개를 돌려 창밖을 바라본다. 조금 전까지 사락사락 날리던 눈발이 어느새 멎었다. 그 눈발은 보살의 앙상한 가슴속에서 여전히 날리는 것 같다. 황량한 들판 위로 가뭇없이 날리는 눈보라처럼. 보살의 눈동자가 텅 비어 보

인다. 생기라곤 한 가닥도 없어 보이는 그런 눈빛. 예전에
내 눈빛이 그랬었지. 멍한 눈으로 앉아 있는 날들이 많았
다. 공원에서 낯선 이가 앉았다 간 빈자리도 쓸쓸해 보이
는데. 하물며 가장 사랑하는 남편의 빈자리임에랴. 혼자
인 시간에 우두커니 창밖을 내다보면 햇빛 쨍쨍한 대낮이
걸려 있고, 눈을 감으면 내 안에는 굵은 눈발이 날렸다.
하루하루가 혼돈과 혼란스러움의 연속이었다.

행여 시장이라도 다녀오다 아는 이를 마주치면 왠지 미
워지기도 했다. 얼마 전까지도 저이와 나는 행복의 저울
질을 하지 않았던가. 우리 형편과 비슷한 집이나 조금 잘
사는 집의 행복을 저울질하며 그렇게. 혹시 아는 사람이
라도 마주 오면 일부러 돌아가기도 하며 내 처지에 대해
원망의 싹이 트기 시작했다. 나는 작은 일에도 신경질을
내거나 분노하기도 했다. 그러다가도 한없이 나락으로 추
락하는 나 자신을 발견하곤 했다. 전에는 간혹 싱크대 밑
에 서식하던 바퀴벌레라도 스멀스멀 기어 다니면 징그러
워 비명을 질렀는데, 언젠가부터 아무렇지도 않게 손으로
꾹꾹 눌러 죽이는 내 모습에 스스로도 놀랐다.

남편을 잃은 내 마음은 늘 공허했다. 부적 쓰는 법을 배
운 뒤 처음으로 남편의 넋을 위해 붓을 잡던 날. 나는 한
획도 쓰지 못하고 펼쳐진 부적 종이만 하염없이 바라보았
다. 종이 위에 남편의 얼굴이 어른거려 눈물만 떨어뜨렸

다. 나는 붉어진 눈언저리를 닦고 모질게 마음먹었다. 아이들을 위해서 그리고 남편을 위해서 악착같이 한번 살아보리라. 만약 신의 시샘이라면 멋지게 살아서 초라해진 내 삶을 복수하리라고. 그리고는 나시 붓을 잡고 온 기력을 쏟아 부적을 썼다.

나는 고즈넉이 난로를 바라봤다. 여전히 불꽃이 활활 타오르고 있었다. 그 열기로 가게 안이 따뜻해졌다. 혼자가 된 이후 나는 한동안 불을 끔찍이도 싫어했다. 불을 보면 자꾸만 남편이 떠올랐다. 저 뜨거운 불 속에서 비명을 지르고 있는 남편의 모습. 그 악몽 같은 환상에 사로잡혀 꿈속에서도 남편은 온몸에 화상을 입은 채 나타나곤 했다. 뜨거운 불길 속에서 남편과 내가. 그리고 단란했던 우리 가정이 송두리째 불길에 휩싸였던 그날의 악몽에 깜짝깜짝 놀라기도 했다.

어느덧 오카리나 소리도 멎어있었다. 보살은 회한이 밀려오는 듯 눈을 잠깐 감았다 떴다. 다시금 눈에서 물기가 나오는지 손등으로 살짝 훔치더니.

—온전치 못한 정신으로 집에 돌아온 냥반이 그래도 핏줄은 보고 싶었는지 아들을 찾더라니. 벌써 저 세상으로 간 아들이 살아올 리는 없고. 아들이 열차에 치여 죽은 걸 알고는 점점 더 정신이 오락가락했지. 그래서 굿판도 열

어 푸닥거리도 해 보고 부적을 써서 집 안 곳곳에 붙여도 봤지만 효험이 없더구먼. 나중에는 병이 깊어져 할 수 없이 병원에 입원을 시켰네. 그런데 며칠 후에 이 냥반이 병원에서 사라져 버렸다네. 다시 찾고 보니 이 양반이 차마 입에 담을 수 없는 큰 사고를 내지 않았겠나. 그 사고로 온몸에 중화상을 입고 여태까지 식물인간과 다름없이 병원에 입원해 있었다네. 그러다가 결국 저승사자가 불러서 엊그제 저 세상으로 갔네.

—참 안 되셨네요. 그런데 영감님이 무슨 사고를 냈는데요?

—급살 맞을 냥반이 글쎄. 귀신에 홀렸는지 전철 안에다 불을…

—전철요? 아니. 영감님이 전철에다 불을 냈다구요?

—…

나는 너무 놀라 동공이 저절로 크게 열렸다. 혹시 보살의 말을 잘 못 들었나 싶었다. 그날의 악몽을 잊기 위해 그곳에서 이사를 왔는데. 설마 그 사건의 방화범이 지금 내 앞에 있는 보살의 영감님이라니. 내가 꿈을 꾸고 있는 건 아닐까. 이런 기막힌 우연이 있을 수 있을까. 내 볼이라도 꼬집어보고 싶었다. 눈앞이 흐릿해지고 가슴이 먹먹해졌다. 머릿속이 실타래처럼 엉키어버린 듯 복잡해졌다. 나는 보살을 향해 고개를 돌렸다. 보살의 얼굴이 많이 일

그려져 있었다. 죄책감에 시달리는지 입매가 씰룩이고 눈썹이 파르르 떠는 것 같았다.

　—그 냥반이 그런 끔찍한 일을 저지른 뒤로 부직을 끊었네. 천벌을 받아도 시원치 않을 여편네가 무슨 낯짝으로 부직을 쓰겠나. 죽는 날까지 그저 죄인의 몸으로 살아야지…

　고개를 세우고는 남편의 부적을 떠올렸다. 처음으로 쓴 남편의 부적을 들고 유골이 안치된 납골당으로 갔다. 화재 현장에는 여러 유해가 뒤엉켜있어 그 일부를 유골함에 담아 납골당에 안치했다. 유골함에 부적을 붙이고 돌아오는 길에 여러 무리의 새 떼가 황혼의 서편 하늘가를 나는 게 보였다. 나는 차를 길가에 세워두고 새들을 물끄러미 쳐다보았다. 산과 하늘의 경계선이 흐릿하게 무너지고 있었다. 하늘 한편에서는 노을이 스러져 가고, 아래로는 완만한 능선이 아름답게 보일 무렵이었다. 새들은 황혼을 날면서도 서두름 없이 날고 있었다. 뒤처진 새 한 마리가 바삐 무리를 쫓고 있었다. 나는 새들이 서편 하늘로 가뭇없이 사라질 때까지 하늘을 바라보았다. 새들이 사라지고 난 후에 묘한 기분이 들었다. 슬픈 것 같기도 하고 편안해진 것도 같았다.

　천궁보살이 가게를 나간 뒤 시계를 보니 정오를 막 지

나고 있었다. 나는 멍해진 기분으로 줄곧 앉아있다가 창
밖으로 다시 눈길을 돌렸다. 멎었던 눈발이 다시 내리고
있었다. 나는 깨끗한 부적지를 꺼내어 조심히 유리판에
올려놓았다. 그러고는 복잡한 감정을 추스르기 위해 물끄
러미 내려다보았다. 남편 얼굴이 희미하게 나타났다 사라
졌다. 흐릿하게 웃는 것도 같았다. 나는 숨을 한번 크게
들이마신 뒤 망자의 부적을 정성껏 써 내려갔다.

내 이름은 얼척이

일례로 우리가 간혹 대낮에 흘레붙는다고 돌멩이를 던지는 인간들이 있다. 왜 그리 생각이 깊지를 못하느냐. 밤에는 도둑놈을 지켜야 하니까 집을 비울 수 없어서, 할 수 없이 연모하는 이웃집 갑순이랑 대낮에 짬 내서 번식 활동을 하는 건데, 속 창시 없는 인간들은 그런 줄도 모르고 대낮부터 흘레붙는다고 돌팔매질을 해댄다. 강아지만도 못한 인간들을 볼 때면 참으로 불쌍하다는 생각이 든다.

참, 얼척 없네!

사내가 문을 열자마자 탄식처럼 내뱉은 말이었다. 여자와 내가 저녁을 먹고 있는 광경이 사내에게 가관인 모양이었다. 여자는 거실 바닥에 앉아서 밥을 퍼먹고 있고, 나는 목에 손수건까지 두르고 떡하니 식탁에 앉아서 밥을 먹고 있으니 말이다. 사내는 하도 기가 막혀서 하마터면 뒷목을 잡고 쓰러질 뻔했다. 여자가 하고 있는 꼴이란 입가에 온통 밥풀이며 양념을 묻힌 채 사내를 향해 헤벌쭉이 웃고 있었다. 사내는 어처구니가 없는지 인상을 찌푸리며 문을 꽝 닫았다. 그때부터 사내는 나를 얼척이라 불렀다.

나는 태어난 지 석 달 정도 되는 포메라니안 털북숭이 품종이다. 작은 몸집에 비해 특유의 빵빵한 털을 자랑하며 솜뭉치 같은 매력을 발산한다. 콧잔등이 움푹 들어간 게 흠이지만 그런대로 얼굴도 준수한 편이다. 또한 눈 주위에 까만 털이 스모키 화장법처럼 자라있어 나름 같은 품종 중에서도 출중한 외모를 지녔다고 자부했다. 그런데 졸지에 잡종견보다도 못한 천한 신분으로 추락하고 말았다. 이 모든 게 여자 탓이었다. 내가 덜 떨어진 이름으로 불리게 될 줄은 입양되기 전까지는 상상도 못 했었다.

여자를 처음 대면한 날 몸에서 고약한 냄새가 났다. 여자는 지금 아프다. 아니, 아파야 한다. 지금 몸 안에 고름 덩어리가 가득 차 있다. 여자는 아직 통증을 못 느낄 뿐이다. 후각이 월등히 발달 된 강아지들은 먼 곳에서 풍겨오는 냄새도 단번에 맡는데, 고작 얇은 살가죽 속에 든 인간의 부패한 냄새를 맡는 건 식은 죽 먹기다. 머지않아 여자는 고통을 호소할 것이다.

새로 입양된 집에서 며칠을 지내고 보니 나를 데려온 의도가 여자 때문이란 걸 알 수 있었다. 여자는 어딘가 좀 모자란 데다 감정이 들쭉날쭉하고 히스테리가 심했다. 사내가 일하러 나가면 여자는 뒹굴뒹굴 놀다가 배고프면 밥 차려 먹고, 졸리면 자고, 집안일도 하고 싶으면 하고, 하기 싫으면 말고, 세상에 개 팔자가 상팔자라지만 여자를 보면 꼭 그렇지만도 않은 것 같았다. 거기다 집에 혼자 있는 꼴이란 가관이었다. 방바닥에 큰대자로 뻗어서는 하릴없이 중얼거리기 일쑤였다. 약간 톤이 높은 목소리는 어떤 때는 꼭 누구하고 싸우는 소리로 들리거나, 누구를 훈계하는 소리로 들리기도 했다. 어쨌거나 내게는 종일 시끄러울 뿐이었다.

어느 날은 너무 시끄러워서 쫑긋 선 귓바퀴를 바짝 접어서 막아 본 적도 있었다. 하지만 여자의 소음은 귓속을 뚫고 들어와서 괴롭혔다. 그런 날이면 아무리 개 졸음이지만 졸지도 못하고 속이 부글부글 끓어올랐다. 게다가 여자는 어찌나 게으른지 이곳에서 저곳으로 몸을 옮기는 것도 귀찮아서 탁자에 가서 엎드려 잠들거나, 그것도 싫증 나면 소파로 가서 고개를 처박고 잠들었다.

여자는 시도 때도 없이 방이건 거실이건 뒹굴며 잠들었다. 낮잠 자는 모양새를 볼작시면, 통돼지 한 마리가 남산만 한 배를 드러내놓고 코를 드르릉 골며 자는 꼬락서니라니. 한번은 방바닥에서 나른하게 졸고 있는데 어디선가 방바닥을 쿵쿵 울리며 탱크가 굴러오는 듯했다. 살짝 눈을 떠 보니 앗! 커다란 바윗돌이 요란하게 코를 골며 나를 향해 돌진해오는 중이었다. 헉! 나는 외마디 비명을 지르며 재빨리 좌로 굴러 동작으로 아슬아슬하게 위험지역을 벗어났다. 정말이지 나의 탁월한 순발력이 아니었다면 지금쯤 향불 냄새 맡으며 똥개들 문상받고 있을 터였다.

나를 뭉개기 위해 굴러온 바윗돌은 다름 아닌 늙은 호박경연대회에서 대상을 받고도 남을 어마어마한 여자의 살덩이었다. 휴! 가까스로 목숨을 부지한 나는 한쪽 구석에 앉아서 안도의 한숨을 내쉬며 여자를 매섭게 째려봤다. 생긴 모양이 저러다 보니 여자는 집안일을 하면서 종종 실수를 저질렀다. 그럴 때마다 사내는 여자를 향해 얼척 없네,란 말을 입가에 달고 살았다. 사내는 앞니 두 개가 달아나서 발음이 종종 새어나갔다.

여자 집에 입양되던 날 아침이었다. 나는 컨베이어 벨트가 윙윙대며 돌아가는 물류회사의 한쪽에 묶여있었다. 사내들이 한 번씩 나를 힐끗 쳐다보고 지나갔다. 모두가 고단한 표정들이었다. 어떤 사내는 예쁘다며 내 등을 쓰다듬기도 했다. 일하는 사람들을 물끄러미 지켜보며 낯선 장소에서 어리둥절해 있는데, 한 사내가 다가와서 쭈그리고 앉더니 손을 쑥 내밀었다. 투박하고 거친 손이었다.

나는 예의상 손을 잠시 핥아주었다. 사내는 그게 좋았던지 한 발짝 가까이 옮기더니 내 머리를 만지고는 긴 털을 등 쪽으로 쓸어내렸다. 그러면서 무슨 말인가를 중얼거렸다. 그렇게 묶인 채 반나절이 지날 때쯤 그 사내가 다가오더니 기둥에 묶인 목줄을 풀고는 차에 태웠다. 나는 그가 이끄는 대로 순순히 차에 올라타고는 얌전히 앉아있었다.

사내가 나를 조수석에 태운 채 묵묵히 운전하는 동안 유심히 그를 살폈다. 작달막한 체구에 매부리코의 쭈글쭈글한 얼굴이었다. 게다가 자라목에 등이 약간 굽은 곱사등이 사내였다. 나는 최대한 긴장의 경계를 풀지 않고 사내의 옆 모습을 지켜봤다. 사내는 곁눈질로 힐끔힐끔 돌아보며 나와 눈을 맞추기도 했다. 창밖으로는 들판이 늙은 호박처럼 누렇게 펼쳐져 있었다.

사내가 핸들을 꺾자 낡고 오래된 동네가 보였다. 좁은 골목을 한참 들어가더니 허름한 빌라 앞에 차를 세웠다. 그러고는 나를 덥석 안더니 빌라 지하 계단을 내려갔다. 아마도 사내의 집인 듯했다. 초인종을 누르자 여자가 현관문을 열어주었다. 약간 흐리멍덩한 표정으로 입구에 서 있던 여자는 나를 보자마자 눈을 동그랗게 뜨고는 브왈라! 하고 외쳤다. 브왈라? 어느 나라 말이지? 환영한다는 뜻인가. 어쨌든 표정으로 봐서는 나쁜 말은 아닌 듯했다.
나는 현관문이 열리자마자 그것들 사는 꼬락서니를 한눈에 스캔을 했다. 결론은 억수로 고달프겠구나, 였다. 사내는 아무런 대꾸 없이 나를 여자 품에 털썩 안겨주고는 방으로 들어섰다. 내 친구야? 앞으로는 심심치 않겠네, 여자는 혼잣말을 하며 배시시 웃었다.
간혹 사내가 나를 끌고 산책이라도 하는 중에 얼척아! 하고 부르면 혹여 다른 애견들이 들을까 봐 조마조마했다. 나는 컹컹!(제발 얼척이라고 부르지 마세요. 쪽팔려 죽겠어요.) 짖었다. 그럴 때면 쥐구멍에라도 숨고 싶은 심정이었다. 사내에 비하면 여자는 더 가관이었다. 사내가 출근하고 나면 여자는 나를 앞에 앉혀놓고는 알아들을 수 없는. 물론 내가 개라서 알아들을 수는 없지만. 인간이라도 알아들을 수 없는 말을 삿대질하며 끊임없이 지껄였다. 그럴 때면 아무리 개라지만 자존심이 팍팍 상하지 않을 수 없었다. 게다가 배가 고파서 끙끙거리기라도 할라치면 쥐어박으며 계속 중얼거렸다. 그나마 끼니라도 제때 얻어먹으려면 더럽지만 참을 수밖에 없었다. 정말 웃기는 집구석이었다.

여자는 말끝마다 종종 브왈라(Voila)! 하고 감탄하듯 내뱉었다. 혼자서 중얼거리다가도 스스로 대견한 말을 했다는 생각이 들면 마치 감성 풍부한 연기자처럼 잠시 허공을 응시하다가 브왈라! 하고 외쳤다. 그럴 때 보면 연극배우가 따로 없었다. 무슨 의미로 외치는지 모르지만 아무튼 그 상황에서 오로지 여자만 아는 감정이었다. 그 소리만 들려오면 나도 모르게 졸다가 고개를 들고는 콧등으로 주름을 모았다. 하여튼 여자를 볼 때마다 한심해서 내가 다 브왈라! 외치고 싶었다.

하루는 뭣도 모르고 잠자는 여자 엉덩이 쪽에 코를 처박고 잠들었다가 하마터면 홀로코스트가 될 뻔했다. 여자가 뿜어대는 방귀 때문이었다. 여자의 방귀는 앙증맞게 뽕~, 하고 뀌는 애기 방귀가 아니라 바이크가 출발 직전에 부릉부릉하며 고막을 때릴 정도의 데시벨이었다. 냄새 또한 못지않았다. 뱃속에서 얼마나 삭혔는지 홍어 삭힌 냄새는 냄새도 아니었다. 그런 지독한 냄새를 직방으로 맡았으니 내 코가 오죽했겠는가. 나는 그 충격으로 골이 띵, 하고 눈물 콧물을 다 쏟을 지경이었다. 너무나 분해서 여자를 뚫어지게 꼬나봤다. 그러거나 말거나 여자는 코를 드르릉 대면서 태평하게 뻗어있었다.

여자는 축농증을 심하게 앓고 있었다. 여자는 시도 때도 없이 코를 팽! 하고 풀었다. 밥 먹다가도 팽! 자다가도 벌떡 일어나서 팽! 화장실에서 볼일 보다가도 팽! 나는 코 푸는 소리만 들어도 여자가 어디에서 무얼 하고 있는지 금세 알아챘다. 저렇게 코를 풀다가는 콧등이 얼얼하겠다. 듣고 있으면 뭉툭한 내 코가 다 얼얼해지는 듯했다. 내가 처음 온 날에도 여자는 휴지를 한 움큼 쥐고 코를 팽팽 풀어댔다. 방 한구석에는 코를 푼 휴지가 쓰레기통에 가득 차 있었다.
뭐하나 성이 차지 않은 여자의 이미지에 무척 실망했다. 나처럼 기품 있고 고귀한 애견을 앞에 두고 보란 듯이 코를 팽팽 풀어대다니. 저런 몰상식하고 천박한 여자가 나의 주인이라 생각하니 앞날이 암울했다. 밤에는 한 술 더 떴다. 만성 축농증 때문에 온 집안이 떠나가도록 코를 드르릉대며 별의별 동물 소리를 냈다.

　어떤 날은 멧돼지 울음소리. 다음 날은 호랑이 울음소리 늑대 울음소리 등 온갖 동물 소리를 밤마다 레퍼토리를 바꿔가며 내는 통에 깜빡 잠이 들었다가도 놀라서 깬 적 한두 번이 아니었다. 하여간 동물농장이 따로 없었다. 최소한 나 정도의 애견을 키우려면 그에 걸맞게 우아하고 세련된 여자이어야 하지 않겠는가. 그런 기대와는 달리 무례하고 품격 떨어지는 여자를 보는 순간 나의 바람은 물거품처럼 사라지고 말았다. 운이라곤 지지리도 없는 강아지구나. 싶었다.

　사내와 여자가 함께 있는 시간에 나의 재주를 보여주리라 작정했다. 나는 앞발을 들고 두 발로 서는 재롱을 부렸다. 사내는 깜짝 놀라며 소리쳤다. 햐. 얼척이가 두 발로 섰다! 여자도 브왈라! 외치며 폭소를 터뜨렸다. 그러고는 재롱의 대가로 여자가 주는 맛있는 구운 오징어를 받아먹었다. 나는 흔히 강아지들이 먹는 사료는 먹지 않았다. 주로 통조림이나 햄 등 고급음식만 먹었다. 전 주인이 그렇게 입맛을 길들여 놓은 탓이었다.

　여자는 내가 두 발로 서서 재롱을 부릴 때면 오징어구이를 조금씩 떼서 줬다. 오징어구이는 내가 제일 좋아하는 간식이었다. 구운 오징어의 맛있는 냄새가 후각을 자극할 때면 나는 코를 벌름거리며 나름대로 최대한 선하고 맑은 눈을 하고는 말똥말똥 쳐다봤다. 그러면 사내는 무뚝뚝한 표정으로 나를 힐끗 쳐다보고는 오징어 한 조각을 입에 넣어주었다. 다 먹고 나면 이번엔 여자 쪽으로 가서 같은 행동을 했다. 그러면 여자도 역시 한 조각을 찢어서 주었다. 그렇게 왔다 갔다 하다 보면 어느새 배도 부르고 행복감이 스르르 밀려들었다.

오늘은 뭐 하며 놀지? 사내가 복권 놀이하는 화투패를 가지고 놀까. 아니면 여자가 시시때때로 코를 풀어대는 두루마리 화장지를 갖고 놀까? 고민하며 집 구석구석을 두리번거리다가 마침 구석에 세워놓은 거울이 눈에 띄었다. 나는 거울 앞에 서서 들여다봤다. 나만큼 잘생긴 녀석이 나를 뚫어져라 쳐다보고 있었다.

나는 괜히 심술이 나서 컹컹 짖었다. 그러자 거울 속의 녀석도 똑같이 컹컹 짖었다. 한번 해보자는 거야! 다시 한번 컹컹 짖자 녀석도 지지 않고 짖었다. 어라! 요 녀석 봐라. 안 그래도 요즘 여자 때문에 스트레스받고 있는데 아주 잘 걸렸어! 나는 혼쭐을 내주리라 벼르고는 거울 뒤쪽으로 돌아갔다. 응? 아무도 없다. 어찌 된 거지. 나는 고개를 갸웃했다. 벌써 녀석이 도망갔나. 다시 거울을 들여다보니 도망은커녕 나를 똑바로 쳐다보고 있었다. 약이 슬슬 오르기 시작했다. 그런데 갑자기 용변이 마려웠다. 그런데 어디에 실례를 해야 할지 모르겠다. 아무도 가르쳐주지 않았다.

방구석을 이리저리 살피다가 마침 컴컴한 장소가 눈에 띄었다. 나는 시원하게 용변을 봤다. 여자가 낮잠을 자다 깨어서는 코를 큼큼거렸다. 그러다 내가 실례를 한 덩어리를 보고는 오, 브왈라! 하고 외쳤다. 얼척아! 여기다 똥을 싸면 어떡해. 여자는 휴지를 들고 투덜거리며 변을 닦았다. 이봐요 아줌마! 새 가족이 들어왔으면 용변 보는 곳부터 가르쳐 줘야지. 어휴, 무식하긴. 나라고 아무 데나 똥 싸고 싶은 줄 아냐고요. 나름대로 적당한 곳을 찾아서 거기다 똥을 눈 거라고요. 칫! 알지도 못하면서 화부터 내고 난리야.

사내가 웬일로 내 몸집에 딱 맞는 앙증맞은 소파를 들고 왔다. 어느 집에서 내놓은 아기용 푸른색 소파였다. 나는 소파를 베고 푸른 꿈을 꾸고 싶었다. 내 전용 소파는 욕실 변기 옆에 놓였다. 사내가 용변을 보러 변기에 앉으면 나는 무릎에 놓인 손등을 자연스레 핥았다. 사내는 혓바닥의 감촉이 좋은지 내버려 두었다. 그렇게 열심히 핥고 나면 사내는 나를 무릎에 앉히고는 앞발과 뒷다리를 주물러주었다. 나는 몸을 온전히 내맡긴 채 눈을 슬며시

감았다. 사내의 손길이 닿는 곳마다 뼈 마디마디가 사르
르 풀어지며 편안한 기분이 온몸으로 전달되었다. 그럴
때면 개 팔자가 상팔자란 말이 실감 나기도 했다.

　한번은 나의 출중한 외모를 보여준 적이 있었다. 여자
손에 이끌려 공원을 산책하고 있었다. 우아하고 눈부신
털에 반한 잡종 개들이 나를 졸졸 따라다니는 통에 산책
도 못 하고 집으로 돌아온 적도 있었다. 같은 품종의 강아
지라도 길에서 나와 마주치면 벌써 겉으로 드러난 우월한
비주얼에 압도당해서 기를 못 펴고 설설 꼬리를 내렸다.
그중에 주인 없는 떠돌이 강아지가 섞여 있었는데, 같은
수컷인데도 집 앞까지 줄곧 따라오는 바람에 여자가 진땀
을 흘린 적이 있었다.
　여자는 나를 안고 떠돌이 강아지를 저리 가라며 발로
차는 시늉을 하면서도 어깨를 으쓱했다. 한편으로는 여자
가 눈꼴시러웠다. 구박할 때는 언제고 이제야 나의 진가
를 제대로 알아보는군, 하며 속으로 통쾌하기도 했다. 덩
달아 나도 의기양양해졌다.

　여자는 어디가 안 좋은지 저녁마다 약봉지를 입에 털어
넣고 물을 마셨다. 무슨 약이기에 저렇게 매일 먹을까 하
고 고개를 갸웃하기도 했다. 여자는 무언가를 먹을 때면

칠칠하지 못하게 부스러기를 입가에 덕지덕지 붙이고 게걸스럽게 먹었다. 치킨이나 떡을 먹을 때는 나보다 더 지저분하게 먹었다. 보는 내가 다 민망할 정도였다. 인간씩이나 되어서는 그걸 하나 깨끗이 못 넘나. 쯧쯧.

게다가 한술 더 떠서 여자는 앉은뱅이처럼 엉덩이를 죽죽 밀고 다녔다. 항문낭액중에 걸린 것도 아니면서 맨날 저렇게 엉덩이로 밀면서 이방 저방 다니는 걸 보면 게으름의 극치를 보는 듯했다. 엉덩이에 걸레만 대면 영락없는 인간 청소기나 다름없었다. 여전히 여자는 콧속에다 새끼손가락을 쑤셔 넣고 코딱지를 후벼파면서도 끊임없이 중얼거렸다. 거기다 여자는 주둥이에 무얼 처넣기만 하면 사레들려서 딸꾹질을 해댔다.

사내는 밥 먹다 말고 여자의 등짝을 오지게 두들겨 주는 일이 다반사였다. 그럴 때면 참, 가지가지 한다, 라는 말이 목까지 올라올 정도였다. 짚신도 짝이 있다더니 어디서 저런 물건을 데려와서 살림을 차렸을까 싶었다. 천생연분이란 말이 딱 어울리는 기가 막힌 조합이었다.

여자는 환각 증세라도 있는지 공원에라도 갔다 오는 날이면, 나를 빤히 쳐다보다가 너, 얼척이 아니지? 하고는 뜬금없는 말을 내뱉었다. 하도 기가 막혀서 얼척이 맞아요! 라고 외치고 싶었다. 여자가 한심해 보여서 콧등에 주름을 한껏 몰아 쥐고는 콧김을 쉭쉭 뿜어댔다. 여자는 고개를 갸우뚱거리다가 나를 바짝 끌어당겨서 대가리를 요리조리 흔들어보는가 하면, 입을 쩍 벌려서 이빨을 살펴보기도 하고 심지어는 빳빳한 고추와 탱글탱글한 불알까지 만지작거렸다. 살살 만져요! 아파욧! 아무리 강아지라지만 미치고 환장할 노릇이었다.

여자는 그렇게 나를 샅샅이 훑어본 다음에야 안심이 됐는지 빙그레 웃으며 브왈라! 얼척이가 맞구나! 하고 소리쳤다. 정말이지 어처구니가 없었다. 맨날 보는 자기 애완견도 몰라보고 헷갈릴 건 또 뭐람. 어휴, 정말!

그럴 때면 들떴던 기분이 싹 가시며 언짢아졌지만 그나마 산책을 시켜준 고마움에 참을 수밖에 없었다. 솔직히 내가 강아지로 태어났을 뿐이지 모로 잠든 여자의 모양새를 보면 꼬리가 없는 것 말고는 딱히 나와 수준 차이를 못 느끼겠다. 아니, 어쩌면 내가 더 우월해 보였다. 그래서인지 어떤 때는 내가 여자를 산책시키는 기분이 들기도 했다. 암튼 집에 돌아오면 누가 누구를 산책시키고 왔는지 당최 헷갈렸다.

사내는 여자가 못마땅할 때마다 대뜸, 개 같은 새끼! 하고 욕설을 퍼부었다. 그렇다고 딱히 미워해서도 아니다. 그냥 마뜩잖을 때 저절로 튀어나오는 사내의 십팔번이었다. 나는 개껌을 갖고 놀다가 욕설이 들려오면 난데없이 날아온 탁구공에 맞은 듯 눈을 동그랗게 뜨고 사내를 매섭게 째려봤다. 자존심이 몹시 상했다. 왜 하필이면 하고 많은 동물 중에 나 같이 멋지고 우아한 강아지를 콕 집어서 가뜩이나 게을러터지고 곰탱이 같은 여자와 비교하는지 모르겠다. 암튼 한쪽 구석에서 조용히 개껌이나 씹고 있는 나는 기분이 매우 나빠졌다.

여자는 사내가 욕을 하거나 말거나 일상적으로 듣는 욕이어선지 별 반응이 없었다. 그러다 사내가 실수로 개 같은 년, 하고 제대로 된 욕설을 하면, 여자는 목에 핏대를 세우고는 왜, 내가 개 같은 년이야! 눈을 부릅뜨고 성깔을 부렸다. 그러면 사내는 깨갱, 하고 꼬리를 내렸다. 참 이상했다. 내가 듣기에는 개 같은 새끼나, 개 같은 년이나, 한 끗 차인데 여자는 년, 자만 들어가면 눈에 쌍심지를 돋우고는 대들었다. 개 같은 새끼라, 하면 보통 나를 포함해서 다수에게 욕하는 걸로 들리겠지만, 개 같은 년,이라 욕하면 집안에 여자는 자신뿐이라, 딱 자기에게만 욕하는 걸로 듣기 때문이리라. 암튼 웃기는 개껌들이었다.

평소에는 무뚝뚝하던 사내가 술에 취해서 들어온 날이면 내가 제일 좋아하는 구운 오징어를 사 들고 왔다. 그러고는 욕실에 묶어둔 나를 풀어주고는 구운 오징어를 뜯어줬다. 그걸 받아먹는데 곱사등이에 매부리코인지라 사내의 코와 내 코가 금방이라도 부딪힐 것 같았다. 사내의 구부러진 코를 경계하며 구운 오징어를 천천히 입에 넣고 먹었다. 언제 먹어도 달콤하고 쫄깃했다. 비로소 사내가 나의 진면목을 알아보는구나, 싶었다.

사내는 구운 오징어를 절반쯤 먹이고는 화투패를 꺼냈다. 화투패는 사내의 유일한 취미였다. 송학 매조 벚꽃 흑싸리 난초 모란 홍싸리 공산 국화 단풍 오동 비가 그려진 열두 장의 화투패를 바닥에 깔아놓고는 내게 한 장씩 물어오라고 시켰다. 나는 무슨 영문인지도 모르면서 아무거나 한 장씩 물어다 줬다. 그러면 사내는 구운 오징어를 한 조각씩 입에 넣어줬다. 내가 물어다 준 화투패를 사내는 요리조리 꿰맞추고는 복권 용지에 작대기 모양의 표시를 했다.

사내의 몰골로 봐서는 지긋지긋한 가난에서 벗어날 희망은 그다지 없어 보였다. 혹여 있다면 오직 복권 당첨밖에 없겠구나, 하고 뇌까렸다. 나는 오징어를 잘근잘근 씹으며 쳇! 공부를 그렇게 했더라면 진즉에 부자됐을 텐데, 라며 나는 혀를 끌끌 찼다.

어느 날부터 모두가 잠든 시간이면 욕실에 불청객이 나타났다. 흔히 보는 것들보다 냇가에 사는 물방개만큼 커다란 바퀴벌레였다. 긴 수염에 등딱지가 갈색인 놈은 내 앞을 알짱거리며 깐족댔다.

─빤질빤질하게 생긴 넌 누구냐?

─뭐? 쬐끄만게 얻다 대고 막말이야!

─뻔뻔한 녀석아! 여긴 오래전부터 내 영역이라고. 어디서 굴러들어온 주제에 터줏대감도 몰라보고 까불어!

─그럼 넌, 이 집에 산 지 얼마나 됐니?

─우리 조상은 저 먼바다를 건너와서 대대손손 이곳에 터를 잡고 살면서 잔뼈가 굵었거든.

─그래? 너는 많은 것을 알고 있겠구나?

─그야 당연하지. 흠! 이 집에 대해서 나만큼 아는 놈은 없을 거야. 내가 이곳에서 눈칫밥을 먹으며 산 지가 얼마인 줄 아느냐.

─그렇구나! 여자는 좀 모자란 편이라 걱정이 안 되는데. 사내는 어떤 인간이야?

─옹졸하기가 간장 종지만하고, 속은 밴댕이 소갈딱지에다가 변덕이 죽 끓듯 하니까 너도 조심해야 한다.

언젠가는 졸려서 깜빡 낮잠에 들었는데. 느닷없이 귓청 떨어질 뻔한 사내의 목소리가 귓가로 울려 왔다.

─개 같은 새끼들이 누군 뭐 물 퍼서 차 굴리는 줄 아

나. 엉? 실컷 부려먹을 때는 언제고 돈 줄 때는 차일피일 미루는 심보는 무슨 경우야. 엉? 배송료도 제때 주지 않는 놈의 회사를 확, 엎어버릴까부다. 엉?

사내는 누군가와 전화 통화를 하면서 잔뜩 화가 난 목소리로 욕설을 해대고 있었다. 사내는 물류회사에서 배송 일을 하고 있었다. 아마도 이번 달 배송료를 제때 받지 못한 모양이었다. 내막이야 어쨌든 나는 사내의 전화 통화를 듣다가 개 같은 새끼들, 이란 말에 눈을 번쩍 떴다. 왜 인간들은 말끝마다 개 같은 새끼니 뭐니, 하며 착하디착한 우리 강아지들을 들먹이는지 모르겠다. 그것도 꼭 나쁜 의미로만 써먹었다. 아니, 우리 강아지들이 무에 그리 잘못을 했냐구요. 이 땅에 개로 살아가는 것도 모자라, 인간들을 위해 발바닥까지 핥아주는 강아지들을 까딱하면 무시, 괄시, 천시하는 인간들의 심보를 도통 알다가도 모르겠다.

사내가 욕실에서 샤워할 때 알몸을 종종 보았다. 사내가 움직일 때마다 기분 나쁘게 생긴 물건이 눈앞에서 덜렁거렸다. 성질 같으면 대번에 콱 물어버리고 싶은 충동을 억지로 참았다. 인간들아! 앞으로는 강아지들 앞에서 개 같은 새끼라 욕하지 마라. 자세히 보니 네 물건이나 내 물건이나 오십보백보 더만 듣는 강아지 굉장히 기분 나쁘다.

일례로 우리가 간혹 대낮에 흘레붙는다고 돌멩이를 던지는 인간들이 있다. 왜 그리 생각이 깊지를 못하느냐. 밤에는 도둑놈을 지켜야 하니까 집을 비울 수 없어서, 할 수 없이 연모하는 이웃집 갑순이랑 대낮에 짬 내서 번식 활동을 하는 건데. 속 창시 없는 인간들은 그런 줄도 모르고 대낮부터 흘레붙는다고 돌팔매질을 해댄다. 강아지만도 못한 인간들을 볼 때면 참으로 불쌍하다는 생각이 든다. 나는 기분이 더러워져서 아까 먹다 만 개껌을 와그작와그작 씹었다.

　어느 날부터 사내는 온 집안에 개털이 날린다며 투덜댔다. 그러더니 나를 동물병원에 데리고 가서는 멋지고 긴 털을 홀라당 밀어버렸다. 나의 자랑이자 자부심이었던 긴 털이 배불뚝이 수의사의 바리깡에 싹뚝 잘려져 나가는 모습을 보면서 나의 자존심이 일순간에 바닥으로 떨어졌다. 옷을 홀러덩 벗어버린 듯 뭔가 허전했다. 겨울도 아닌데 추웠다. 다리를 내려다봤다. 앙상한 뼈다귀만 보였다. 다시 고개를 돌려서 등 쪽을 보니 멋지고 긴 털이 온데간데없이 사라져버렸다. 엉덩이 쪽을 봐도 역시 윤기 나는 긴 털은 말끔히 잘려져 나가고 비루한 몸뚱이만 흐느적거리고 있었다. 이것이 진정 내 모습이란 말인가. 너무나 속상하고 창피해서 얼굴이 다 빨개졌다. 나는 너무 슬퍼서 동물병원 구석에 쭈그리고 있었다. 몸도 추워서 부들부들 떨고 있는데 사내가 들어와서 나를 보고는 음흉스럽게 웃더니 밖으로 끌고 나갔다.

　사내가 몹시 미워졌다. 내가 받은 모욕을 되돌려주고 싶었다. 어떻게든 앙갚음하리라 벼르고 있었는데 마침 그 기회가 찾아왔다. 사내가 산책 중에 잠깐 목줄을 풀어주었다. 나는 그 틈을 이용해서 아이들이 놀고 있는 공원으로 달려갔다. 그러고는 아이들과 장난하는 척하며 매우 거칠게 날뛰었다. 그중 여자아이가 나의 행동에 놀라서 울음을 터뜨렸다. 아이 엄마는 잔뜩 화가 나서는 이 개새끼 주인 어딨어! 하며 소리를 빽 질렀다. 부리나케 달려온 사내는 느닷없는 나의 돌발 행동에 무척 당황했다. 그러고는 아이들 틈에서 컹컹 짖으며 날뛰고 있는 나를 잡으려고 이리저리 뛰어다녔다.

　나는 사내를 더욱 골탕 먹일 셈으로 잡힐 듯 말 듯 하며 아이들 주변을 빙빙 돌았다. 사내는 내가 좀처럼 잡히지 않자 더욱 곤혹스런 표정을 지으며 진땀을 흘리고 있었다. 아이 엄마는 한쪽에서 우는 아이를 안고 달래다가 사내의 하는 짓거리를 보고는 있는 대로 화가 뻗쳐서는 사내의 등짝에 날카로운 목소리를 다시금 꽂았다. 지금 장난하는 거예욧!

나를 끌고 집에 돌아온 사내는 화가 머리끝까지 나서 욕실의 수건걸이에 나를 묶은 뒤 슬리퍼 짝으로 인정사정 없이 후려쳤다. 요놈의 개새끼가 오냐오냐 했더니 주인 알기를 씹다만 개껌으로 알아. 오늘 내 손에 작살날 줄 알어! 나는 깨갱, 깨갱 비명을 지르며 늘씬하게 두들겨 맞았다. 곤죽이 되도록 맞고 나서 그날 저녁에 꿈을 꿨다. 사내가 개로 나타났다. 나는 사내의 목을 있는 힘껏 졸랐다. 감히 나의 멋진 털을 깎아버리다니. 사내는 아니, 개는 숨이 턱턱 막히는지 발버둥을 치며 날카로운 이빨을 드러내며 으르릉댔다. 그러고는 내 팔뚝을 물어뜯으려 했다. 인간들은 아니, 개들은 다 죽어야 해! 나는 안간힘을 다해서 사내의 목을 조르다 잠에서 깼다. 휴! 악몽이었다.

다음 날부터 사내는 내게 평소에 주었던 맛있는 통조림 햄을 주지 않았다. 그 대신 내가 태어나서 한 번도 먹어보지 못한 싸구려 사료를 주었다. 나는 사료에 일체 입을 대지 않았다. 사내가 새벽에 용변을 보러와도 나는 등을 돌리고는 눈길도 주지 않았다. 나는 더 이상 사내의 손을 핥지 않았으며, 사내도 더 이상 나를 무릎에 올려놓지 않았다. 사내와 나는 무언의 신경전을 벌였다.

사흘 정도가 지나자 사내는 사료마저 치워버리고는 아예 먹이를 주지 않았다. 이를 악물고 배고픔을 참았다. 나

는 굶어 죽을지언정 미천한 강아지들이나 허겁지겁 먹어
대는 값싼 사료 따위는 먹지 않겠다고 다짐했다. 그 후로
사내가 집에 들어오는 날이 드물어지고 여자는 평소처럼
내게 먹이를 넣어주곤 했다. 하지만 예전처럼 나를 귀여
워하거나 가까이하지는 않았다.

  반지하 쪽 창으로 비춰드는 달빛을 쳐다보며 한숨 쉬는
날이 많아졌다. 창밖으로 술에 취한 젊은 것들이 고래고
래 노래를 부르며 지나갔다. 잠이 든 인간들을 모조리 깨
워서 새벽녘에 노래를 경청하라는 심보인 듯했다. 나는
사내가 술에 떡이 되면 꼭 저럴 것이란 생각이 들었다. 그
들의 노랫소리가 멀어지자 낡고 부스러진 격자 나무문 틈
에서 사각사각 긁는 소리가 났다. 귀를 쫑긋하고 들여다
보니 예의 늙수그레한 바퀴벌레가 긴 수염을 끄덕거리며
어기적어기적 기어 나왔다. 그러고는 내 앞을 얼쩡대면서
슬그머니 약을 올렸다.

  ─말라깽이! 웬일로 서리 맞은 배추마냥 축 처져 있냐?
  ─내 멋진 털을 깎아버려서 사내에게 복수를 해줬거든.
  ─허! 그래서 지금 비루먹은 강아지 꼴을 하고 있구나.
쯧쯧. 고매하신 할머니가 생전에 하시던 말씀이 생각난
다. 자고로 털 달린 짐승들은 털 없는 인간들에게 길러지

는 게 아니라고 말이다. 인간들은 믿을 만한 족속들이 못
돼.

　—나도 그런 생각이 들기도 해.

　—하지만 걱정하지 마라. 굳이 내 너석이 아니라도 신
의 노여움이 머리끝까지 치밀어서 머지않아 인간들에게
벌을 내릴 테니까.

　—그 벌이란 게 뭔데?

　—인간들은 이기적이며 위선과 거짓말에 능수능란하고
툭하면 서로 헐뜯고 싸우는 미개한 족속들이거든. 그래서
신들은 인간들의 아귀다툼 소리가 지긋지긋해서 입을 죄
다 틀어막고 싶어 하지.

　—쉿! 목소리 낮춰. 누가 들을라.

　개나리꽃이 흐드러지게 피는 봄이 되었다. 계절은 바야
흐로 노랗게 물들어 가고 있었다. 내가 입양된 지도 어느
덧 꽤 되었다. 내 몸집도 많이 불어서 여자가 나를 안을
때면 브왈라! 외치며 버거워했다.

　나와 신경전을 벌인 후로 사내는 집에 별로 들어온 적
이 없었다. 일거리가 많아졌기 때문이었다. 화물 차주여
서 부르는 곳이 있으면 지방 어디든 달려갔다. 길게는 한
달씩 집에 안 들어오기도 했다. 평소에도 사내는 여자와

함께할 시간이 없었다. 사내는 일찍 집을 나서서 밤늦게 들어왔다. 사내가 퇴근하면 여자는 잠들어 있거나 해서 사내가 밥 차려 먹는 일이 비일비재했다. 게다가 여자의 코골이가 심해서 사내는 늘 거실에서 잠을 잤다.

여자는 나름대로 혼자 지내는 데는 이골이 났다. 내가 보기에는 거의 달인급이었다. 조용하다가도 한번 말문이 터지면 몇 시간이고 마치 모노드라마 주인공마냥 혼자서 말하고 대답하기를 반복했다. 내가 입양된 후로 딱 한 번 관리실에서 나온 전기 기사 말고는 방문객이라곤 한 번도 본 적이 없었다. 여자는 철저하게 고립되어 지냈다.

개나리가 슬슬 떨어지기 시작할 무렵에 사내는 집을 한 달가량 비우게 됐다. 뜬금없이 낯선 방문객이 여자 집을 드나들기 시작했다. 중년의 두 여성은 어느 교단에서 나왔는지 전단지를 들고 여자의 집에 종종 찾아왔다. 그리고 그들을 따라 딱 한 번 외출한 뒤부터 여자는 더욱 무기력해졌다. 인간들이 입을 하얗게 가리고 다니기 시작하면서 거리는 한산해지고 산책하는 횟수도 점점 줄어들었다. 공원에는 저마다 입을 하얗게 막고 애견들을 끄는 모습이 늘어갔다. 심지어 애견의 주둥이까지 입마개를 하고 끌고 다니는 견주도 있었다.

사내가 가끔 집에 들어오면 여자는 몸이 아프다고 호소를 했다. 사내는 여자가 어떻게 아픈지도 모른 채 엉뚱한 약만 지어다 먹였다. 여자는 날이 갈수록 고통이 심해졌다. 언제 산책을 다녀왔는지도 희미해졌다. 종일 집 안에만 있으려니 갑갑해서 죽을 맛이었다. 얼른 여자가 나아서 예전처럼 신나게 산책을 했으면 좋겠다,는 소원뿐이었다.

사내가 집을 비운 사이 여자는 옆구리가 결리고 숨쉬기도 힘들다며 가슴을 쥐어뜯었다. 더 이상 참을 수 없겠는지 휴대폰을 들고 어딘가로 전화를 했다. 곧이어 119구급차가 오고 하얀 방역복을 입은 대원들이 여자를 들것에 싣고 신속히 집을 떠났다.

저녁쯤에 얼굴이 상기된 채 집으로 돌아온 사내는 한동안 정신이 나간 듯 거실에 우두커니 서 있었다. 병실에서 필요한 뭔가를 가지러 왔을 터인데 빈집에 들어선 듯 공허한 눈빛이었다. 나는 물끄러미 사내를 바라보았다. 사내는 내게는 관심도 없는지 눈길도 주지 않았다. 배가 고파서 뱃가죽이 등짝에 달라붙는 것 같았지만 사내는 내게 밥줄 생각이 없는 것 같았다. 하지만 나는 밥을 달라고 보채거나 칭얼대지 않았다. 이윽고 정신을 차린 듯한 사내는 장롱과 서랍을 열기도 하며 이것저것 부랴부랴 끄집어내서 짐을 싸기 시작했다. 사내는 짐을 싸 들고 집을 나서는 순간까지도 눈길 한번 주지 않았다. 곱사등이 사내의 등짝이 마른 낙엽처럼 바짝 야위어 보였다. 사내는 짐을 싸서 현관문을 막 나서려던 찰나에 나를 발견한 듯 경멸하는 눈빛으로 노려봤다. 그러고는 입술을 꽉 깨물더니 저놈의 개새끼를 얻다가 버리든지 해야지. 개새끼를 집에 들이고부터 재수 없는 일만 생기는구나, 하고 신음하듯 중얼거렸다.

나는 애써 사내의 눈길을 피하며 못 들은 척했다. 아니, 왜? 여자 아픈 것하고 나하고 무슨 상관있다고 나를 증오하는지 모르겠다. 아무리 말 못 하는 강아지라지만 그런 심보를 가지면 못 써요. 그러다 천벌을 받는다고요. 나는 화가 나고 우울해져서 앞에 놓인 개밥그릇을 발로 냅다 걷어찼다. 개밥그릇이 저만큼 굴러가더니 빙그르르 돌다가 멈췄다. 정말이지 내가 개밥그릇처럼 돌아버릴 지경이었다.

사내는 미운 놈 떡 하나 주는 셈으로 먹이를 주고는 사라졌다. 그러고는 하루에 한 번씩 꼬박꼬박 집에 들렀다. 여자는 구급차에 실려 간 이후로 집에 돌아오지 않았다. 며칠 후 사내가 술에 잔뜩 취한 채 들어와서는 나를 덥석 안아서 차에 태웠다. 이런 밤에 나를 데리고 밖으로 나가는 게 왠지 불안했다. 산책은 항상 낮에만 했기 때문이었다. 대체 어디로 가는 것일까.

사내에게서 술 냄새가 지독하게 풍겨왔다. 어지간히 마

신 모양이었다. 필시 나를 어디엔가 버리기로 작정한 듯했다. 차에 올라타는 순간 왠지 불길한 예감이 덮쳐와서 나도 모르게 그만 시트에 오줌을 갈기고 말았다. 긴장한 탓인지 차에 올라타자마자 나도 모르게 오줌이 나왔다. 자동차 시트가 축축하게 젖었다. 사내는 시트가 젖어있는 줄도 모르는 눈치였다. 사내는 지금 나를 버리러 가는 길이다. 사내는 내가 모를 거라고 생각하겠지만, 동물적 감각으로 이미 눈치를 채고 있었다. 신이 동물에게 내린 재능이라면 후각 촉각과 더불어 바로 이 예감이란 재능이었다.

사내는 입을 꾹 다물고 왼손으로만 차를 비틀비틀 몰고 달렸다. 나는 서먹한 공기를 환기하고자 무릎에 올려놓은 사내의 오른손에 살며시 혓바닥을 갖다 댔다. 그리고 손등을 부드럽게 핥기 시작했다. 사내는 그러거나 말거나 무심히 내버려 두었다. 그렇게 핥는 다음에 다시 사내의 손등을 툭툭 쳐서 손바닥을 위로 향하게 했다. 그러고는 혀가 아프도록 손바닥을 구석구석 핥기 시작했다. 나는 버려지지 않기 위해. 아니 버려지더라도 마지막 인사라도 하는 게 나을 듯싶어 사내의 손을 정성껏 핥았다. 사내는 줄곧 왼손으로만 운전하며 넋 빠진 표정을 짓고 있었다. 허겁지겁 차에 탄 뒤로 사내는 한 번도 내게 눈길을 주지 않았다.

사내는 길을 잘 못 들어섰는지 힐끔힐끔 고개를 돌려 두리번거렸다. 한 번쯤은 지나갔었던 길 같은데 어디쯤인지 당최 감을 잡을 수가 없는 듯했다. 나도 조금은 불안한 마음에 혹여 길을 잘 못 들어섰나 싶어 앞발로 핸들을 짚은 채 고개를 돌려서 걱정스레 사내를 바라보았다. 내가 겪은 바로는 사내는 약간 길치였다. 훤한 대낮에도 한번 가본 길을 다음에 다시 갈 일이 생길 때면 으레 길을 잘못 들기 일쑤였다. 그런 둔한 감각으로 배송일을 하고 있다는 게 신기할 따름이었다.

유리창으로 빗줄기가 가느다랗게 부딪히고 있었다. 창밖으로는 가로등 불빛들이 다가왔다 멀어지기를 반복했다. 사내는 운전하며 밤길이 어두운지 매번 두리번거리며 길을 확인하는 듯했다. 나도 한 번쯤은 봤을 법한 풍경이 언뜻 스쳐 가는 것 같기도 했다. 하지만 어디가 어디인지는 알 수 없었다. 사내는 굳은 얼굴로 입술을 꾹 다문 채 정면을 응시하며 운전대를 단단히 잡고 있었다.

빗줄기는 점차 굵어졌다 가늘어지기를 반복했다. 지금 나는 어디로 가는 것인가. 어디쯤에 버려질 것인가. 내가 기억하고 있는 장소일까. 아니면 전혀 예상 밖의 장소일까. 혹시 내가 기억하는 장소에 버려져서 집으로 다시 돌아가게 되면 사내는 어떤 반응을 보이게 될까. 아니면 그냥 그대로 떠돌이 개로 살아갈까. 그러다 마음씨 좋은 누군가를 만나서 좋은 환경에서 새로운 삶을 살게 되지 않을까. 어차피 개 팔자야 알 수 없는 노릇 아닌가.

그렇게 한참을 달리넌 사내가 속도를 줄이며 차를 세웠다. 희미하게 낯익은 풀냄새가 코끝을 스쳤다. 오래전에 한 번 와 본 듯한 곳이었다. 귓속으로 잔물결 일렁이는 소리가 들려왔다. 낚시꾼들이 고기를 잡던 저수지였다. 인적이 끊긴 주변은 고요했다. 저수지 위를 지나는 열차 교각의 보안등이 수면을 흐릿하게 비추고 있었다. 사내는 차를 저수지 방죽에 최대한 가까이 댔다. 그러고는 잠시 주위를 살펴보더니 차 문을 열고는 방죽 아래로 나를 세차게 밀쳐냈다. 내 몸이 붕 뜨더니 방죽 풀더미 속으로 벌러덩 굴렀다. 비에 젖은 풀더미는 차갑고 축축했다. 다시 기어오르려 해도 가파른 방죽에다 풀더미가 미끄러워서 주르륵 도로 내려갈 뿐이었다.

사내가 시동을 걸며 차 문을 쾅! 닫는 소리가 들렸다. 나는 그 소리에 위쪽을 올려다봤다. 그런데 차의 움직임이 이상했다. 갑자기 기우뚱거리더니 순식간에 방죽 아래로 곤두박질쳤다. 사내가 술에 취한 상태에서 핸들을 반대로 꺾은 모양이었다. 차는 그대로 저수지 한가운데로 빨려 들어갔다. 나는 가까스로 방죽을 기어 올라와서 저수지를 내려다봤다.

차가 빠진 곳에서 거센 물살이 소용돌이치더니 이윽고 잠잠해졌다. 수면 위로 사내는 끝내 떠오르지 않았다. 나는 저수지를 물끄러미 바라보았다. 방금 차를 삼키고도 아무 일도 없었다는 듯이 수면은 빗줄기를 머금고 있었다. 문득 어디선가 브왈라! 하며 낯익은 소리가 들려왔다. 나는 주위를 둘러보았다. 아무도 보이지 않았다. 저수지 쪽으로 고개를 빼들었다. 차가 빠진 물속에서 희미한 무언가가 눈에 띄었다. 자세히 보니 교각 불빛 아래서 여자가 내게 손짓하고 있었다. 나는 무엇엔가 홀린 듯 여자를 향해 곧장 뛰어내렸다.

빈자(貧者)의 하루

우연히 알게 된 여자인데 어느 날 불쑥 내게 찾아와서는 함께 살자고 했다. 딱히 내세울 것도 없는 내 처지에 의아해했지만 거절하지는 않았다. 살아온 환경이 달라도 너무나 다른 선녀와 나무꾼의 만남이었다. 내게도 이런 행운이 찾아오는가 싶게 행복해하면서도 한편으론 우렁각시가 떠날 거라는 불안감은 떨칠 수가 없었다.

─업체에서 보냈다고 하는데 여태 택배를 받지 못했어요. 어떻게 된 거예요?

─고객님 죄송합니다. 확인해 보겠습니다.

추석 명절을 앞두고 택배 물량이 달빛처럼 쏟아지던 때였다. 내가 가쁜 숨을 헐떡이며 정신없이 배달하는 와중에 고객으로부터 과일을 받지 못했다는 전화를 받았다. 그것도 두 상자씩이나 되었다.

과일은 당일 배송을 원칙으로 한다. 그런데 고객으로부터 택배를 받지 못했다는 연락을 배송이 끝난 이틀 후에나 받았다. 아차! 싶었다. 뜻지 않게 배송 사고가 발생했다. 난데없이 고객들에게 배송오류 전화를 받는 날이면 마치 자동차 도로를 신나게 달리다 생뚱맞게 길이 끊겨 막다른 곳에 서 있는 기분이 들었다. 순식간에 그날 일정이 뒤죽박죽되고 정돈된 생각이 얽혀들기 시작했다. 싱싱함이 생명인 과일을 분실했다. 배송 완료한 지 이틀이나 지난 마당에 설령 찾는다 해도 상품 가치를 잃을 게 뻔했다. 심장이 콩닥콩닥 뛰었다. 나는 부랴부랴 고객이 사는 아파트 단지 경비실로 달려갔다. 혹시 잘못 받은 택배를 누군가가 경비실에 맡겨놨을까 해서였다. 경험으론 잘못 배송한 택배를 경비실이나 주인에게 찾아주는 경우는 극히 드물었다. 역시 경비실에도 찾는 과일은 없었다.

나는 조바심이 일었다. 어디서부터 추적해야 하나. 한 달이면 수천 개의 택배를 배달하는 직업상 잃어버린 물건을 찾는 것도 택배의 일부다. 차량에는 밤늦게까지 배달해야 될 상자들이 빼곡히 쌓여있고 잃어버린 물건도 찾아야 되는 난감한 상황에 처할 때가 종종 있다. 일단 배달을 멈추고 과일을 배송했을 만한 집들을 추적해서 방문해 봤지만 허탕만 쳤다.

운전석에 앉아서 시계를 봤다. 계기판에 전자시계가 있지만 별도로 작고 아담한 초침시계를 정면에 부착했다. 택배는 시간과의 싸움이다. 보통 1톤 화물칸에 택배 물건을 가득 싣고 담당 구역으로 출발하는 순간부터 시간과의 싸움이 시작된다. 시계는 정오를 지난 시각을 가리키고 있었다. 배도 고파왔다. 준비해 온 간식거리를 꺼냈다. 택배를 하면서 점심이란 개념은 잊은 지 오래됐다. 제 때에 먹어본 적이 없을뿐더러 마파람에 게 눈 감추듯 간식을 허겁지겁 넘기기 바빴다.

간식은 거의 빵이다. 눈물 젖은 빵을 먹어온 지도 언 십년째다. 기억에 두 번 정도 택배를 그만두려고 했던 적이 있었다. 하지만 꼭 떠나려고 하면 붙잡는 야속한 애인처럼 쉽사리 택배를 뿌리치지 못했다. 그동안 먹어치운 빵을 쌓아본다면 아마 화물칸을 채우고도 넘칠 것이다. 그래서인지 택배기사들 사이에는 십 년을 택배하면 십 년의 수명이 줄어든다는 우스갯소리가 있다. 매일 긴장의 연속인 데다 때맞춰 끼니를 챙겨 먹지 못해서일 테다.

딴 따르르.

간식을 목구멍에 채 넘기기도 전에 단풍나무 길 멜로디가 울려왔다. 휴대폰에 컬러링 해놓은 통화음이었다. 나는 입안에 있던 빵을 억지로 목구멍에 욱여넣고 로고가 새겨진 조끼주머니에서 휴대폰을 꺼냈다. 택배 아저씨죠? 제가 조금 있다가 나가봐야 해서요. 택배 언제 오나요? 흔히 받는 고객들의 전화였다. 그럴 때면 초침 시계를 보며 대략 도착할 시간을 알려주었다. 그런데 가끔 성격 급한 고객들의 전화도 걸려온다. 대뜸 짜증 나는 목소리로 택배 언제 와요? 지금 외출해야 되는데, 빨리 좀 갖다 줘요! 그러고는 전화를 딱 끊는다. 그런 전화를 받을 때면 나도 모르게 속에서 욱, 하고 화가 치밀어온다. 아니, 혼자 택배를 시켰나, 아님 내가 개인 기사야 뭐야, 다짜고짜 전화해서는 빨리 오라는 것이야!

바쁜 날일수록 전화벨 소리는 더욱 나를 괴롭혔다. 고객들이야 자신의 물건만 생각하고 제때 물건을 받고자 전화를 하겠지만. 전화를 받는 나로서는 수시로 걸려오는 전화 때문에 배달이 늦어지는 건 물론이고 심한 날에는 휴대폰 소리 때문에 거의 노이로제 증상을 띠기도 했다. 그래서 성질 급한 기사들은 욱하고 폭발해서는 고객들과 심한 언쟁을 벌이기도 한다.

기사들이 전화를 받으면서 제일 싫어하는 말은 빨리, 라는 단어다. 차에 시동을 걸고 출발하는 순간부터 기사들은 달리기 선수들처럼 총성만 울리면 튕겨 나가듯이 심장 박동은 최고조를 향해 뛰기 시작한다. 그런 심리 상태인 기사들에게 고객들은 아무런 생각 없이 또는 아무렇지도 않게 전화를 해서는 무조건 빨리만 외친다. 그래야 직성이 풀리고 안심이 되나 보다. 내가 급히 서둘다 사고라도 당하면 책임져줄 텐가.

딴 따르르. 곧이어 전화벨 소리가 울려왔다. 휴대폰 화면을 보니 아내였다.

ㅡ왜? 지금 무지 바쁜데…

ㅡ오빠, 엄마가 많이 아파.

ㅡ명절 밑이라 눈코 뜰 새 없이 바빠. 언니네 불러서 병원에 모시고 가.

아내는 동갑인데도 결혼 때부터 나를 오빠라고 불렀다. 남이 들으면 정말 오누이지간으로 오해받기 십상이었다. 팔순의 장모가 많이 아프다는 거였다. 가까이에 언니네가 살고 있어서 무슨 일이 생기면 아내는 그 집으로 한달음에 달려가곤 했다.

아내는 몇 달 전만 해도 함께 살았지만 지금은 친정에 들어가 살고 있었다. 그러니까 현재는 별거 중이라고 해야 맞겠다. 삼 년 전에 아내와 결혼을 했다. 둘 다 늦은 나이에 만났다. 나이 오십을 코앞에 둔 만혼이었다. 아내와 내가 느지막이 만나 결혼한 데는 그만한 이유가 있었다. 나는 결혼도 하지 못하고 오랫동안 노총각으로 지내왔다. 중학교만 간신히 졸업한 뒤론 줄곧 공장과 막노동판을 전전하며 하루 벌어 하루 사는 데 급급했다. 더구나 왜소한 체격에 외모도 볼품없을뿐더러 웬만한 여자들마저도 내게 눈길 한번 주지 않았다.

내가 어쩌다 집에 들러서 밥을 목구멍으로 꾸역꾸역 밀어 넣을 참이면 어머니는 밥상머리에 앉아서 넋두리하듯 중얼거렸다. 무담시 서방 죽고 자식 하나 있는 거 복도 지지리도 없지라. 너도 소싯적 지 애빌 탁해서(닮아서) 한뎃잠을 자며 객지로만 떠돌다 보니 나이만 훌쩍 먹어부렀다야.

아내는 지적 장애인이다. 아내가 들려준 말로는 대학 재학 중에 정신적인 충격을 받아서 정신분열 증상에 따른 지적 장애를 앓게 됐다고 했다. 그래서 치료약을 매일 먹어야 된다고 했다. 아니 평생 복용해야 된다고 그랬다. 그러한 처지이니 누가 아내를 데려가겠는가. 어쩌다 혼처가 들어와도 아내가 약을 먹는다는 사실을 알게 되면 하나같이 퇴짜를 놓았다고 했다.

나는 무척 바쁘기도 했기니와 과일을 분실한 터라 기분도 썩 좋지 않아서 냉담하게 아내의 전화를 끊었다. 휴대폰을 주머니에 넣고 시계를 봤다. 시간은 속절없이 흘러가고 있었다. 배송하기에도 시간은 늘 부족한데 배송오류까지 발생해서 금쪽같은 시간을 허비하고 말았다. 주름진 이마엔 땀방울이 송골송골 맺혀있었다. 얼른 땀을 훔치고는 다음 코스를 향해 시동을 걸었다. 가슴에 묵직한 돌덩이 하나가 콱 박힌 듯했다. 화물칸에 실려 있는 물건은 언제 다 배달할 것이며 잃어버린 물건은 또 언제 찾는단 말인가. 몸 안에서는 박동소리가 쿵쿵 울려오는 듯했다. 나는 과일을 받은 집으로부터 제발 연락이 오기만을 간절히 빌었다. 그러고는 벌렁대는 가슴을 진정시키기기 위해 호흡을 가다듬은 후 다음 고객을 향해 힘껏 액셀러레이터를 밟았다.

─띵동 띵동.

─누구요?

─택배 왔습니다.

중년의 남자가 잠시 뜸을 들이더니 현관문을 빼꼼히 열었다. 나는 현관문을 활짝 제치고는 수레에 싣고 온 택배를 번쩍 들어서 문 안쪽에 놓았다. 그러자 남자는 팔짱을 낀 채 턱짓으로 아저씨, 거실 안에다 좀 갖다 줘요, 한다. 거실 안까지 놓아주려면 천상 신발을 벗고 올라가야 했다. 저희는 현관문 안까지는 들여놓지만 더 이상은 안 들어갑니다. 하고는 바삐 수레를 챙기며 돌아섰다. 거, 되게 빡빡하게 구시네. 아니, 좀 안에 갖다 줄 것이지 뭐가 그리 힘들다구… 남자는 내 등을 향해 퉁명스럽게 내뱉고는 현관문을 쾅 닫았다. 나는 못 들은 척 엘리베이터를 향해 얼른 그 자리를 떴다. 저치는 손이 없나 발이 없나, 이리 놓아라 저리 놓아라 하는 것이야.

기사들 사이에는 배송 중에 금기시 되는 세 가지 불문율이 있다. 첫째, 택배를 전달할 때 절대 신발을 벗지 말 것. 둘째, 한번 방문한 집은 절대 두 번 가지 말 것. 셋째, 한번 지나온 코스는 절대 돌아가지 말 것. 불문율이라는 게 어찌 보면 우습기도 하지만 그 이면에는 기사들만의 고충과 서글픔이 짙게 배어있다. 신발을 벗지 말라는 것은 대부분 운동화를 신고 일하는데 아침에 출근할 때 끈을 단단히 묶고 나오기 때문에 쉽게 풀 수가 없다. 방문한 집을 두 번 가게 되면 그만큼 시간을 허비하는 꼴이 되고, 지나온 코스를 다시 갈 경우 엄청난 시간을 낭비하기 때문이다. 한번 날아간 화살과 시간은 다시 돌아오지 않는다. 기사들에게 있어 시간은 황금과도 같다. 어떤 기사들은 불문율을 어길 경우 일진이 사납다고 엄살을 피우기도 했다.

수건으로 땀을 닦으며 묵직한 택배 운송장을 순서대로 추렸다. 배달이 끝난 운송장은 뒷장으로 넘겼다. 이른 아침부터 물류 하차를 시작하면 물건에 붙은 운송장을 한 장 한 장 뗀다. 분류작업이 끝날 때쯤이면 운송장이 제법 두툼해진다. 이런 작업을 기사들끼리 까대기라 부른다. 막노동 현장에서 쓰는 용어다. 운송장에 찍힌 바코드를 일일이 스캔하고 나면 절로 한숨부터 나온다. 두툼한 운송장을 보면서 이 많은 것을 언제 다 돌리나, 하고 말이다.

불현듯 입안이 찌릿찌릿해졌다. 잇몸이 약한 탓에 고질적인 치통이 찾아왔다. 바쁜 철만 되면 어김없이 나를 괴롭혔다. 약골인 몸으로 고된 노동을 쉴 새 없이 하다 보니 과로가 겹친 탓이었다. 특히 가을철만 되면 치아가 심하게 아려왔다. 내가 배달하는 택배업체는 주로 가을철에 몰려들기 시작한다. 시골이나 바닷가에서 올라오는 무거운 농작물이나 수산물이 태반이다. 농번기철에는 밤낮없이 배달을 해야 된다. 그렇지 않으면 물건이 상하기 쉽다. 어떤 때는 휴일도 없이 한달 내내 출근할 때도 있었다. 그러다 보니 몸이 견뎌내지 못하고 여기저기 아프고 결려왔다. 택배를 시작한 후로 나는 치아를 세 개나 뽑아냈다. 기사들은 각자 한 가지씩 고질병을 달고 산다. 그러다 보니 공통적으로 몸에서 풍겨나는 냄새가 있다. 그건 바로 파스 냄새다. 무거운 쌀이 올라오는 추수철이나 김장철이 되면 몸뚱어리 곳곳에 파스를 붙이고 산다. 대부분 허리 통증에 시달린다. 참고 참다가 결국엔 고통을 이기지 못하고 택배를 그만두기도 했다.

휴대폰에서 단풍나무 길 멜로디가 울려왔다. 배송 오류로 택배를 못 받은 고객이었다. 나는 잠시 숨을 고른 뒤에 통화음을 열었다.

—아저씨, 과일 찾았어요?

—죄송하지만, 아직 못 찾았어요.

—아저씨가 못 찾으면 어떡해요. 과일이라 너무 늦어지면 물러져서 상품 가치가 없단 말이에요. 친한 분한테 선물하려고 주문한 건데.

—제가 경비실에 부탁해 뒀고 또 오류배송 했을 집에도 메모를 남겨뒀으니까, 저녁까지만 좀 기다려주시면 안 되겠습니까?

—아무튼 과일이 상해서 못 먹게 되면 아저씨가 책임지세요.

—제가 어떡하던 책임지겠습니다. 그런데 혹시 물건값이 얼마나 됩니까?

—한 상자에 오만 원씩, 두 상자니까 십만 원이에요.

─옛! 십만 원요?

어느 정도 가격이 될 것이란 걸 예상은 했지만 막상 고객으로부터 십만 원이란 소릴 듣고 나니 심장이 덜컥 내려앉았다. 전화를 끊고는 반드시 찾아가겠다는 생각이 더욱 강렬하게 솟구쳤다. 택배 한 개를 배달하면 내게 떨어지는 수수료가 단 돈 천원이 채 못 된다. 열악하기 짝이 없는 심부름 값이다. 정말이지 십만 원을 벌려면 택배를 백 개 이상 배달해야 한다. 티끌 모아 태산이란 말이 딱 맞는 노릇이다. 꼭이 노점에서 좌판을 펼쳐놓고 나물을 파는 노인네들과 하등 다를 바가 없다. 그렇다고 쥐꼬리만 한 수수료마저 고스란히 다 내 차지가 되는 것도 아니다. 이는 아직 운행 경비를 공제하지 않은 금액이다.

배달 수수료 안에는 차량 할부금 유류비 부가세 수리비 보험료 등 공제할 금액이 포함되어 있다. 게다가 혹여 교통법규를 위반해서 딱지를 끊게 되면 공치는 날이다. 그러니 실상 내 주머니로 들어오는 수수료는 야박하기 이를 데 없다.

간혹 고객 중에는 잘 못 배달된 택배를 받을 경우 고객 당사자에게 전달해 주거나 경비실에 가져다 놓는다. 또한 운송장에 적힌 연락처를 보고 담당기사에게 전화를 주기도 한다. 그런 고객한테는 정말이지 큰절이라도 올리고 싶을 정도로 감사할 따름이다. 하지만 열에 아홉은 나 몰라라 했다. 암튼 나는 한시라도 빨리 잃어버린 과일을 찾는 게 급선무였다. 실낱같은 구원의 손길을 간절히 고대하며 운전대를 꽉 쥐었다.

한동안 정신없이 배달을 하는데 단풍나무 길 멜로디가 다시 울렸다. 확인도 하지 않은 채 휴대폰을 귓가에 댔다. 아내의 들뜬 목소리가 들려왔다. 부쩍 심심한 날에는 내가 바쁘든 말든 개의치 않고 전화를 걸어대곤 했다.

―오빠, 방금 카피(Copy) 하나 썼어.

―뭐라고 썼는데?

―파티움 하우스(Partyum House).

―멋진데. 무슨 뜻이야?

―매일 파티가 벌어지는 집.

카피는 내게 유일하게 자랑삼아 쓰는 아내의 고상한 취미였다. 처음엔 아내가 무슨 카피 같은 걸 한다기에 진짜 카피라이터(copywriter)인 줄 알았다. 알고 보니 저 나름대로 무슨 희한한 영문을 연습장 같은 데다 써 놓고는 카피랍시고 몹시 진지한 얼굴로 들여다보곤 했다. 아내는 초등학교 정도의 지적 수준이지만 그래도 대학물을 먹어서인지 영문 단어는 제법 많이 알고 있었다. 그리고는 자신이 쓴 카피를 어떤 물건에 붙이면 어울릴까 하고 곰곰이 공상에 빠져 있는 걸 보면 정말 카피라이터 뺨칠 정도였다.

어떤 날은 보도 듣지도 못한 영문을 조합해서는 어떤

제품에다 방금 쓴 카피를 붙이면 좋을까. 그러면 얼마나 제품이 많이 팔릴까. 시장 점유율은 얼마나 될까, 하고 한 껏 들뜬 표정으로 상상의 나래를 펼치곤 했다. 그럴 때면 나는 웃음이 피식 나왔지만 꾹 참고 맞장구를 쳤다. 글쎄, 아마도 엄청 많이 팔리겠지. 시장 점유율도 거의 독점할 거야.

그렇게 기분이 좋다가도 우울증이 급격히 심한 날이면 다짜고짜 ─내가 쓴 카피 값 내놔! 한 이십억쯤 될 거니까 내 계좌로 보내줘, 하는 문자를 내게 뜬금없이 보내왔다. 너무 황당한 액수라 웃음밖에 나오지 않았다. 그럴 때면 나는 아내의 증상이 도졌구나 싶어 성난 기분을 건들지 않으려고 비위를 살살 맞춰줬다. 그래. 이십억 보내줄게. 지금은 배달하느라 바쁜데 나중에 보내줄게. 하면 아내는 화난 문자를 득달같이 날려 보냈다. ─안 돼. 지금 당장 보내! 그렇게 실랑이를 벌이다가도 다음날이면 아내는 그 런 문자를 왜 보냈는지 멋쩍어하며 매우 송구해했다.

한때 나는 아내와 결혼하기 몇 해 전에 과분한 여자를 만나서 잠깐 살았던 적이 있었다. 어쩌면 우렁각시였다고 나 할까. 우연히 알게 된 여자인데 어느 날 불쑥 내게 찾 아와서는 함께 살자고 했다. 딱히 내세울 것도 없는 내 처 지에 의아해했지만 거절하지는 않았다. 살아온 환경이 달라도 너무나 다른 선녀와 나무꾼의 만남이었다. 내게도 이런 행운이 찾아오는가 싶게 행복해하면서도 한편으론 우렁각시가 떠날 거라는 불안감은 떨칠 수가 없었다.

힘든 택배일도 함께 하며 오래오래 내 곁에 살 것 같은 여자는 한 달이 채 못 되어 자신이 떠나왔던 곳으로 돌아갔다. 상심은 그리 크지 않았다. 언젠가 떠날 거라는 마음의 준비를 한 탓인지 이별의 아픔은 오래가지 않았다. 하지만 나도 모르게 트라우마가 싹트기 시작했다. 헤어진 후부터는 여자들을 보면 기피하게 되었다. 게다가 거리에서 마주칠 일이 생기면 먼저 고개를 돌려버리는 습관이 생겨났다. 그렇게 여자에 대해 무관심해질 때쯤 뜻밖의 장소에서 아내를 만났다.

비가 부슬부슬 내리던 초저녁에 창 너머로 희미하게 흐느끼는 소리가 들려왔다. 나는 호기심이 일어서 창문을 살며시 열었다. 웬 여자가 가로등 아래서 비를 맞고 있는 게 아닌가. 나이도 좀 있어 뵈는 여자였다. 어둡고 낯선 골목에서 여자는 간헐적으로 훌쩍이고 있었다. 그곳은 여자대학교 후문으로 통하는 작은 골목이었다. 지금도 알 수 없지만 그때 난 무슨 생각이 들었는지 발길이 그쪽으로 향했고 스스럼없이 겉옷을 벗어서 여자의 어깨에 걸쳐주었다. 여자는 자신이 젊었을 때 다녔던 학교를 바라보다가 옛 추억이 떠올라서 그만 울음이 터졌다고 했다. 그것도 인연인지 여자는 한 달 후에 내 아내가 되었다. 아주 가끔이지만 아내는 정상적인 사고를 할 때가 있다. 그럴 땐 대학까지 나온 아내가 참 안타깝다는 생각이 들었다. 홀어머니와 함께 살고 있던 아내는 자신올 데려갈 남자가 생겼다는 게 좋은지 앞뒤 재 볼 것도 없이 보따리 하나 들고는 내게 훌쩍 시집을 왔다. 예전의 우렁각시마냥 내게서 떠날 일도 없을 것 같았다. 오히려 내가 우렁서방이 된 듯한 심정이었다. 결혼식이랄 것도 없었다. 둘 다 늦은 나이에 결혼한다는 것도 그렇고 또한 장애를 가진 여자를 아내로 맞이한다는 자격지심에 웨딩드레스만 입혀서 조촐하게 식을 올렸다. 그러고는 단칸방을 얻어서 소박한 가정을 꾸렸다.

　─그럼 다시 써야겠네. 오빠, 택배하고 싶어.

　─다시는 택배 안 한다며?

　─오빠랑 떨어져 있으니까 외롭고 심심해.

　─언제는 택배하기 싫다며 떠나놓고…

　─택배가 싫은 게 아니고 시어머니가 나를 싫어해서 떠난 거지.

　다른 건 몰라도 아내가 할 줄 아는 게 딱 한 가지가 있다. 그건 바로 택배 일이었다. 대학 재학 중 정신적인 충격으로 집에만 틀어박혀 지내왔던 아내는 품성이 착한 장모와 단둘이 살아왔다. 딸을 가엾게 여긴 장모는 평생 둘만 살 것으로 알았는지 아내에게 살림하는 법이며 요리하는 법을 가르치지 않았다. 그러다 보니 신혼이랍시고 떡하니 방에 들어 앉혔는데 도대체 할 줄 아는 게 아무것도 없었다. 하지만 나는 그런 것들에 크게 실망하지 않았다. 이미 결혼 전에 그 정도는 감수하리라 다짐했으니까.

결혼 직후 며칠은 집에 잘 있는가 싶더니 우울증까지 있는 터여서 종일 혼자 있는 시간을 견디지 못했다. 아내는 끊임없이 중얼거렸다. 가끔 우울해지면 갑자기 화를 내기도 하고 기분이 조금만 좋아지면 입은 쉬지 않고 말을 내뱉었다. 내가 일 나가고 없는 시간이면 벽을 보면서 중얼거린다고 했다. 어느 날 출근하려는데 불쑥, 오빠 따라다니면서 택배하면 안 돼? 하는 게 아닌가. 정말 택배할 수 있겠어? 한번 해볼게. 차라리 집에 혼자 두는 것보다 데리고 다니는 게 낫겠다 싶었다. 결혼 전까지 일이라곤 해본 적이 없는 아내가 다양한 사람들과 부딪혀야 되는 택배를 할 수 있을까 내심 불안했다. 한편으론 택배 일이 지극히 단조로우면서 반복적으로 하는 일이라 아내라면 할 수도 있겠다 싶었다.

세상 밖에서만 지내왔던 아내로서는 세상 속으로 첫발을 내딛는 순간이었다. 먼저 아파트 단지에서 가벼운 물건을 들고 배달하는 방법을 알려주었다. 운송장에 적힌 고객 주소를 보고 초인종을 누른 뒤에 고객이 맞는지 확인한 후에 전달하면 되는 거야. 혹시 고객이 초인종 소리를 못 들을 수도 있으니까 노크도 해주면 돼, 하고는 요령도 일러주었다.

어찌 생각하면 초등학생 정도이 수준이면 일마든지 할 수도 있는 일이었다. 물론 하면 할수록 제일 어려운 일이 택배지만. 뒤뚱거리며 택배를 들고 가는 아내를 보면서 나 또한 다음 고객을 향해 바삐 뛰었다. 잠시 후 근처에서 요란한 소리가 들려왔다. 누가 몰상식하게 저리도 시끄럽게 문을 두드려대는 거지. 아파트 구조가 복도식이어서 소리 나는 쪽을 건너다보았다. 아뿔싸! 그곳에는 아내가 서 있었다. 한 손엔 택배를 들고 다른 손은 손바닥을 편 채 아파트 문을 세차게 두드리고 있었다. 제 딴에는 물건을 꼭 전달해야 한다는 생각에서인지 빈집을 향해 끊임없이 두드리고 있었다.

아내는 그렇게 택배에 걸음마를 떼기 시작했다. 그러고는 초보운전자처럼 느리게 적응해갔다. 주로 아파트 단지를 함께 배달했다. 특히 아파트는 구조상 비슷하기 때문에 자칫 긴장을 놓치면 배송오류가 발생하기 마련이다. 내 경우가 그렇다. 바쁘게 서둘다 보면 엉뚱한 집의 초인종을 누르는 경우가 종종 있다. 그런데 아내는 엉뚱한 집의 초인종을 누른 적이 한 번도 없었다. 내가 생각해도 참 신기했다. 보조석에 앉아서 쉴 새 없이 횡설수설하는 걸 보면 여간 산만한 게 아닌데 택배만큼은 정확히 배달했다. 그러고는 보조석에 앉아서 또 다시 중얼거리거나 다른 생각에 골똘히 잠기곤 했다. 정말이지 아내의 머릿속은 알다가도 모를 일이었다.

가난했지만 아내와 나는 택배를 함께 하면서 애정도 차곡차곡 쌓아갔다. 그렇게 한 삼 년이 지날 무렵. 집주인은 만기가 다가오자 터무니없는 보증금을 요구했다. 주변에 대형 마트가 들어서는 바람에 시세가 껑충 뛰었다는 거였다. 열심히 일을 해도 빠듯한 형편이라 요구를 들어주기가 난감했다. 또한 워낙 적은 보증금이라 다른 방을 얻기에는 턱없이 부족했다. 어머니 집에 들어가서 살까도 생각했다. 결혼 전에 나는 떠돌이 생활을 청산하고 두 칸짜리 방을 얻어서 어머니와 함께 살았었다. 그러다 결혼하면서 분가를 했기 때문에 방 한 칸이 비어 있었다. 하지만 어머니 집에 들어가 살 수도 없는 처지였다. 비록 만혼이지만 애초부터 우리 결혼을 어머니는 못마땅해했다. 아무 짝에도 쓸모없는 여자를 데려다 뭘 거냐며, 상견례 때도 참석하지 않았다. 정신이 오락가락하는 여자를 들이면 집안 망한다며 결혼을 완강히 반대했다. 결국 아내는 친정으로 돌아가고 나 혼자 들어가 살기로 했다.

겉으로 내색은 안 했지만 나는 아내를 사랑한다. 어떤

때는 아내 입에서 불쑥 아빠, 라는 호칭이 튀어나올 때도 있다. 남편이지만 마치 나를 돌아가신 친정아버지로 착각할 정도로 의지한다. 그럴 때면 나도 부녀지간 같은 기분이 든다. 남이야 뭐라던 나는 그저 아내가 사랑스럽다. 아내는 오로지 나만 바라보고 사랑하며 산다. 암튼 형편이 나아지면 합치기로 약속하고 아내와 기약 없는 이별을 했다.

　—지금은 너무 바쁘니까 이따가 통화해.

　아내의 전화를 끊고 운송장에 적힌 순서대로 배달을 서둘렀다. 한낮에는 대부분 직장에 출근한 상태라 부재중인 경우가 많았다. 그런 고객의 물건은 아파트 단지 내의 경비실에 맡기기 마련이다. 택배라는 직업의 특성상 기사들은 경비원과 매일 마주쳐야되는 불가분의 관계이다. 매일 같은 구역을 배달하다 보면 경비원과 얼굴도 익히게 되고 차츰 친해지기도 한다. 하지만 매양 친한 건만은 아니다. 첫 단추를 잘 못 끼우면 돌이킬 수 없듯, 처음 배달 가서 경비원들 눈 밖에 나면 담당구역을 바꾸지 않는 한 시달리게 된다. 경비원들 입장에서는 딱히 택배를 맡아야 할 의무는 없다. 단지 주민들의 편의를 위해 택배를 맡아줄 뿐이다. 그렇기 때문에 택배를 억지로 맡아달라고 떼를 쓸 수도 없다. 정중하게 부탁하는 정도이다.

　경비원들 대부분은 인생을 깊이 살아온 연륜 때문인지

소탈하고 좋은 분들이 훨씬 많았다. 간혹 깐깐한 경비원을 만나면 택배를 맡기러 가는 발걸음이 무거워졌다. 오늘은 무슨 트집을 잡을까. 아니면 또 무슨 잔소리를 할까. 껄끄럽다고 피해갈 수도 없는 노릇이었다. 어떡하든 나는 고객의 물건을 맡겨야하기 때문이었다.

몇 개의 택배를 경비실에 맡긴 뒤에 운송장을 넘겨보니 아침에 실었던 쌀자루가 생각났다. 무게가 꽤 나가는 쌀인데 세 자루나 되었다. 화물차를 몰고 주로 서민들이 거주하는 임대 아파트 단지로 들어섰다. 나는 쌀을 수레에 싣고 초인종을 눌렀다. 안쪽으로부터 아무 대답이 없었다. 다시 문을 두드리며 택배 왔습니다! 하고 목청을 높여 소리쳤다. 그러자 나이가 지긋한 할머니가 문을 빠끔히 열고 나왔다.

―할머니, 쌀 왔어요!

―아이고, 쌀 왔구먼. 일전에 촌에서 어멈이 쌀 부친다고 하드만.

―쌀을 얻다 둘까요?

―기사 양반, 내가 늙어서 그런디, 저짝 베란다에 놔두소.

―할머니, 제가 신발 벗고 방 안에 들어갈 수가 없어요. 끈을 꽉 묶어서 풀 수가 없다고요.

―괜찮혀. 신발 신고 댕겨두 되니께, 좀 옮겨 두소.

—혹시 신문지 모아둔 거 있어요?

　—신문지는 여깄수.

　나는 신문지를 받아들고 거실 입구부터 베란다까지 신
문지를 쫙 깔았다. 그러고는 무거운 쌀을 하나씩 들고 방
을 가로질러 베란다까지 정성껏 옮겨주었다. 쌀을 옮기면
서 지금은 고향에 묻혀 있지만 어린 나를 유독 어여뻐 해
준 친할머니를 떠올렸다.

　—할머니, 쌀 다 옮겨놨어요. 이제 갈게요.

　—시방 찐 건디, 고구마 좀 잡숴 봐.

　—지금 고구마 먹으면 체하니까, 고구마는 가지고 가서
먹을게요.

　—욕 보셨수, 기사 양반.

　운전석에 앉아서 흐르는 땀을 닦고는 시계를 봤다. 시
침은 늦은 오후를 가리키고 있었다. 택배를 하면서 시간
이 화살 같다는 말을 절실히 느끼곤 했다. 시간아 제발 더
디게 가거라. 물건은 저리도 쌓여있는데 너는 속절없이
흘러가는구나. 하고 한탄할 지경이었다. 배달을 하다 보
면 하루가 어떻게 가는지도 모른다. 일주일이 하루 같고
일 년이 한 달 같다.

　잠시 숨을 고른 뒤 목을 축이고는 고구마를 덥석 베어
물었다. 허기가 져 있던 터라 고구마가 꿀맛처럼 달콤했
다. 눈물 젖은 빵만 먹는 줄 알았는데, 눈물 젖은 고구마

도 먹게 되는구나, 하고 씁쓸한 웃음이 나왔다. 고구마는 목구멍으로 잘도 넘어갔다. 한숨을 고르면서 임대 아파트를 바라보다 퍼뜩 한 생각이 스쳤다. 참 오늘이 청약금을 넣는 날이지. 정오까지도 기억하고 있었는데 잃어버린 택배에 신경을 쏟다 보니 깜박했다. 택배를 시작하고부터 아담한 임대 아파트를 분양받기 위해 적은 돈이지만 다달이 청약적금을 붓고 있었다. 얼른 은행으로 달려가서 약정 금액을 송금했다.

월급날이 다가오면 통장에는 항상 잔고가 간당간당했다. 오늘처럼 난데없이 분실사고라도 터지게 되면 허리띠를 바짝 졸라매야 했다. 한 푼이라도 허투루 쓸 수가 없었다. 아내는 떨어져 살게 된 후로 오빠, 언제 함께 살아? 하고 종종 전화로 묻곤 했었다. 그럴 때마다 마음 한쪽이 시려왔다. 게다가 세상 물정도 젬병이어서 왜 떨어져 살아야 되는지 모를 때도 있었다. 내가 가난해서 집을 장만할 때까지 헤어져 있어야 된다고 아무리 설명을 해줘도 이해를 못 했다. 오빠 돈 많은데 왜 떨어져 살아야 돼? 하며 가슴 무너지는 소리만 해댔다.

얼마 전 장모 생일날 처가에 다녀왔다. 오랜만에 보는 아내는 천진난만한 표정을 지으며 무척이나 반겼다. 그동안 나는 바쁘다는 핑계로 자주 처가에 들르지 못했다. 사실 쉬는 날이면 파김치가 된 몸이라 웬만해서는 꼼짝하기가 싫었다. 백발이 성성하게 내려앉은 장모한테도 죄송할 따름이었다. 사위라는 작자가 제 아내 하나 건사하지 못하고 처가에 떼어 놓는 꼴이라니. 그런 내가 얼마나 미욱해 보였을까. 하지만 장모는 싫은 내색을 조금도 비치지 않았다. 늘 그렇듯 반가운 얼굴로 맞이해 주었다. 그나마 사위랍시고 따뜻하게 반겨주니 그동안 남모르게 쌓인 서러움에 가슴이 먹먹해졌다.

아내와 짧은 시간을 뒤로하고 무거운 발걸음을 돌려 집으로 가는 길에 전철을 탔었다. 나는 좌석에 앉아서 이어폰을 꽂은 채 조용히 눈을 감았다. 내게 유일한 낙(樂)이라면 음악을 듣는 거였다. 이어폰에서 더없이 맑고 투명한 곡이 흘러나왔다. 천상의 목소리로 고향을 그리워하며 부르는 애틋한 노래였다. 반복 버튼을 해놓은 상태여서 몇 정거장쯤 지나면 다시 노래가 시작되었다. 귓가에 애절하게 흐르던 노래에 빠져들며 온몸이 저릿하게 울려왔다. 잠시나마 행복했던 어린 시절을 희미하게 떠올렸다. 나이가 들어도 여전히 고달픈 삶과 노래가 전해주는 아련한 향수에 흠뻑 젖어들면서 나도 모르게 눈물을 흘리고 있었다.

황금빛으로 출렁이던 들판과 대숲으로 둘러싸인 아늑한 동네. 여름이면 마당 귀퉁이에 칸나가 붉게 피어있던 고향집. 밤이면 대숲에 내려앉은 별빛과 외양간에서 낭랑하게 들려오던 워낭소리를 들으며 언제까지나 어린 시절에 머무르기를 바랐다. 하지만 마지막으로 키웠던 백구(白狗)가 몹시 아팠던 나를 살리기 위해 약값으로 팔려갔던 그해 겨울. 집안의 기둥이던 아버지를 여의고 나는 돈을 벌기 위해 고향을 떠났다. 나이가 들면서 팍팍한 세상살이에 치이다 보니 고향에 대한 향수도 점점 흐릿해져갔다.

유년의 추억에 빠져든 나는 애절한 노래가 반복될수록 눈물은 뜨겁게 볼을 타고 있었다. 누가 볼까 봐 훔쳐내어도 눈물은 연신 흘러내렸다. 옆에 앉은 중년의 여자가 나를 뜨악하게 쳐다보더니 다시 정면을 향했다. 멀쩡한 남자가 전철 안에서 눈물을 흘리고 있으니 대체 무슨 일인가 싶었으리라.

딴 따르르. 단풍나무 길 멜로디가 길게 울렸다. 나는 고개를 들고 휴대폰 화면을 봤다. 예의 과일 고객이었다. 통화버튼을 누른 후에 힘없는 목소리로 응답했다.

—아저씨, 아직 연락 온 데 없어요?

—분명히 누군가는 받았을 텐데 연락이 없네요.

—정말 찾아보기는 한 거예요?

—그럼요. 잘 못 배달했을 만한 집은 다 찾아봤어요. 그런데 딱 한 집이 부재중이라 그 집에 기대를 걸어보는 중입니다.

—보낸 지 이틀이나 지났는데 과일이 상하지는 않았는

지 모르겠어요.

—저녁까지 찾지 못하거나 상했으면 꼭 변상해드리겠습니다.

—기다릴 테니 얼른 좀 찾아주세요.

—알겠습니다. 만약 못 찾을 경우 과일값을 보내드려야 되는데 문자 좀 남겨 주시겠어요?

고객이 보내온 문자를 확인했다. 적지 않은 액수에 내 어깨의 힘이 쭉 빠졌다. 물건값이 만만찮은데 정말 못 찾으면 어쩌지. 과일을 받은 고객으로부터 연락이 오지 않으면 하루 일당은 완전히 공치는 셈이었다. 나는 방향을 돌려서 분실된 아파트 경비실에 다시 들렀다. 혹시 배송 오류 물건 갖다 놓은 거 없습니까? 역시 대답은 마찬가지였다. 메모를 붙여놓은 집을 다시 방문해 봤지만 여전히 붙어있었고 집주인은 귀가하지 않은 모양이었다.

지금까지 택배를 하면서 크고 작은 분실 건이 많았다. 일부는 찾기도 하고 일부는 변상해주었다. 다시 찾게 되는 게 보통이지만 잃어버린 물건값도 만만찮았다. 그동안 변상해 준 물건값을 대략 추정해보면 이백만 원은 족히 웃돌지 않나 싶었다. 개당 배달 수수료가 평균 천 원이 채 안 된 터라 이백만 원이 넘는 금액은 내겐 엄청난 거액이 아닐 수 없다.

택배를 하다 보면 일진이 사납다는 말밖에 달리 하소연

할 데가 없을 때도 있었다. 경비실에 물건을 맡겼는데 경비원이 그만 실수로 엉뚱한 고객에게 전달하는 바람에 분실되는 경우도 있다. 그렇다고 택배를 부탁하는 내 입장에서 경비원에게 책임을 물을 수도 없다. 택배는 온전히 사람이 하는 일이기 때문이다. 어떤 경우는 고객의 불찰로 잃어버리는 경우도 있다. 아파트가 아닌 일반 주택이나 상가의 경우 친한 이웃이나 고객만 아는 장소에 숨겨주는데 분실되는 경우다.

예전에 아주 황당한 경험을 했다. 약간 허름한 빌라에 거주하는 고객이었다. 직장에 있는 시간대여서 고객의 요구대로 옥상에 있는 항아리에 조그마한 택배를 넣어놓았다. 다음날 물건이 없다는 뜻밖에 전화가 걸려왔다. 나는 고객에게 차분히 물건을 찾아보라고 했지만 극구 없다고만 했다. 참으로 어처구니가 없었다. 그런 경우도 변상해줘야 했다. 아주 드문 경우지만 마음씨 좋은 고객을 만나면 그냥 넘어갈 때도 있었다.

다시 배달 코스로 돌아온 나는 낭비한 시간을 벌충이라도 하듯 바삐 움직였다. 한 손엔 택배를 들고 뛰었다. 택배는 시간이 생명이다. 고객과의 약속된 시간을 지키려면 잠시라도 쉴 수가 없다. 배송 출발을 하기 위해 스캔 작업을 하고 나면 택배마다 대략적인 시간대별 도착시간이 찍힌다. 고객들은 메시지에 뜨는 도착시간을 보고 기다리기도 하고 미리 전화를 해서 부재중임을 알려주기도 한다.

가득 쌓여있던 물건들이 차츰 줄어든 만큼 내 얼굴은 땀으로 젖어들었다. 게다가 속옷까지 후줄근해져서 등짝에 철썩 들러붙었다. 젖은 옷가지를 매일 갈아입을 수가 없기 때문에 다음날 또 입게 되면 땀내가 올라왔다. 특히 엘리베이터를 탔을 때 땀 냄새가 역하게 나지는 않을까 걱정이 되었다. 간혹 철부지 아이가 엄마, 어디서 이상한 냄새가 나, 하고 내뱉기라도 하면 나는 쥐구멍에 숨고 싶은 심정이었다. 센스있는 아이 엄마는 입에 손가락을 세우며 쉿! 하고 아이에게 주의를 주었다.

노을이 지는가 싶더니 어느새 어둠이 내려앉고 있었다. 손마디가 찌르르 아파왔다. 하루에도 수백 수천 번 고객의 집을 두드리다 보니 손가락 마디마디가 아프고 저려왔다. 굳은살이 박였다가 풀어지기를 수없이 반복했다. 어떨 땐 누가 악수라도 청해오면 선뜻 손을 내밀고 악수하기가 꺼려졌다. 늘 손바닥이 나무등걸처럼 거칠어져 있기 때문이다.

어둠이 깔린 도로에는 퇴근하는 차량들로 붐비면서 저마다 쌩쌩 달렸다. 내 마음도 차츰 급해졌다. 그날 물량을 정해진 시간 내에 배달을 끝내야 된다. 만약 끝내지 못하면 다음 날로 배달이 미뤄지게 된다. 그렇게 되면 다음

날은 더욱 바빠지게 되는 데다 고객들로부터 항의 전화가 빗발친다. 어제 온다던 택배가 왜 도착하지 않느냐고 끊임없이 전화를 해대며 괴롭힌다. 그런 상황에 직면하면 정상적인 배달을 할 수가 없다.

전조등을 켜고 다음 코스로 이동하기 위해 넓은 도로로 나섰다. 빨간신호등을 보고 속력을 줄이며 횡단보도 정지선에 멈추려는 순간, 어디선가 날카로운 비명소리가 들려왔다. 무슨 소리인가 싶어 브레이크를 당기고는 정면을 자세히 바라보니 커다란 개 한 마리가 방금 사고를 당했는지 몸부림치며 울부짖고 있었다. 개를 친 차량은 어둠 속으로 쏜살같이 사라져버렸다. 사람들 꽁무니를 따라 유유히 횡단보도를 건너던 커다란 개가 질주하던 차량에 그만 부딪힌 거였다. 다리가 심하게 부러졌는지 제 딴엔 일어서려다 거꾸러지기를 반복했다. 몸이 마음대로 움직이지 않아선지 몹시 두려운 표정으로 고통스런 비명을 질러댔다.

양방향 차들은 일제히 멈춰선 채 그 광경을 목도할 뿐 선뜻 다친 개를 구하러 드는 운전자가 없었다. 나는 얼른 화물차에서 뛰어내려 개를 향해 뛰어갔다. 다친 개 앞으로 다가가서 몸을 낮추고는 손을 내밀었다. 개는 여전히 두려움에 바들바들 떨고 있었다. 나는 부드러운 눈빛으로 너를 구하러 왔단다. 겁먹지 말거라. 하며 개의 눈을 쳐다봤다. 방금 전까지 비명을 지르던 개는 내 눈빛을 읽었는지 잠잠해졌다. 머리를 쓰다듬으며 다친 개를 번쩍 들어서 도로변에 옮겼다. 하얀 개는 조금은 안정이 되는지 내 눈을 지그시 쳐다봤다. 사람을 잘 따르게 뵈는 온순한 눈빛이었다. 고향에서 마지막으로 키웠던 백구(白狗)가 잠깐 스쳤다. 동물보호 단체에 구조 요청을 한 뒤 옆에서 구경하던 행인에게 개를 맡기고는 다음 코스를 향해 속력을 냈다. 금쪽같은 시간을 지체했지만 마음 한구석에는 뿌듯함이 밀려왔다.

바쁘게 아파트 단지를 배달하는데 딩동, 메시지가 왔다. 고객님께서 예비입주자 대상자로 선정되었음을 알려드립니다. 엇! 메시지 창을 본 나는 다시 한번 눈을 비비고는 찬찬히 읽었다. 작년에도 임대 아파트 예비입주자 대상에 들었는데 아쉽게 경쟁에서 탈락했다. 그런데 결원이 생겨서 다시 입주 대상자에 들었다는 문자였다. 이번에는 왠지 예감이 좋았다. 너무 기뻐서 소리라도 지르고 싶었다. 얼마나 기다렸던 순간인가. 월세방을 전전하며 겪은 지긋지긋한 서러움과 몸서리치게 이사를 다녀야 했던 기억들에 대한 고별의 마침표가 되기를 빌었다.

아내에게 빨리 그 사실을 알리고 싶었다. 따로 떨어져 살게 되면서 내게 전화를 할 때마다 오빠, 우리 언제 함께 살아? 하고 묻던 아내의 얼굴이 떠올랐다. 그러나 지금은 아니다. 아직 입주자로 확정되지도 않았는데 먼저 알렸다가 만일에 탈락이라도 하게 되면 그 실망감은 이만저만하지 않을 테니까. 나는 당분간 아내를 위해 참기로 하고 발걸음을 빨리했다. 종일 뛰거나 걸은 터라 다리도 점점 풀려왔다. 택배를 실은 화물칸이 바닥을 드러내기 시작했다.

화물칸을 채웠던 물건들이 차츰 비워질 때마다 나는 매번 희열을 느꼈다. 어둠이 내리고 마지막 택배를 끝냈을 때의 그 희열감이란. 어쩌면 마라톤 선수가 42.195km를 완주했을 때와 별반 다르지 않을 것이다.

사방은 완전히 어둠에 잠겼다. 가로등 불빛이 아파트 단지 곳곳을 밝히고 있었다. 귀가를 하는 차량들이 속속 주차장으로 들어서고 있었다. 화물칸에 실린 택배도 얼마 남지 않았다. 조금만 더 서두르면 배달이 끝날 것 같았다. 나는 걸음을 재촉했다. 조용한 어둠 속에서 내 발소리만 탁 탁 탁 들려왔다. 바삐 걸으면서 아파트 창문을 올려다봤다. 집집마다 불을 밝힌 창문이 환했다. 창가로 새어나오는 불빛이 참 포근해 보였다. 퇴근한 사람들은 포근한 불빛 속으로 하나둘 사라졌다. 저 많은 불빛 가운데 나를 반겨주는 불빛은 없겠지. 나는 지금 갈 곳이 없구나. 세상 밖 어둠 속에 혼자 덩그러니 버려져 있다는 아득한 기분이 들었다. 어둠이 깔리고 저녁이 되면 지독하게 밀려오는 외로움에 어찌할 바를 몰랐다.

특히 찬바람이 불어대는 겨울이면 더욱 나를 슬프게 했다. 까만 어둠 속에 빛나는 창가의 불빛이 얼마나 따뜻해 보이는지 모른다. 손발이 꽁꽁 언 몸으로 이집 저집 뛰어다니다가도 잠깐 고개를 들어 불빛을 보면 왈칵 눈물이라도 쏟아질 것 같은 슬픔에 사로잡혔다. 불 켜진 저 창문 안에는 가족들이 모여 도란도란 웃음꽃을 피우고 있겠지, 하고 상상을 할 때면 서글픔은 한층 더 밀려들었다.

그럴 때면 나는 슬픔을 삭이려고 밤하늘을 올려다보았다. 까만 하늘에는 맑고 반짝이는 별들이 무수히 떠서 나를 비췄다. 밝게 빛나는 별들은 점점 가까이 다가왔다. 추위에 꽁꽁 언 몸이 불현듯 따스해졌다. 슬픔은 사라지고 내 주위에는 온통 별빛으로 충만해졌다. 나는 별들을 가슴에 품고 상자마다 별 하나씩을 담았다. 그때 별 무리 속에서 홀연히 나타난 흰 당나귀가 커다란 날개를 접고 다소곳이 내 앞에 멈췄다. 나는 흰 당나귀 등에 별이 든 상자를 싣고 별을 배달하는 마부가 되어 뚜벅뚜벅 걷기 시작했다.

마지막 코스로 가기 전에 잠깐 택배 메모장을 들여다보았다. 과일을 분실한 고객의 계좌번호가 적혀있었다. 그나저나 메모를 남겨놓은 집에서 연락이 없는 걸 보니 찾기는 틀린 것 같았다. 결국 이대로 과일을 찾지 못하는 것인지. 이른 아침부터 저녁까지 발바닥이 아프게 뛰어다닌 보람도 없이 맥이 풀렸다. 내 힘든 사정이야 어찌됐건 약속은 지켜야 했다. 나는 어쩔 수 없이 고객이 기다릴까 걱정되어 생계비도 빠듯한 통장 잔고에서 과일값을 송금했다. 고객에게 죄송하다는 메시지도 보냈다. 그러고는 허탈한 상태로 멍하니 통장을 쳐다보았다. 그때 딩동, 울리며 메시지가 도착했다. 열어보니 과일 고객이 보낸 메시지였다.

─어머! 제가 전화를 한다는 게 깜박했어요. 조금 전에 과일을 찾았어요. 그 집에서 얼떨결에 과일을 받아놓고 이틀간 휴가를 다녀왔대요. 생각보다 많이 상하지 않았어요. 과일 값을 돌려드릴 테니 문자를 남겨주세요.

─아닙니다. 괜찮습니다.

─아니에요, 제가 마음이 편하질 않아서 그래요. 갑자기 급한 일이 생겨서 잠깐 잊고 있었어요. 죄송해요. 먼저 연락을 드렸어야 하는데…

내 손에 마지막 택배가 들려있었다. 매일 반복되는 일상이지만 그날은 길고 긴 하루였다. 하지만 여느 날과 다른 기분이었다. 발걸음이 날개를 단 듯 가벼워졌다. 화물칸에 그 많던 택배가 사라지고 달랑 한 개만 남았다. 마지막 초인종을 누르고는 소진한 기력을 짜내어 택배 왔습니다! 하고 외쳤다. 쪼르르 뛰어나온 고객은 나무젓가락을 한 손에 든 채 현관문을 덜컥 열었다. 거실 쪽으로부터 고소한 냄새가 와락 풍겨왔다. 야식이라도 먹는 참인지 입가에는 기름기가 번들거렸다. 달콤한 냄새가 코끝에 닿는 순간 배고픔이 극심하게 밀려들었다. 종일 먹은 거라곤 빵 조각과 고구마가 전부였다. 허기진 뱃가죽이 등에 달라붙는 듯했다. 나는 배고픔 따윈 무심한 척 미소를 지으며 택배를 건넸다. 고객과 눈이 마주치는 순간 나는 배달이 끝났다는 희열감에 불쑥 마지막 택배입니다. 라는 말이 목구멍까지 올라오는 걸 참았다.

운전석으로 돌아와서 땀으로 흥건한 얼굴을 닦고는 너덜해진 목장갑을 벗었다. 초침시계도 다리가 풀렸는지 느리게 자정을 기어오르고 있었다. 기력이 완전히 바닥난 몸뚱이가 모래로 빚어놓은 듯 헐거워졌다. 누군가 툭 건들면 한순간에 바스라질 것 같았다. 벗어놓은 목장갑을 보면서 무거운 짐을 벗어버린 듯했다. 한편으론 왠지 모를 허전함도 스멀스멀 밀려들었다. 나는 고개를 돌려 차창 밖을 넌지시 내다봤다. 달빛이 환하게 쏟아지고 있었다. 손을 뻗으면 닿을 듯이 커다란 달빛이었다. 홀가분한 기분으로 라디오를 켰다. 다가오는 명절에는 몇십 년 만에 한 번 뜬다는 슈퍼문(SUPERMOON)이 될 거라고 했다.

청동상(青銅像)

나는 등 뒤에서 현의 외침을 듣다가 문득 어느 시집에서 읽은 사랑하라, 한 번도 상처받지 않은 것처럼. 이란 글이 떠올랐다. 현에게 속삭이듯 가만히 중얼거렸다. 떠나라, 한 번도 떠나지 않은 여행자처럼. 호명하라, 한 번도 부르지 않은 이름처럼. 마지막 잎새가 지는 순간에는 대지도 잠시 숨을 멈춘단다.

지난 추억을 떨치기 위해 나는 눈을 한번 껌벅이고는 그녀를 바라봤다. 그녀의 눈시울은 여전히 젖어있었다.

일전에 여성 권익을 위한 여성들만의 잡지를 발행하는 친구로부터 〈여성의 역할과 사회적 편견〉이란 주제로 청탁을 의뢰받았다. 나는 탈고한 원고를 들고 오랜만에 친구도 만날 겸 해서 그의 사무실을 찾았다. 약속 시간보다 일찍 온 탓인지 친구는 외출 중이었고 나는 소파에 비스듬히 기대고 있었다.

창밖으로 시선을 돌렸다. 낙엽이 떨어지고 있었다. 가을이 깊어졌다. 아침저녁으로 날씨가 서늘해져서 외투라도 껴입어야 할 정도였다. 담장 가의 대추나무 열매도 살이 통통히 올라있었다. 출판사 입구에 낙엽 몇 잎이 옹기종기 모여 있다가 바람이 한 번씩 획 불어대면 허공을 한 바퀴 빙 돌다가 다시금 제자리에 내려앉았다. 유리창 너머로 대추나무와 나란히 서 있는 청동상(靑銅像)에 눈길이 멎었다. 여자 나신(裸身) 상이다. 가끔 그곳에 들를 때마다 무심코 지나치곤 했었는데 그날따라 왠지 청동상의 여자가 낯설지 않아 보였다. 한 손에 데이지꽃을 들고 얼굴은 흐린 하늘을 향하고 있었다. 슬픔이 가득한 눈빛으로 허공을 향해 뭔가를 갈구하는 듯했다.

밝은 인사를 날리며 데이지꽃을 닮은 여자가 상큼 사무실로 들어섰다. 어느새 나는 원탁에 앉아있었다. 그녀는 자신의 첫 번째 시집을 내기 위해 방문한 터였다. 딱히 누구를 향해 인사를 한 게 아닌데 왠지 내게 인사를 하는 듯한 목소리로 들렸다. 출판사 실내를 둘러보니 직원들은 모두 여성들이었다. 그녀들은 제각기 자기 할 일에만 몰두할 뿐 어느 누구도 돌아보지 않았다. 암튼 난 엉거주춤 일어나서 인사를 건넸다.

그녀는 전에도 그곳을 다녀갔던 듯 맞은편 원탁에 다소곳이 앉았다. 첫인상이 딱히 누구라곤 말할 순 없지만 어디선가 한 번쯤 마주쳤을 법하다는 생각이 들 정도로 낯익은 얼굴이었다. 그녀는 출간하는 시집의 마지막 교정을 보러왔다고 했다. 나 역시 글을 쓰는 업에 몸담고 있던 터라 자연스레 책에 대한 얘기가 오고갔다.

벌써 완연한 가을이네요.

머그잔을 조용히 탁자에 내려놓으며 그녀가 입을 뗐다. 예스러움이 묻어나는 정원에는 투명한 가을이 내려앉아 있었다. 찻집 창밖으로 이른 낙엽이 언뜻언뜻 나타났다 사라지곤 했다. 출판사에서 처음 본 후 인사동에서 둘만의 만남이었다. 고택을 찻집으로 개조한 멋스러움은 운치를 자아내었다. 몇몇 사람들은 맞은편 미술관으로 들어서

고 있었다. 옛것과 현대의 멋이 함께 어우러지도록 배치
한 주인장의 탁월한 안목이 돋보이는 찻집이었다.

실내에는 때아닌 피아노 연주곡 12월이 흐르고 있었다.
느리게 흐르는 선율은 창밖으로 낙엽이 지는 가을 풍경과
잘 어울렸다. 찻잔 속을 가만히 보세요. 가을이 내려와 있
어요.라고. 그녀는 혼잣말처럼 중얼거렸다. 찻잔 속의 가
을이라. 참 낭만적인 표현이네요. 가을은 정말 아름다운
계절이에요. 가을이 되면 누구나 노란 은행잎을 닮은 설
렘으로 물드는 것 같아요. 지금 흐르는 피아노곡도 어쩌
면 가을에 작곡됐는지도 모르죠. 제목이 12월이긴 하지
만, 가을에 들어도 전혀 어색하지 않잖아요. 오히려 낙엽
이 다 지고 뭔가 휑한 기분이 드는 늦가을에 들으면 더 심
취될 것 같아요.

고택의 정원을 지나가는 시간은 느리게 가고 있었다.
차라리 정지되었다는 말이 맞을 것 같았다. 오후의 햇살
이 부드럽게 내리는 정원에는 벌써 떨어진 낙엽 몇 잎이
옹기종기 모여 있었다. 역광으로 투명하게 드러난 그녀의
얼굴 뒤편에 데이지 꽃밭을 화폭에 담은 그림이 걸려있었
다. 화려하지도 강렬하지도 않은 수수한 꽃. 들판에 무더
기로 피어있을 것 같지만 분명 그것과는 다른 청초한 꽃
잎을 피워내고 있었다.

데이지꽃을 닮았어요. 누가요? 그쪽이요. 그래요, 호

호. 왜 많은 꽃 중에 데이지꽃이에요?

그냥 문득 떠오른 이미지랄까요. 꽃말이 숨겨진 사랑이라죠. 가을이 되면 열매를 맺게 하는 과일나무의 신 베르디무나스가 어느 날 숲에서 일을 하던 중 그곳을 지나던 숲의 요정 베르테스를 보고는 첫눈에 반했다죠. 하지만 베르테스는 이미 약혼자가 있는 처지라 두 사람 사이에서 갈등하다가 결국 호수에 몸을 던졌죠. 훗날에 그 호숫가에 아름답고 사랑스러운 꽃이 피어났는데 데이지꽃이라 불렀답니다.

참. 시집 제목이 뭐죠?

산티아고 가는 길이에요.

산티아고 가는 길이라. 그곳에 남다른 추억이 있나 봅니다.

통유리 창으로 가을이 자꾸 구름을 놓치고 있었다. 금방이라도 파란 물감을 쏟아놓을 듯한 청명한 하늘엔 하얀 구름이 덩실 떠서 이국의 산티아고 지방을 향해 가는 듯했다. 한 번쯤 가보고 싶은 산티아고 순례길. 그곳에 가면 잃어버린 사랑을 찾을 수 있을 것 같기도 하고, 잃어버린 자유를 만끽할 수 있을 것 같은 아름다운 곳. 당장이라도 배낭 하나 메고 가을을 훌쩍 떠나 순례길에서 맞이하는 낯선 이국의 계절이란. 게다가 밤하늘에 낮게 떠가는 별빛은 여행객을 또 얼마나 황홀하게 해줄 것인가.

산티아고 순례길 한번 안 갈래요. 언젠가 현은 산티아고 순례길 한번 가보고 싶다는 말을 뜬금없이 내뱉었다. 산티아고 순례길! 그곳은 왜? 그곳에 가면 왠지 가슴이 뻥 뚫릴 것 같아서요. 요즘 뭔가 속상한 일이 있구나. 까짓거, 우리도 가면 되지 뭐.

친구의 초대로 처음 교회에 간 날. 그날이 마침 성탄절이어서 조금은 설레고 들떠 있었다. 청년부에 소속되어서 교회 활동을 하는 친구는 친구 한 명씩 데리고 오라는 청년부장의 엄명에 나를 선택한 모양이었다. 예배 순서가 끝나고 청년부끼리 따로 모여서 친목의 시간을 가졌다. 그때 만난 게임 파트너가 바로 현이었다. 게임이 끝날 무렵에 파트너끼리 지니고 있던 소품을 교환하는 순서가 있었다. 현은 목에 걸고 있던 십자가를 벗어서 내게 주었다. 나는 오랫동안 그 목걸이를 보관해 왔다.

결국 산티아고 순례길은 내가 서른이 되면서 아픈 기억 속으로 사라졌지만, 외로운 별빛이 안내하는 길을 따라가다 보면 멈춰버린 우리의 산티아고가 기다릴 것만 같았다.

이젠 지난 추억이 되어버렸지만 잊을 수는 없겠죠. 그곳에서 첫사랑을 잃어버렸으니까요. 그녀는 알 수 없는 슬픈 눈빛을 띄운 채 깊은 호흡을 내쉬며 탁자에 놓인 머그잔을 들어 올렸다. 찻잔 속의 가을이 점점 줄어들고 있었다. 유리창에 사선을 그리며 떨어지는 낙엽이 시간을 되돌리듯 같은 풍경을 재생하고 있었다.

서글서글한 그녀의 눈동자 안으로 널따란 데이지 꽃밭이 펼쳐졌다. 꽃밭 위로 구름 한 점 없는 쾌청한 하늘이 고즈넉이 내려와 있었다. 손을 뻗으면 금방이라도 보드라운 하늘의 속살이 만져질 듯했다. 바람이고 싶었다. 바람의 詩가 되어 끝없이 펼쳐진 꽃밭 위를 종일 불어대고 싶었다. 그러다 지치면 초원에 무더기로 핀 데이지 꽃밭에 벌러덩 누워 아무 이름이라도 외치고 싶었다. 꽃밭 위를 무심히 지나가는 바람이라도 그런 나의 부르짖음에 대답해주지 않을까. 그림 속의 데이지 꽃밭은 잔잔한 바람에도 흔들림 없이 정물화마냥 곧게 피어있었다.

소중한 사랑을 붉게 타오르는 가을 속으로 아프게 떠나보내야 했던 나. 산기슭에서부터 붉게 물들기 시작하면 내 가슴 언저리에도 붉은 통증이 아리게 번져왔다. 그쯤에서야 단풍이 붉게 물들어가는 이유를 조금은 알 수 있었다. 가을이면 가슴 아파하는 사람들이 너무 많기 때문이다. 모든 걸 활활 태워버리지 않고는 계절을 벗어날 수 없는 주홍글씨처럼. 나의 가을은 언제나 먹먹하게 다가왔다.

저를 만나면 종종 쳐주었던 곡이에요. 지금 나오는 피아노곡. 그 사람이 피아니스트였거든요. 단풍으로 물들 무렵 처음 만났는데, 어느 라이브 카페에서 조지 윈스턴의 12월을 연주해주었죠. 그때가 가을이어서 그런지 요즘도 가을만 되면 자주 듣고는 해요. 가을 사랑이었죠. 그 사람은 늘 어디론가 떠나고 있었어요. 딱히 꼬집어 말할 순 없지만 눈빛을 보면 그걸 알 수 있었죠. 언젠가는 자신이 원하는 곳으로 떠날 사람이란 걸. 세상을 방랑하는 여행자처럼. 그는 기어코 자신의 목표를 실행에 옮겼어요. 불쑥 따라나선 저는 산티아고 순례길에서 그 사람을 놓쳤고 결국 낯선 이국땅에서 혼자가 되고 말았죠.

묵묵히 그녀의 말을 듣고 있던 나는 가늘게 한숨을 뱉으며 손에 들고 있던 찻잔을 가만히 탁자에 내려놓았다. 가지런한 그녀의 눈빛이 한층 더 우울해 보였다. 창문 틈으로 바람이 살짝 불어왔는지 머리카락 몇 올이 이마 위로 흐트러졌다. 벽면에 걸린 그림에도 바람이 스쳐서 데이지꽃이 살짝 흔들리는 듯했다. 나는 추억에 젖어있는 그녀에게서 조용히 시선을 거두고 고개를 돌렸다. 휴일의 여유가 묻어나는 찻집 입구에 중년의 여자들이 들어서고 있었다. 저마다 가을 분위기가 물씬 나는 옷차림으로 미술관 쪽을 향했다. 누군가의 개인전을 관람하러 온 듯했다.

그림을 무척 사랑했던 현. 죽는 날까지 그림을 그리겠다고, 멋진 화가가 되겠노라고 낙엽이 지는 벤치에서 자신의 미래를 생글거리며 쏟아냈다. 그러던 현은 어느 날 원룸 근처에 있는 아파트 옥상에서 뛰어내렸다. 경찰의 연락을 받고 현장으로 달려갔을 때는 땅바닥에 누운 현의 몸에 누군가 담요를 덮어놓았다. 나는 차마 담요를 들춰 볼 수가 없었다. 옆에는 벗겨진 현의 운동화 한 짝이 아무렇게나 뒹굴고 있었다.

가로수 잎들이 짙게 물들어갔다. 거리에 떨어진 낙엽은 가을비에 촉촉이 젖고 있었다. 그녀로부터 전화가 걸려왔다. 시집이 나왔다는 전화였다. 일전에 시집이 출간되면 한 권 받아볼 수 있느냐는 나의 부탁을 잊지 않고 있었다. 마로니에 공원이 내려다보이는 카페에 그녀가 먼저 나와 있었다. 트렌치코트에 머플러를 목에 두른 차림에서 가을 분위기가 한껏 드러났다. 첫 느낌도 그랬지만 무심하게 입은 듯해도 옷맵시가 예사롭지 않은 분위기를 자아냈다. 시를 쓴다는 건 알지만 정작 직업이 뭔지 궁금하기도 했다.

엊그제 출판사로부터 시집을 받았어요. 그런데 이상한 기분이 드는 거 있죠. 시를 쓸 때는 그 사람을 생각하며 썼는데 막상 시집이 출간되니 제일 먼저 상혁 씨가 떠오르는 건. 이렇게 처음으로 보여주고 싶은 사람이라는 생각이 들지 뭐예요. 책이란 글 쓴 사람과 상관없이 어떤 운명을 타고나는가 봐요.

그녀가 내민 시집을 조심스레 받으며 축하한다는 말을 건넸다. 하얀 표지 하단에는 예쁜 사진이 인쇄되어있었다. 산티아고 가는 길이라 쓰인 소박한 팻말과 함께 끝없는 길이 지평선까지 맞닿아 있는 사진이었다. 시집 속의 그녀는 여전히 순례길을 걷고 있었다. 한편으론 사랑을 잃고 바람의 詩가 되어 낯선 길에 영원히 멈춰있는 듯했다. 표지 뒷면에는 잊혀진 계절에 만난 사람, 다시 기억될 계절에 만난 사람에게, 라는 글이 단정하게 서명되어 있었다.

그동안 시를 쓰기만 했지 시집으로 출판할 생각은 없거든요. 그런데 그 사람이 떠나고 난 뒤에 문득 시집으로 묶어야겠다는 생각이 들지 뭐예요. 흐린 가을 하늘 같던 내 젊은 날의 자화상을. 연극에 비유한다면 무대의 1막쯤 될까요.

나는 잠시 상념에 잠겼다. 내 무대의 1막은 어디쯤일까. 현을 떠올렸다. 가슴 한구석이 아리게 저려왔다. 잠결에 전화를 받았던 가을날 아침. 별안간 현은 울음을 터뜨렸다. 그러고는 잠시 침묵하더니 전화를 끊었다. 그림을 전공하던 현은 가난한 집안 사정으로 휴학과 등록을 반복하고 있었다. 엄마와 단 둘뿐인 현은 학비만큼은 스스로 벌겠다면서 그림에 매달리는 시간보다 아르바이트하는 날이 더 많았다. 그즈음 현은 무슨 영화 촬영하는 아르바이트를 했다. 단역도 아닌 엑스트라에 출연하면서 등록금을 마련하고 있었다. 가끔 만날 때면 이참에, 그림 그리는 일 그만두고 배우로 나서볼까, 하고 농담하기도 했다.

영화 촬영하는 작업이 현에게 어느 정도 적성에 맞는가도 싶었다. 그리고 다시 맞은 가을에 현은 낙엽처럼 허무하게 떨어지고 말았다.

그 충격으로 나는 오랫동안 지독한 방황을 했다. 생기로 넘쳐났던 젊음은 빈 나뭇가지마냥 헐거워졌다. 바짝 말라버린 내 삶은 바람이 불면 부는 대로 거리를 구르는 또 다른 낙엽이 되어갔다. 낙엽처럼 살고 싶었다. 물기가 다 빠진 마른 잎새가 되어 자유로이 훨훨 날고 싶었다. 사랑 따위는 없는 곳으로, 슬픔 따위는 없는 곳으로 날아가고 싶었다. 아니, 어쩌면 그리움이 잠들어 있는 곳으로 날아가고 싶었는지도 모른다. 갑작스런 현의 죽음은 내게 도저히 감당할 수 없는 충격으로 다가왔다. 그리고 행복했던 기억은 현의 죽음과 함께 저편으로 사라졌다.

나는 허리를 약간 펴며 카페 안을 둘러보았다. 창밖에는 줄곧 가을비가 추적추적 내리고 있었다. 습한 날씨에 약간 눅눅한 냄새가 풍기는 실내는 고전적인 분위기를 연출하고 있었다.

예전에 이곳은 예술가와 음악인들이 자주 들렀던 곳으로 유명한 다방이었다. 벽면 한쪽에는 여전히 지난 시절의 영화를 말해주듯 손때가 묻은 엘피판이 빼곡히 꽂혀있었다. 사실 내가 이곳을 약속장소로 잡은 것도 전에 현과 함께 들렀던 기억 때문이었다.

다시 고개를 돌렸을 때 고개를 약간 숙이고 있던 그녀가 어느새 내 시선을 따라 비 오는 창밖을 보고 있는 중이었다. 그러고는 서로 눈길이 마주침과 동시에 손에 펼쳐 든 시집으로 자연스레 시선이 옮겨갔다. 나는 조심스럽게 입을 뗐다.

제가 지원 씨 시집의 첫 번째 독자라는 사실이 매우 기쁘지만 한편으론 떠나간 그 사람을 대신해 이 시집을 받아든 게 아닌가 싶기도 해서 묘한 감정이 생깁니다. 시집을 읽어보니 왠지 가을엽서를 받은 기분이 듭니다. 희미해진 사람으로부터 날아든 뜻밖의 가을엽서랄까요. 데이지꽃이 한가로이 흔들리는 파란 하늘가. 낙엽 몇 잎 떨어진 산티아고 언덕에서 어떤 슬픔이 눈물을 흘리고 있는 듯합니다.

그 사람이 떠난 뒤 저는 그곳을 떠나지 못하고 이국땅에서 기다렸어요. 행여나 돌아올까 싶어 산티아고 언덕에서 며칠을 서성거리기도 했죠. 하지만 끝내 나타나지 않았죠. 사라질만한 이유도 없이 말이에요. 아마도 그 사람은 영원한 길 위의 순례자가 되기로 작심했나 봐요. 그렇게 절망을 안고 집으로 돌아왔을 때 또 다른 슬픔이 저를 기다리고 있었어요. 극단이 폐쇄되는 사건이었죠. 내 꿈과 열정이 배어있는 연극 무대가 사라져 버렸어요. 그렇게 막막한 나날을 보내던 어느 날. 그동안 써 놓은 시를 시집으로 엮고 다시 내 삶을 찾고 싶다는 의욕이 강하게 일었죠.

어느새 굵어진 빗줄기가 창문을 거칠게 두드리고 있었다. 그 충격으로 유리창이 들썩이며 파도 소리를 내고 있었다. 갈매기 울음소리만 들려오면 영락없이 바닷가에 앉아있는 기분이었다. 빗소리에 잠시 대화를 놓친 우리는 비 오는 거리로 시선을 향했다. 형형색색으로 물든 낙엽들이 마로니에 공원으로 마구 흩날리고 있었다. 미처 우산을 준비하지 못한 연인들이 재킷으로 서로를 감싸고는 공원을 가로지르며 정류장으로 향하고 있었다. 예전에 현을 만났을 때 갑자기 비가 내려서 함께 뛰었던 기억이 스쳤다. 마로니에 공원을 거닐다 헤어질 때면 늘 아쉬워하며 버스 창가에 얼굴을 대고 손을 흔들어주던 현이었다. 창문을 흐르던 빗물에 현의 모습이 지워지는가 싶더니 그 자리에 그녀의 실루엣이 사르르 겹쳐졌다.

그녀의 지난 시간은 온통 가을로 물들어 있었다. 시집에는 하나의 계절만 존재했고. 오직 가을이라는 계절에만 살아있는 듯했다. 우울한 시절에 쓴 탓이었을까. 그녀의 시에는 흐린 가을이 짙게 드리워져 있었고 쓸쓸한 낙엽이 뚝뚝 지고 있었다.

그 후로 연극은 계속하셨나요? 나는 들고 있던 시집을

탁자에 가만히 내려놓으며 그녀를 향했다. 아뇨. 하지 않았어요. 아니, 정확하게는 못했다는 말이 맞겠네요. 다시 연극을 시작해보려고 여러 극단에 접촉을 해봤는데 저를 선뜻 받아주는 데가 없었어요. 저희 극단이 문을 닫게 된 원인도 사실 저 때문이랄 수 있어요. 이미 저에 대한 불미스런 소문이 파다하게 퍼져있는 상태였거든요. 그들은 연대감이 강해서 연극계에 피해를 끼친 인물이란 낙인이 찍히면 다시는 발을 붙일 수 없는 곳이죠. 그러다 보니 부당한 일을 당해도 그냥 적당히 넘어가는 일이 다반사였죠.

현이 세상을 떠나기 일 년 전이었다. 한번은 혼자 몰래 아르바이트하는 곳을 찾아간 적이 있었다. 현이 어떤 역할을 맡고 있는지 궁금하기도 했고 그 무렵 힘들어하는 기색이 보였기 때문이었다. 촬영장은 널따란 억새밭으로 하얗게 핀 억새가 파도처럼 일렁이고 있었다. 잠시 휴식 시간이었는지 똑같은 분장을 한 사람들이 삼삼오오 모여서 얘기꽃을 피우고 있었다. 그들 속에서 현의 모습도 얼핏 보였다.

현에게 가까이 가는 순간 담당자인 듯한 우락부락한 남자가 현에게 다가가더니 함부로 손을 잡아채고는 어디론가 끌고 가려 했다. 현은 남자의 손을 강하게 뿌리쳤다. 그러자 남자는 다시 한번 손을 낚아채는 게 보였다. 그 장면을 보는 순간 화가 머리끝까지 솟구쳤다. 나는 더 이상 참지 못하고 무작정 달려가서 남자의 얼굴에 주먹을 꽂아 버렸다. 난데없이 날아든 주먹에 정통으로 맞은 남자는 벌러덩 넘어지며 코피가 터졌는지 얼굴이 붉게 물들었다.

그러고 보면 세상이란 참 세렝게티 평원같습니다. 다양한 종류의 동물들이 어울려 살아가는 지상의 낙원이지만 그 세계를 들여다보면 자신보다 약자인 동물을 먹이로 삼으며 함께 살아가는 생존의 현장이기도 하죠. 우리가 살아가는 세계도 세렝게티 평원과 별반 다르지 않다는 생각이 듭니다. 작은 권력이라도 쥐게 되면 자신보다 힘없고 약한 사람들 위에 군림하려는 양육강식의 세계. 제가 아는 친구도 예전에 지원 씨와 비슷한 일을 겪은 적이 있었죠. 그 충격으로 지금은 멀리 떠난 사람이 되었지만요. 기억하고 싶지 않겠지만 부당한 일이 무엇인지 물어봐도 괜찮겠습니까?

그녀는 잠시 생각에 잠기는가 싶더니 얼굴빛이 약간 어둡게 변했다. 자신도 잊고 싶은 기억이었는지 가늘게 한숨을 쉬고는 힘겹게 말문을 열었다.

배우 지망생으로 합숙하던 시절이었어요. 어릴 적부터 연극배우는 저의 꿈이었고 희망이었죠. 배우가 되기 위해 연극을 전공하고 연기력을 인정받아서 지망생들이라면 한 번쯤 들어가고 싶은 유명한 극단에 입단했어요. 그때만 해도 모든 게 다 잘될 것만 같았죠. 밤을 꼬박 새며 연습에 몰두해도 고단한 걸 모를 정도로 열정과 의욕이 왕성했던 시기였으니까요.

그렇게 지망생으로 있으면서 간간이 연극 무대에 단역으로 오르기도 했었죠. 그리고 일 년쯤 지났을 때였어요. 동기 중에 제일 잘 나간다는 친구가 저녁에 어딘가에 다녀오더니 이불을 뒤집어쓰고는 펑펑 울지 뭐예요. 무슨 일이냐고 물어도 대답도 안 하고 그냥 울기만 하더군요. 다음 날 일어나 보니 그 친구가 보이지 않는 거예요. 방 안을 둘러보니 벌써 짐을 꾸려서 합숙소를 떠난 뒤였어요. 친구가 떠나면서 제게 남긴 짤막한 메모가 탁자 위에 놓여있더군요. 자신처럼 어리석은 판단으로 꿈을 잃지 않길 바란다며. 도무지 알 수 없는 내용의 메모였어요. 하지만 그 메모의 내용을 알게 되는 데는 그리 많은 시간이 걸리지 않았어요.

친구가 합숙소를 떠난 지 며칠 후였어요. 그날도 연기 연습을 끝내고 숙소로 들어가는데 선배 언니가 절 부르더군요. 단장님에게 가보라는 거였어요. 배우 세계에서 단장이라면 어려운 분이거든요. 특히 신입 단원에게는 말할 것도 없죠. 더군다나 제가 속해있던 극단은 연극계는 물론 영화나 드라마 분야에서 상당한 영향력을 발휘하고 있었거든요. 우리 극단에서 배출된 수많은 배우가 여러 분야에서 두드러진 활약을 해준 덕분이죠. 그렇게 막강한 실력을 행사할 수 있는 극단의 단장이라면 자신이 마음만 먹으면 언제든지 스타로 키울 수 있는 힘이 있어서 배우들에겐 신과 같은 존재죠. 그런 단장한테 불려간다는 건 고양이 앞에 쥐가 되는 심정으로 주눅이 들게 되죠.

창밖으로 낙엽이 우수수 떨어지는 소리가 들려왔다. 쏟아지는 빗줄기는 좀처럼 잦아들 기미가 보이지 않았다. 잔가지에 매달린 바짝 마른 나뭇잎을 이번 참에 다 떨쳐버리기라도 할 듯 비바람은 거칠게 불어 대고 있었다. 그녀는 잠시 말을 끊고는 목이 타는 듯 탁자에 놓인 찻잔을 입으로 가져갔다. 맛을 음미하듯 천천히 한 모금을 들이켜고는 촉촉이 젖은 눈빛으로 나를 빤히 쳐다봤다. 그녀의 우울한 눈빛 안으로 현의 모습이 스쳤다.

현은 그 일이 있은 후 한동안 영화 촬영하는 장소에 나가지 않았다. 그러고는 그림 그리는 작업에 열중하는 듯 보였다. 나는 가끔씩 현이 나가는 화실에 들러서 그림에 대한 얘기도 하고 낙엽이 구르는 거리를 함께 산책하기도 했다. 가을이 거의 끝나갈 무렵 현은 뜬금없이 오빠, 요즘 이상하게 꿈을 꾸면 바닷가에서 신나게 노는 꿈을 자주 꾼다. 우리 언제 바닷가에 가지 않을래요?

커다란 모래시계가 세워져 있는 바닷가에는 벌써 어둠

이 내리고 있었다. 허름한 민박집에 여장을 풀고는 해변을 걸었다. 멀리서 달려온 부드러운 물살은 우리가 남긴 발자국을 지우며 곧장 사라지곤 했다. 계절마다 시시각각 변하는 뭍과는 다르게 바다는 세상 밖으로 무한한 시간을 끊임없이 밀어내고 있었다. 낯선 공기와 낯선 냄새가 풍겨오는 밤바다를 향해 두 팔을 높이 치켜들고 하늘과 바다가 맞닿아 있는 쪽을 향해 현은 힘껏 소리를 질러댔다.

나는 등 뒤에서 현의 외침을 듣다가 문득 어느 시집에서 읽은 사랑하라, 한 번도 상처받지 않은 것처럼, 이란 글이 떠올랐다. 현에게 속삭이듯 가만히 중얼거렸다. 떠나라, 한 번도 떠나지 않은 여행자처럼. 호명하라, 한 번도 부르지 않은 이름처럼. 마지막 잎새가 지는 순간에는 대지도 잠시 숨을 멈춘단다.

지난 추억을 떨치기 위해 나는 눈을 한번 껌벅이고는 그녀를 바라봤다. 그녀의 눈시울은 여전히 젖어있었다. 무슨 말이라도 해야 하는데 딱히 떠오르지가 않았다. 불쑥 손이라도 잡아주고픈 충동이 일어났다. 탁자 위에 놓인 그녀의 시집이 낙엽 위에 쓰인 가을의 詩처럼 내게 읽히고 있었다.

단장님한테 불려가서 혹시 불미스런 일이라도 생긴 겁니까? 나는 그녀의 기분을 조심히 살피며 말을 건넸다.

결론부터 말하면 그런 셈이죠. 평소 같으면 신인배우들

118

은 마주하기도 힘든 분이라 왜 불렀는지 궁금했어요. 그
동안 극단 내에서 제 연기가 괜찮다는 평판이 있어서 한
구석에는 희망에 들뜬 기대를 가지고 있었죠. 암튼 단장
님이 저를 호출한다기에 사무실 겸 방으로 꾸며진 장소
에 들어갔어요. 처음으로 들어가 본 곳이었어요. 비서 역
할을 하는 선배 언니가 단장님과 저에게 차를 내놓으면서
지원 씨. 영광인 줄 알아요. 단장님이 이곳에 아무나 들이
시는 분이 아니니까. 한 마디 툭 던지고는 사라지더군요.

단장은 단둘이만 남게 되자 평소와는 달리 다정다감한
얼굴로 이런저런 얘기들을 시작했죠. 이름만 대면 알만한
배우들 이름을 나열하면서 모두 자신이 키운 사람들이라
며 자화자찬을 늘어놓더군요. 이 바닥에서 내가 어떤 존
재라는 걸 지원 씨도 잘 알고 있지. 반대로 내게 밉보이면
앞날이 어떻게 되리란 것도. 지원 씨는 머리가 좋아서 내
말이 무슨 뜻인지 잘 알았으리라 믿네.

듣자하니 지원 씨 연기가 꽤 좋다고 해서 큰 배역을 주
려고 하는데. 이제 지원 씨도 좁은 울타리에 갇혀있지 말
고 더 넓은 세상으로 나가야지. 그래서 매스컴에 이름도
알리고 주연배우 자리도 꿰차야지. 안 그래. 그런데 말이
지 이 바닥은 연기를 잘한다고 금세 스타가 되는 게 아니
거든. 아무리 연기실력이 뛰어나도 소위 배경이 없으면
혼자 아무리 기를 쓰고 노력해도 조연으로만 맴돌 수밖에

없지. 지원 씨도 대중들로부터 스타라는 배우로 불리어지고 싶지 않나.

그러더니 늙은 단장이 딸 또래나 다름없는 제 손을 덥석 잡아끌지 않겠어요. 저는 그 순간 단장이 무슨 말을 했는지. 어떤 의미를 담고 있는 말인지 갈피를 잡지 못한 상황에서 순식간에 당한 일이라 몹시 당황스러웠어요. 그렇게 손이 잡힌 채 마음을 추스르지 못하고 있는데 이번에는 와락 제 어깨를 당기더니 입술을 포개려고 하는 거예요. 저는 더 이상 참지 못하고 단장의 억센 손을 뿌리치고 그곳을 뛰쳐나왔어요. 문을 박차고 나오는데 눈물이 마구 흐르더라구요. 이런 게 배우 세계란 말인가. 내가 가고자 하는 길이 이렇게 불결한 곳이던가. 오롯이 나의 꿈인 배우의 길이 이렇게 끝나는 것인가. 별의별 생각이 다 들었어요. 몸은 덜덜 떨려오고 목구멍은 꽉 막혀서 숨쉬기도 힘들 정도였죠.

그때의 감정이 되살아나는지 그녀는 몸을 움찔거렸다. 그러고는 핸드백에서 손수건을 꺼내더니 젖은 눈시울을 살짝 찍어냈다. 나는 가지런히 모은 그녀의 두 손을 바라볼 뿐 아무 말도 떠오르지 않았다. 아니, 어떠한 말도 할 수가 없었다. 어쩌면 동류의 젠더라는 집단성이 작용했을 터였다. 내가 마치 죄인인 듯 무릎에 포개고 있던 두 손이 자꾸만 안으로 오그라들었다.

그녀는 악몽 같던 지난 감정을 떨쳐내려는 듯 몸을 곧
추세우더니 머그잔을 들어 입술을 축였다. 주변을 살며
시 둘러보니 건너편에 앉아있던 젊은 한 쌍이 나가고 다
른 연인들이 앉아있었다. 나는 약간 식은 찻잔을 입에 대
려는데 낯익은 선율이 귓가에 와 닿았다. 피아노 연주곡
이었다. 전에 인사동 골목 찻집에서 들었던 조지 윈스턴
의 12월이었다. 느리게 때로는 나른하게 흐르는 멜로디가
가을 분위기와 딱 맞을 성싶었다. 피아노 선율은 마치 한
마리 나비가 실내를 팔랑팔랑 날아다니는 듯했다. 그녀는
산티아고에서 잃어버린 사랑이 생각나는지 한층 침울해
보였다. 문득 그녀가 나비로 변해서 우화등선(羽化登仙) 날
아오를 것만 같았다. 데이지 꽃밭 위를 하늘하늘 나는 한
마리 나비가 되어.

　빗줄기는 아까보다 약해져 있었다. 창밖으로 비 오는
거리와 마로니에 공원이 멋진 프레임으로 다가왔다. 이른
낙엽으로 공원을 구르던 나뭇잎이 보도블록에 착 달라붙
어 있었다. 맑은 날이면 거리의 악사들이 노래를 하고 무
희들이 춤을 추던 마로니에 공원을 가로질러 연인들이 우
산을 쓰고 총총 걸어가는 게 보였다. 마로니에 공원은 비
내리는 날에도 젊음과 낭만으로 가득했다.

　바닷가를 함께 다녀온 지 며칠 후부터 웬일인지 현과

연락이 닿지 않았다. 전화를 걸어도 지금 통화할 수 없다는 기계음만 매번 들려왔다. 어찌된 영문인지 몰라서 어리둥절했다. 집 앞에서 늦은 밤까지 기다리다 귀가하는 현을 붙잡고 전후 사정을 물었다. 오빠, 미안해. 죽어도 나가기 싫지만 예전에 다니던 아르바이트를 다시 하고 있어. 오빠에게 진즉 말하지 못해서 미안해. 엄마가 많이 아파요. 새벽에 일 나가시다가 크게 사고를 당하셨어. 엄마가 집에서 꼼짝 못 해서 돈 벌 사람은 이제 나밖에 없다는 거 오빠도 알잖아. 그쯤에 아르바이트 담당자로부터 전화가 왔지 뭐야. 자신의 행동에 대해서 잘못했다며 용서해 달라고 그리고 다시 나와서 일을 할 수 있느냐고 간곡히 내 의사를 타진해 왔거든.

더 이상 현의 아르바이트 일을 말릴 수 없었다. 그렇다고 나도 넉넉한 형편이 아닌지라 딱히 도움을 줄 수도 없었다. 암튼 현은 즐겁게 아르바이트 일을 다니고 있는 듯했다. 가끔씩 만날 때면 그리 비싸지 않은 선물을 교환하거나 미래를 약속한 증표로써 한 쌍의 반지를 서로에게 끼워주기도 했다. 그렇게 일 년이 지날쯤 마음 한구석에 늘 우려했던 불안감이 현실로 나타났다. 우락부락한 담당자가 숨기고 있던 본색을 끝내 드러냈다. 그것도 동료들과 함께 밤샘 촬영 중에 현을 강제로 범하고 말았다. 현은 그 충격으로 한없이 바닥으로 추락했다. 앞으로 살아갈 의미도 희망도 사라져 버렸다. 매일 밤 악몽에 시달려야 했다. 차마 누구에게도 말하지도 못하고 속으로만 분을 삭이며 짐짐 피폐해서 갔다. 현은 절망하고 또 절망했다. 집에 틀어박혀 내 전화는 물론이고 그 누구와도 일체 연락을 끊었다. 그 대신 현은 그날의 사건에 대해 자신의 일기에 빼곡하게 남겨놓았다. 자신의 삶을 철저하게 파괴하고 망가뜨린 자들에 대한 저주의 주문이자 절망의 일기장이었다.

입으로 가져갔던 머그잔을 조용히 내려놓은 그녀는 차분해져 있었다. 언제 침울했나 싶게 맑은 눈동자를 반짝였다. 그러고는 붉은 입술에 힘을 한번 꾹 주더니 강렬한 눈빛을 쏘아댔다.

그렇게 단장의 부당한 요구를 거부한 후부터 극단 내에 이상한 소문이 나돌기 시작했어요.

좋은 배역을 따내기 위해 단장을 꼬여내려고 했다는 둥 대부분이 나에 대한 험담이었어요. 게다가 이유도 없이 단역 명단에서조차 번번이 배제되면서 무대에 서는 일이 드물어졌죠. 자신의 이중적인 성품이 행여나 드러날까 단장이 미리 손을 써 둔 거였지만 어디에도 하소연할 데가 없었어요. 어쩔 수 없이 야비한 권력에 의해 극단을 떠나게 되었죠. 예전에 쪽지 한 장만 남기고 극단을 홀연히 떠난 친구가 떠올랐어요. 그때서야 그 쪽지의 의미를 알게 됐죠. 한때 제일 잘 나가던 친구는 단장이 자신의 욕구만 채운 뒤 버림을 받은 경우였죠. 그 후에 들리는 풍문으로 는 낙태 수술까지 받고 배우 세계를 영영 떠났다는 거였 어요.

낙심하고 있던 차에 어느 날인가 잠을 자는데 산티아고 에서 잃어버린 남자가 꿈에 보이더군요. 환하게 웃으며 다가오더니 저를 꼭 안아주면서 지원아, 걱정하지 마. 네 곁에 내가 있으니까. 그 남자가 저를 안는 순간 너무 따뜻 해서 하염없이 눈물을 쏟아냈어요. 나, 많이 힘들어요.

잠에서 깨고 보니까 실제로도 눈물을 흘렸는지 베개가 젖었더군요. 저는 눈물을 훔치며 입술을 깨물었죠. 오기 가 생기더라구요. 더 이상 나약해지지 말자고. 나는 결단 코 친구의 전철을 밟지 않겠노라고. 아무도 부당함을 고 발하지 않는다면 내가 직접 나서리라, 다짐했죠. 그래서 저에 대한 오해도 풀고 권력을 이용한 부당한 행위를 더 이상 방관해서는 안 되겠다는 생각에 이르렀죠. 더 이상 친구와 같은 희생자가 나타나지 않도록 알리고 싶었어요. 지인들과 대화를 나누던 SNS(Social Network Service)를 활용해 야겠다는 생각에 미쳤어요. 대부분 연극을 전공하거나 다 른 예술 분야에서 활동하는 제 지인들이 살아가면서 소소 한 삶의 에피소드를 나누는 곳이었죠.

SNS에 글을 올리자마자 파장은 상당했어요. 그동안 억울함을 당하고 극단을 떠난 단원들의 폭로가 이어지며 단장의 이중적인 민낯이 적나라하게 드러나게 되었죠. 또한 유명 인사다 보니 제 지인들이 모두 분개를 했고 너도나도 팔을 걷어붙이고 도와주겠노라고 하더군요. 제 사건은 곧장 언론이나 방송으로 이어지며 사회적 이슈로 떠오르게 되었고 극단은 결국 문을 닫게 되었죠. 그렇게 되기까지 지인들의 도움이 컸어요. 그들은 다양한 분야의 사람들과 교류를 하고 있는 경우가 많았으니까요. 무엇보다도 저를 힘들게 했던 단원들과의 사이가 회복되었고 반대로 배우들 위에 군림하며 권력을 휘두르던 단장은 사회적으로 지탄을 받으며 연극계에서 퇴출되고 말았죠.

엊그제는 오랜만에 무대에 올랐어요. 저와 같이 부당한 일을 당하고 무대를 떠난 사람들끼리 뭉쳐서 작은 극단을 만들었거든요. 그래서 요즘은 잃어버렸던 꿈을 다시 찾은 기분이에요. 우리들은 연극을 통해서 세상의 부조리를 고발할 거예요. 느리지만 꿋꿋하게 나아가는 달팽이처럼요.

창밖이 조용해졌다. 어느새 비가 멎어있었다. 실내를 흐르던 피아노 연주곡 12월도 끝나가고 있었다. 잠시 침묵을 지키고 있는 그녀를 그윽이 바라봤다. 그녀의 이면에 그런 강인함이 숨겨져 있었다니. 보기와는 달리 데이지꽃을 닮은 그녀는 약하지 않았다. 인사동 찻집에서 봤던 데이지 꽃밭이 떠올랐다. 갈바람에 비록 흔들리더라도 절대 꺾이지 않는 데이지꽃이 그녀의 얼굴 위로 오버랩되었다. 어쩌면 사랑의 슬픔이 그녀를 강하게 만들지 않았나 싶다. 산티아고 순례길에서 사랑을 잃은 대신 슬픔을 이겨내는 방법을 얻었는지도 모른다.

쓸쓸한 가을날 현은. 마지막 잎새가 끝없이 허공을 날듯. 철새들이 빈 들판에 사뿐히 내려앉듯. 고즈넉한 숲에 첫눈이 소리 없이 내리듯 현은 내 곁에 잠시 머물다 낙엽처럼 떠났다. 어젯밤 꿈에 현이 보였다. 아무리 헤매어도 현에게 가는 길은 보이지 않았다. 그러다 문득 산티아고에 홀로 서 있는 현을 보았다. 가까이서 보니 산티아고 순례길이 내려다보이는 언덕에서 현은 눈물을 흘리고 있었다. 나는 다가가서 현을 아프게 꼭 안아주었다.

피아노 연주가 끝나자 함께 오래된 카페를 나섰다. 마로니에 나무 꼭대기에서 가느다란 햇살이 내려오고 있었다. 울창한 마로니에 이파리가 황금빛으로 물들어 있었다. 어디선가 흥겨운 북소리가 들려왔다. 가게가 새로 들어서는 듯했다. 빠른 리듬의 북소리가 내 심장을 둥둥 울려왔다. 차분히 가라앉아 있던 마음이 흥겨운 리듬으로 가벼워지는 듯했다. 연인들이 앉아있는 공원 벤치를 향해 막 걸음을 옮기려는 찰나에 뭔가 허전함을 느꼈다. 순간. 떠오르는 게 있어 약간 높은 톤의 소리를 냈다.

참, 깜박 시집을 놓고 나왔습니다.

그냥 누군가에게 선물한 셈 치죠. 호호

그럴까요. 허허

그녀와 나는 마주 보며 환하게 웃었다. 햇살이 스며드
는 마로니에 공원을 나란히 걸어 나오는데 갑자기 그녀가
보이지 않았다. 어리둥절하여 뒤를 돌아보는데 아무도 없
었다. 그때 누군가 내 어깨를 흔들어 깨웠다. 나는 몽롱한
기분으로 눈을 떴다. 외출 나갔던 친구가 언제 왔는지 나
를 내려다보고 있었다.

많이 기다렸지? 어디 좀 다녀오는데 어찌나 차들이 밀
려야지 말야. 수많은 인파의 여성들이 도로를 점거하고
집회를 여는 바람에 많이 늦었네.

나는 친구에게 원고를 넘기고는 꿈속을 걸어 나오듯 약
간 휘청이며 출판사를 나섰다. 흐린 하늘이 언제 그랬냐
는 듯 맑게 개어 있었다. 나는 손으로 빛 가리개를 하고
눈부신 햇살아래 서 있는 청동상을 향해 눈을 찡긋했다.

사랑하라, 한 번도 상처받지 않은 것처럼
(류시화 시 인용)

핀 라이트(Pin light)

나는 마이크를 입에 대고 노래를 부르기 시작했다. 카메라와 관객들의 시선이 일제히 나를 향하고 있었다. 머리 위로 쏟아지는 불빛이 참 따뜻하다는 기분이 들었다. 일순간 숨을 멈춘 청중들의 적막감이 무대 위까지 전달되었다. 내 노래가 고요한 객석 위로 울려 퍼지고 객석 위로 수많은 나비 떼가 날아다니는 환상에 빠졌다. 스피커를 통해 나오는 노랫소리가 나비로 변해서 훨훨 날아다니는 것만 같았다.

도심에서 벗어난 외진 아파트 너머로 들판이 휑하다. 나는 와인을 들고 아파트 베란다로 나온다. 베란다 창을 열고 길게 밤공기를 들이킨다. 밤바람이 약간 드세게 불어온다. 검푸른 하늘에 별빛이 희미하게 빛을 내뿜는다. 도시의 가로등 불빛이 저 멀리 보인다. 시위는 더없이 적막하다. 군무를 추던 철새들이 별빛을 따라 이동을 하려는지 머리 위를 지나간다. 고개를 들어 철새의 무리를 쳐다본다. 군무를 이루며 머리 위를 나는 형상이 마치 거대한 이카로스의 날개를 보는 듯하다. 불현듯 이카로스의 날개를 달고 비상하고픈 욕망이 불쑥 솟는다. 쓸쓸한 내 삶의 들판을 박차고 저 새들처럼 훨훨 날아갈 수 있다면.

불현듯 가슴이 먹먹해지며 뜨거운 눈물이 볼을 타고 흐른다. 촉촉이 젖은 눈길로 새들의 무리가 하늘가로 사라질 때까지 멍하니 바라본다. 새들이 지나간 자리에 별빛이 또렷이 반짝인다. 어쩌면 저 별빛은 밤마다 내게 빛을 내려주었는지 모른다. 별빛 사이로 나지막이 엄마를 불러본다.

몇 달 전. 방송국으로부터 뜻밖의 전화를 받았다. 노래 경연대회에 참가해 달라는 전갈이었다. 큰 기대를 하지 않고 참가 신청을 냈는데 다행히 통과된 모양이있다. 요즘 매주 주말 저녁이면 시청자의 시선을 사로잡는 '나는 가수다'란 노래 경연이 열린다. 다음날이면 어김없이 언론과 매스컴에서 노래 경연에 대한 기사가 숱하게 쏟아져 나왔다. 그러다 보니 시청률은 타의 추종을 불허할 정도로 높았다. 출연진의 면면은 이미 대중들에게 익히 알려진 유명한 가수들이 주축을 이루고 있었다. 그 프로그램을 진행하는 제작진 사이에서 내 이름이 거론됐다는 소문이 들려왔다. 무명가수인 내가 어떻게?

장 교수는 그 프로그램의 자문위원이며 제작진이나 다름없었다. 동네에서도 내가 가수라는 걸 알아보는 사람을 찾기 힘들 정도였다. 처음엔 수혁의 짓궂은 장난이라고 생각했었다. 이래저래 풀이 죽어있는 날 위로하기 위해 목소리를 변조한 줄 알았다. 이름 석 자만 대도 다 알아주는 유명한 가수들만 나온다는 경연장이었다. 그런 경연장에 설마 내가?

습관처럼 손에 들린 휴대폰을 봤다. '제작진에서 출연에 대한 의견이 분분한 모양임' 부재중 문자가 한 줄 찍혀있었다. 나와 관련된 일이라면 만사를 제쳐두고 발로 뛰어주는 자칭 매니저인 수혁의 전갈이었다. 아냐. 그런 기적은 일어나지 않을 거야. 난 기적을 믿지 않거든. 뭔지 모르는 갈증을 애써 억누르며 휴대폰을 주머니에 넣었다. 겨울의 끄트머리를 지나는 밤바람이 제법 차가웠다. 저 멀리 도심의 불빛이 유유히 어둠 속에 떠 있었다. 문득 외톨이가 된 기분이 들자 마음 한구석이 싸하게 아려왔다.

장 교수로부터 전화가 걸려왔던 날에 공교롭게도 클럽 사장의 일방적인 해고 통보를 받았다. 불과 몇 시간 전이었다. 세라 씨. 세라는 내 예명이다. 가수로 데뷔하자 엄마가 지어준 이름이다. 내가 맡은 타임에 노래를 막 끝내고 대기실로 돌아와 숨을 고르는데 클럽 사장은 내게 할 말이 있다며 다가왔다. 홀쭉하고 머리숱이 없는 사장은 상대방에게 피치 못할 사정을 말할 때는 두 손을 심하다 싶을 만큼 비비는 습관이 있다. 세라 씨. 사장은 다시 한번 나를 부르고는 잠시 뜸을 들였다. 짐작은 했겠지만, 이곳이 뉴타운인가 뭔가 하는 재개발 지역으로 묶인 데다 어려운 재정 여건으로 클럽을 닫게 되었습니다.

올 것이 왔다는 생각이 퍼뜩 들었다. 전혀 짐작을 안 한 바는 아니지만 이렇게 빨리 문을 닫게 될 줄은 예상하지 못했었다. 그날이 최소한의 내 생계를 책임져주는 고정 수입원의 마지막 날이 될 줄은. 불규칙적으로 행사공연 무대에 서기도 하지만 무명의 가수에게 지급되는 출연료는 턱없이 작은 액수였다. 매달 고정급을 지불해주는 클럽이 문을 닫는다는 것은 내게는 일종의 퇴출 선고나 다름없었다. 불혹에 이른 무명가수를 어느 무대에서 선뜻 불러줄 것인가. 빠듯한 수입에 막상 다음 달 생계와 월세가 문제였다.

예술의 전당 측에서 대관 승인이 떨어졌답니다!

휴대폰으로 들려오는 수혁의 음성은 제 일처럼 흥분해 있었다. 수혁은 내 소속사 대표였다. 내가 지방의 야간업소에서 노래할 때 우연히 알게 되었다. 업소 대기실로 한 남자가 다가오더니 내게 정중하게 인사를 건넸다. 어제는 정말 죄송했습니다. 뜨악하게 그 남자를 쳐다봤다. 이 남자를 어디서 봤던가.

누구세요?

이수혁이라 합니다. 본의 아니게 손님을 접대하려다 그만 큰 실례를 범했습니다. 뒷일은 잘 마무리됐으니 걱정하지 않아도 됩니다.

그렇구나! 엊그제 룸에서 작은 소란이 있었다. 그들 중 일행이었다. 유독 구석에서 조용히 술잔을 기울이던 사내를 떠올렸다. 실내가 좀 어두운 데다 경황이 없어서 눈여겨보지 못했었다. 내게 명함을 건네면서 공연 기획사인 이카로스 대표를 맡고 있다고 했다. 훤칠한 키에 서글서글한 눈매를 지닌 그는 사죄하는 뜻으로 어떻게든 도움을 주고자 왔다고 했다. 그동안 변변한 소속사 없이 노래를 해 왔다.

세라 씨 노래를 들어보니 독특한 중저음에서 폭발적으로 뿜어져 나오는 가창력에 흠뻑 매료되었습니다. 저희 기획사와 계약을 맺고 싶습니다.

수혁은 정중하게 내 의사를 물었다. 그 무렵 막연하게나마 단독 공연을 은연중에 계획하고 있던 중이었다. 그때까지 내가 성취한 거라곤 겨우 앨범 한 장을 냈을 뿐이었다. 덧붙인다면 우연히 내 앨범을 들은 방송국 피디에 의해 드라마의 O.S.T를 부른 것이 내 이력이었다. 간간이 동료 콘서트에 카메오(Cameo) 성격으로 참여한 적은 있지만 단독콘서트를 기획하는데 혼자서는 무리였다. 가수는 공연이 생명이다. 공연을 하지 않은 가수는 대중으로부터 잊혀져 갈 뿐이다.

기획사 이카로스로부터 전화가 걸려왔다. 공연장 대관도 순조롭게 승인되었고 공연 일정을 상의하기 위해 기획사 사무실로 나와 달라는 내용이었다. 곧 외출 준비를 서두르고 사무실에 들어서니 수혁이 기다리고 있었다. 어서 오세요, 세라 씨. 예술의 전당 리사이틀 홀에서 4일간의 공연날짜가 잡혔어요. 공연일자까지 3개월여 남았는데 지금부터 하나하나 준비를 해야 합니다. 수혁은 특유의 느릿한 말투로 신중하게 입을 열었다.

얼마나 이 순간을 기다렸던가. 클럽을 전전하며 무명가수로 살아온 지 언 20년이란 세월이 흘렀다. 그동안 동료 가수들이 눈부신 스포트라이드를 받으며 대중들에게 사랑을 받을 때 나는 한쪽에서 무명의 서러움을 삭이며 눈물을 훔치곤 했다. 동료들 공연장을 찾으며 언젠가는 나도 저렇게 독주 무대를 꼭 가져보리라 다짐했었다. 그렇듯 오매불망 고대하던 솔로 콘서트가 막상 예정이 되자 기쁘기도 했지만 한편으론 공연에 대한 부담감이 엄습해 왔다. 뭐부터 준비해야 할지 막막하기만 했다. 너무 걱정하지 마세요. 세라 씨 공연 성공을 위해서 발 벗고 뛸 각오가 되어있으니까요. 수혁은 너털웃음을 지었다.

콘서트를 열게 될 공연장을 떠올렸다. 예전에 동료 가수들이 콘서트 할 때 몇 번 가본 적이 있는 장소였다. 콘서트를 하게 될 음악당의 야경이 특히 아름다웠다. 보랏빛 조명이 장엄하게 빛을 발하는 건물은 그 자체가 하나의 예술작품이다. 한국적 미학을 차분히 살리고 현대적인 분위기를 단아하게 조화시킨 점이 눈길을 끌었다. 세계적 음악가인 로스트로포비치나 아이작 스턴 등 세계적인 음악가들이 초청받아 예술의 전당을 찾았을 때 격조 있는 시설에 찬사를 보냈다는 얘기는 유명하다. 이름 있는 가수라면 한 번쯤 콘서트를 갖는다는 그런 장소에서 내가 솔로콘서트를 열게 되다니. 벌써부터 뭉클한 감동이 가슴 저 안으로부터 솟구치기 시작했다.

그 무렵 엄마는 휠체어에 의지할 정도로 병세가 악화돼 있었다. 엄마, 나 있지 아주 유명한 곳에서 공연하게 됐어. 한숨 자고 일어났는지 힘겹게 벽에 기대고 있던 엄마는 눈빛을 반짝였다. 그래? 이제야 소원성취하게 됐구나. 큰 무대에서 공연 한번 해봤으면, 하고 그렇게 노래를 부르더니. 엄마는 속내를 비추진 않았지만 진즉에 다른 가수들처럼 TV에도 나오고 돈도 많이 버는 유명 가수가 될 거라는 걸 체념한 것 같았다.

밤마다 이름 없는 클럽이나 카페에서 노래를 부르고는 새벽녘에야 들어오는 딸을 보며 그나마 입에 풀칠이나 하며 살아가는 걸 다행으로 여기는 듯했다. 그렇지만 많지 않은 수입으로 엄마의 약값에 월세에 잡다한 생활비를 제하면 늘 생활은 빠듯하게 돌아갔다. 우리 딸이 무대에서 노래하는 걸 봐야 하는데. 걱정하지 마, 엄마. 공연장에 꼭 모시고 갈 테니까. 그때까지 얼른 나아서 딸이 무대 위에서 자랑스럽게 노래하는 걸 지켜봐야지.

일 년 전에 엄마는 시한부 선고를 받았다. 언제 닥칠지 모를 마지막 날을 대비해서 생전에 기쁨을 안겨드리고 싶었다. 서러운 세월을 오직 딸 하나만을 바라보며 살아오지 않았던가. 무슨 노랠 부를 거니. 내가 콘서트 주인공이니 당연히 내 노래를 불러야지. 맞는 말이지만, 부탁하나 들어 줄 수 있니? 뭔데. 내가 좋아하는 노래 한 곡만 불러줄 수 있니. 아. 산상의 여인? 그래. 사실은 내가 좋아하는 노래가 아니고 네 아버지란 사람이 즐겨 부르던 노래였단다. 연애할 때 음악다방에서 그 노래를 색소폰으로 부르는데 얼마나 근사해 보이던지.

엄마가 그 노래를 흥얼거릴 때면 아버지가 생각날 때였구나.

별 실없는 소릴 다 한다.

아버지, 아니 아빠란 사람을 흐릿한 기억 속에 딱 한 번 만난 적이 있었다. 엄마와 아버지가 어찌해서 만나고 헤어졌는지 가슴에 묻은 사연이야 많겠지만, 철들 무렵에 엄마는 내 손을 잡고는 어느 한적한 호수를 향했다. 겨울이 지나고 해빙기가 들 즈음이었던가. 봄을 시샘하는 찬 기운이 옷깃을 파고들었다. 엄마는 내 머리에 벗겨진 후드를 꼭 씌워주었다.

호수에 다가가자 저만치 햇빛을 등지고 서 있는 남자의 실루엣이 어렴풋하게 들어왔다. 까만 벨벳 외투를 입고 있는 남자는 키가 껑충하게 커 보였다. 그가 우리 쪽을 향해 손짓을 했다. 처음 본 얼굴인데 참 낯익다는 느낌이 들었다. 남자는 날 보자마자 꼭 껴안았다. 아빠란다. 얼굴에 닿은 볼이 촉촉이 젖어왔다. 내가 흘린 눈물은 아니었다. 그냥 가만히 있었다. 그래야만 할 것 같았다.

우리 딸 주희가 이렇게 컸구나.

막상 공연 일정이 잡히고 보니 준비해야 할 게 너무 많았다. 기획사인 이카로스 사무실에 매일 출근하다시피 했다. 공연에 부를 노래 선곡이며 밴드결성이며 의상 그리고 관객 동원 등 공연은 아무나 하는 게 아니구나, 라는 중압감마저 들었다. 게다가 난 무명가수라는 핸디캡을 극복해야 했다. 클럽에서 노래 부를 때와는 전혀 차원이 달랐다. 그곳에서는 내가 아닌 다른 가수가 불러도 상관없는 무대이다. 하지만 단독콘서트라는 무게감은 실로 벅차게 느껴졌다. 관객들은 오로지 내 노래를 듣기 위해 찾아오는 게 아니겠는가.

세라 씨, 공연 주제를 ―이카로스의 꿈, 도전 그리고 비상― 이렇게 정해 봤는데 어때요? 좀 유치한 생각이 들긴 했지만, 뭐 없는 것보단 낫네요. 원래 의미야 하늘을 날고 싶어 하는 인간의 욕망과 미지에 대한 동경이겠지만, 세라 씨의 공연 성격이 추구하는 비전과 일치해서 차용을 했어요. 괜찮은 아이디어인데요. 그렇게 하세요. 참, 노래 선곡은 정규 앨범에 실린 곡으로 가야죠? 내겐 단 한 장의 앨범밖에 없는데 당연히 그래야겠죠. 그런데 공연 첫

날에 꼭 부르고 싶은 노래가 있어요. 뭔데요? 산장의 여인이란 곡이에요. 그건 세라 씨 노래가 아니잖아요. 엄마가 좋아하는 노래인데 마지막 곡으로 불렀으면 싶어요.

수혁은 약간 의아해하는 표정을 지었다. 노래 선곡은 그렇다 치고 밴드가 문제인데. 왜요. 우리 소속사에 있는 밴드 중에 드러머가 고장이에요. 아마도 메이플라워라는 밴드 중에 드럼 담당을 말하는 것 같았다. 아, 글쎄 얼마 전에 교통사고를 당해서 말이에요. 지금 병원에 입원해 있거든 퇴원하려면 꽤 오래 걸릴 것 같다는 의사의 진단이에요.

예전에 출연했던 클럽을 떠올려보았다. 그중에 클럽 아바론에서 함께 무대에 섰던 드러머를 생각해 냈다. 많이 알려져 있지는 않지만 출중한 실력으로 파워드럼을 구사했다. 그의 연주 솜씨를 본 이들은 그를 디아볼리스 뮤지션이라 불렀다. 악마의 음악가라는 닉네임으로. 좋은 생각이 있어요. 그 문제라면 걱정하지 않으셔도 될 것 같아요. 제가 아는 밴드 중에 실력 있는 드러머를 섭외해 볼게요. 그럼, 그 문제는 세라 씨만 믿으면 되겠네요. 비주얼은 워낙 출중하니 메이커 업에 특별히 신경 안 써도 되겠고. 무대 의상은 어떤 컨셉으로 할 생각이죠. 화려한 옷보다는 세련되면서 심플한 차림으로 할 생각이에요. 딱히 생각해 둔 의상이 있는 것도 아니지만. 내 생각에는 이카로스의 꿈이라는 공연 주제에 걸맞게 스타일쉬하면서 비상을 표현하는 화려한 의상이 나을 듯싶은데요. 화려한 의상? 한번도 입어본 적이 없었다. 그런 무대에 서 본 적이 없기 때문이었다. 타임으로 뛰는 클럽무대에서 굳이 화려한 의상까지 입을 일이 없을뿐더러 비용도 만만치 않기 때문이었다.

수혁은 내 속내를 읽었는지 고개를 들고는 얼른 말을 이었다. 의상 문제는 우리 기획사와 거래하고 있는 패션 디자인 업체에서 협찬을 받으면 되니까 크게 신경 쓸 것 없어요. 그나저나 지금까지 논의된 것들은 우리 기획사 차원에서 해결할 수 있는 건데. 그보다 가장 큰 문제가 남았는데. 가장 큰 문제라면 아차, 싫었다. 관객 동원이 문제구나. 과연 공연장에 얼마나 객석을 채울 수 있느냐가 관건이었다. 무명가수인 나로선 공연장의 객석을 가득 채우기에는 역부족이었다. 오로지 내 노래를 듣기 위해 관객들이 오기나 할까, 설령 온다 해도 몇 명이나 올까. 만약 공연 날에 객석이 텅텅 비게 된다면, 생각만 해도 끔찍했다.

고민에 잠긴 수혁은 이 문제만큼은 딱히 어찌해 볼 도리가 없는 표정이었다. 사실 단독콘서트를 추진한 것은 순전히 내 고집이었다. 나이가 점점 들어가면서 이름 없는 가수로 사라지기엔 너무 억울한 심정이 들었다. 그래서 비장의 카드로 단독콘서트를 열어보기로 마음먹었다. 처음부터 무리한 기획이란 걸 알았지만, 절망의 끝에서 모든 것을 쏟아낼 결심으로 마지막 모험을 시도한 것이었다. 한편으론 조금이나마 믿는 구석도 없잖아 있었다. 우연히 드라마의 O.S.T 주제곡을 부른 뒤에 들려오는 호평이었다. 독특한 허스키 보이스에 가창력이 있다는 평가를 음악계 안팎에서 종종 들은 바가 있었다.

들판 끝에서 철새들이 떼를 지어 날아오르고 있다. 도심의 불빛들이 낮게 떠 있는 밤하늘로 저마다 무리를 지으며 날개를 펼친다. 고개를 들어 이윽히 하늘을 응시한다. 참 오랜만에 하늘을 보는 듯하다. 별빛은 운무 속에 잠들어 있다. 요즘 들어 거의 별빛을 못 본 것 같다. 혹시라도 반짝이는 별빛이 있을까. 하고 고개를 젖히고 두리번거린다. 아무것도 보이지 않는다. 고개를 바로 하고 바람에 흩날리는 머릿결을 손으로 쓸어내린다. 그러다가 슬며시 손길이 가냘픈 턱에 닿는다. 문득 아찔했던 절망의 기억이 손끝을 타고 전율한다.

어마! 내 이비 이사 하으(엄마! 내 입이 이상해.) 터그 아으래 우가 자르 다으지 아느(턱 아래 위가 잘 닿지 않아!) 입이 뒤틀린 탓에 발음이 새 나왔다. 엊그제부터 몸이 찌뿌듯하고 감기몸살에 걸린 것처럼 축 처지는 느낌이었다. 그러던 것이 그날 아침에는 뒷목덜미가 뻣뻣해지며 머리가 아프고 어지러웠다. 속이 메스꺼워 꼭 토할 것 같은 기분도 들었다. 어디 좀 봐. 어라. 입이 돌아갔네. 큰일이구나! 이 일을 어떡한다니. 공연을 불과 한 달여를 앞두고 얼굴에 이상이 생겼었다.

그동안 공연준비로 몸을 너무 혹사시켜서 그런 게 아닌가 싶었다. 나름대로 공연 준비에 열심인 수혁에게 문자로 불러서 부랴부랴 병원으로 향했다. 안면신경마비 증세이군요. 구안와사라고도 하죠. 외부환경에 자극을 받아 증상이 생기기도 하지만 내부적으로 과로나 스트레스에 너무 예민해질 때 발생하기도 합니다. 건강한 피부에 병이라곤 생전 걸려본 적이 없을 것 같은 한의사는 병명을 조근조근 설명해 나갔다. 또한 정신적으로 불안한 상태가 지속되면 가끔 안면마비가 오기도 하죠. 직업이 무언지 물어봐도 되겠습니까. 노래를 부르는 가수입니다. 함께 왔던 수혁이 대신 대답했다. 아. 노래를 하시는군요. 노래를 부를 때도 많은 에너지를 소모시키게 되죠. 그런데 안타까운 말씀을 드려야겠군요. 현재 환자분은 적어도 한 달 정도는 휴식이 필요한 상태입니다. 예? 한 달씩이나요! 공연이 얼마 안 남았는데… 자세히 말씀드리자면, 말초성 안면신경마비 중에서도 벨씨마비(Bell's Palsy)입니다. 다행히도 벨씨마비는 대게 환자의 75~85%가 자연적으로 회복되는 경향을 보이죠. 그런데 진행속도가 환자마다 다르게 나타납니다. 빠른 경우에는 10일 안에 증상이 나아질 수 있지만. 그렇지 않을 경우엔 한 달이 걸릴 수도 있습니다. 환자분께서는 공연날짜가 얼마 남지 않아서 그게 걱정입니다.

현기증이 도는 듯 머리가 어지러웠다. 묵직한 무언가에 머리를 세게 부딪친 듯했다. 머릿속이 텅 빈 듯 웅웅거리는 소리만 들려왔다. 의사는 손동작을 하며 차분히 말을 이어갔지만 내 귀엔 아무 소리도 들려오지 않았다. 그냥 팬터마임의 한 장면으로 비춰질 뿐이었다. 외줄에 가까스로 의지하며 암벽을 기어오르던 클라이머가 줄이 끊어지며 찰나에 추락하는 영상이 스쳐 갔다. 안으로부터 쿵~ 소리가 들려오며 맥이 좍 빠져나갔다. 이제껏 간신히 호흡을 연장해주던 산소가 바닥을 드러내는 절망이 엄습해왔다. 시야가 부옇게 흐려졌다. 왈칵. 눈물이 솟구칠 것 같았다. 눈물샘을 비집고 자꾸만 눈물이 나오려 했다. 아픈 엄마의 얼굴이 떠올랐다. 내 앞에 있는 듯 환영이 어른거렸다. 엄마, 나 어떡하면 좋아요. 공연을 못 할 수도 있대.

데뷔 이후 어렵게 얻은 공연 기회를 다시는 잡을 수 없을 것 같았다. 어쩌면 그 공연이 내가 많은 사람 앞에서 노래를 부르는 모습을 엄마에게 보여줄 수 있는 마지막 기회가 될지도 몰랐다. 만약 공연이 무산된다면 평생을 두고 후회할 터였다. 공연날짜가 잡히고 나서 혼신의 노력을 기울였다. 연습실에서 목청이 쉬도록 노래를 불렀다. 어느 날 아침에는 목청에서 출혈이 있은 적도 있었다. 지망생 시절에는 몇 번의 출혈을 겪었지만 데뷔 후에 출혈은 처음이었다. 그만큼 단독 콘서트의 공연은 내 모든 것이었다. 공연장에서 최고의 노래를 관객들에게 선사하기 위해서는 당연히 치러야할 고통이라 여겼다. 아니, 그건 고통이 아니라 차라리 희열이라 느껴졌다. 동료들의 콘서트를 지켜보면서 얼마나 부러워했었던가. 수많은 관객의 박수갈채가 터지는 무대에서 열정적으로 노래를 부르는 내 모습을 상상하며 얼마나 숱한 밤을 새웠던가.

병실에서 환자복으로 갈아입은 후 침상에 앉았다. 당분간은 모든 것을 잊고 치료에 전념하기로 마음먹었다. 달리 선택할 여지가 없었다. 수혁은 아무 말도 하지 않고 묵묵히 옆에 있었다. 슬그머니 휴대폰을 꺼내어 문자키를 눌렀다. 공연, 접을까요? 라고 문자를 쓴 뒤 수혁에게 보여주었다. 수혁은 조용히 고개를 저었다. 아니, 절대 포기하면 안 돼. 세라 씨는 강한 사람이잖아요. 문자를 다시 보여주었다.

너무 지치고 힘들어요.

수혁은 눈을 크게 뜨고 힘을 주더니,

이번 공연을 포기하면 기회가 다시 오지 않아요. 꼭 성공시켜야 해요, 꼭!

그의 말투에는 단호한 결의가 배어있었다. 내 볼이 어느새 따뜻하게 젖어 들고 있었다. 눈물이 흘러내렸다. 문자키에 손을 좀 잡아줄래요? 쓴 뒤 내밀었다. 수혁은 말없이 눈물을 닦아주며 내 손을 꼭 쥐었다. 안면신경감압 시술을 받고 난 후에 수혁은 처방대로 삶은 수건으로 마비된 부위에 찜질과 마시지를 도와주었다. 잠깐이나마 공연에 대한 중압감에서 벗어나 누군가의 따뜻한 손길을 받고 있다는 평온함에 긴장이 스르르 풀어졌다.

어릴 적에 엄마에게선 늘 간장 냄새가 났다. 널따란 장독간에는 셀 수 없이 많은 항아리가 가지런히 놓여있었다. 항상 잿빛 승복 차림의 엄마였지만 절에 찾아오는 또래 아줌마들에 비해서 세련되고 예뻐 보였다. 언제부터 엄마와 함께 암자에서 지내게 되었는지는 모른다. 흐릿한 기억 속의 엄마는 매일 장독간에서 분주히 움직였고 내게는 놀이터였다. 그러다가 내가 유치원에 들어갈쯤 엄마는 내 손을 꼭 쥐고 여승에게 공손히 합장을 하고는 터벅터벅 산길을 내려왔다.

도시로 내려온 엄마는 어느 양장점으로 들어갔고 난 유치원에 보내졌다. 유치원에서 곧장 양장점으로 돌아오면 엄마는 양장점 한쪽에 있는 재봉틀에 앉아 옷감을 수선하고 있었다. 그런 날이면 친구들을 불러내서 놀이터로 향했다. 놀이기구를 타다가 시들해지면 각자 장기자랑을 하곤 했다. 춤을 잘 춘 아이는 춤 실력을 뽐냈고 난 노래를 불렀다. 엄마가 항상 흥얼거리던 산장의 여인. 이란 노래를 가수 흉내를 내며 구성지게 불렀다.

한 날은 놀이터를 지나던 동네 아줌마가 내가 노래하는 모습을 우연히 보고는 깜짝 놀란 표정으로 다가왔다. 어머, 너 양장점 집 애 맞지? 그 노래 어디서 배웠니? 꼬마애 노래 솜씨가 보통이 아니네. 노래 같은 거 배운 적 없어요. 우리 엄마가 흥얼거리던 노래를 불렀을 뿐이에요. 엄마의 손에 굳은살이 두껍게 내려앉는 만큼 내 키도 점점 성장했다.

여고를 졸업할 때쯤 진로에 대해 무던히 고심했다. 성장하면서 은연중에 가수에 대한 동경이 깊이 자리 잡고 있었다. 게다가 대학진학은 엄두도 낼 수 없는 어려운 형편이었다. 엄마, 나 있지 가수가 되고 싶어! 가수는 아무나 되는 줄 아니. 일찌감치 정신 차리고 양장 기술이나 배워라. 이 도시가 싫어. 답답해 미치겠어. 더구나 종일 좁은 가게에서 일하는 엄마가 불쌍하다는 생각이 들어. 그러니 절대로 양장 기술 같은 건 배우라고 하지 마! 난 가수가 되어서 돈도 많이 벌고 좋은 집에서 엄마랑 함께 살 거야. 그리고 졸업과 동시에 편지 한 장 남겨놓고 무작정 서울에 있는 가수 지망생 사무실을 노크했다.

연습생의 나날은 초라했다. 소위 잘 나가는 가수들의 수발에 연습실 바닥청소만 하며 두 해를 넘겼다. 가수가 되겠다는 부푼 꿈은 점점 희박해져갔다. 그 당시 새로운 페미니즘 소설 『무소의 뿔처럼 혼자서 가라』는 여성 작가의 책이 베스트셀러가 되면서 제목도 덩달아 유행어처럼 번졌다. 내용이야 잘 모르겠지만 제목만은 참 멋지다는 생각을 했다. 그 제목처럼 멋지게 혼자 가기로 마음먹었다. 그러고는 미련 없이 사무실을 떠났다.

가요제에 참가하리라 결심했다. 지망생 시절부터 남몰래 벼르던 꿈의 무대였다. 해마다 대학가요제나 강변가요제 포스트가 붙고 나면 노래 좀 한다는 치들의 가슴에도 들뜬 축제의 계절이 시작되었다. 만약 가요제에서 상이라도 받게 되는 날엔 하루아침에 스타가 되는 행운을 누릴 수 있으니. 하지만 어이없게도 접수창구에서 힘없이 돌아서야 했다. 참가자 자격 제한이 있다는 걸 미처 깨닫지 못했었다.

한동안 방황을 했다. 노래를 그만 포기할까. 밤이면 낯선 도시의 불빛을 멍하니 바라보며 하염없이 눈물을 훔쳤다. 그리고 얼마 후 우연히 TV를 보다가 방송국 창사기념 가요제를 개최한다는 광고를 접하게 되었다. 눈이 번쩍 뜨였다. 동시에 뜨거운 무언가 온몸을 뚫고 지나가는 전율을 느꼈다. 마치 망망대해에서 표류하던 배가 나침반을 얻는 순간이었다. 일반인들 대상으로 열린 가요제에서 운 좋게도 최고상을 받았다. 그렇지만 더 이상의 진전은 없었다. 단 한 번의 이벤트였는지 더 이상 내게 관심을 보이는 관계자는 없었다. 나름대로 소득이 있었다면 그 수상을 계기로 밤무대에 서게 되었다는 것이다.

다음날 병실을 방문한 수혁의 얼굴은 밝은 표정이었다. 세라 씨, 공연장 대관담당자를 만나고 오는 길이에요. 아직 티켓오픈 전이라 공연을 연기할 수 있다는 대답을 들었어요. 담당자의 의하면 흔치 않은 경우라는데 한 달 후쯤에 공연하기로 되어있는 측에서 갑자기 취소하는 바람에 가능하다고 그래요. 천만다행이었다. 한 달 정도의 치료와 준비 기간을 연장한 셈이었다. 우울한 심경에 빠져 있던 내게 기운을 북돋아 주는 희소식이었다. 다시 기운을 차렸다. 반드시 공연을 무사히 마치리라는 굳은 결심이 솟아났다. 참, 그보다 더 좋은 소식이 있어요. 방송국 피디로 있는 친구에게 세라 씨 얘기를 했더니, 마침 세상 사는 이야기라는 짤막한 다큐프로그램에 〈어느 무명가수의 노래〉라는 타이틀로 출연시키면 어떻겠냐고 묻더라고요. 그래서 흔쾌히 좋다고 했어요. 단독콘서트를 앞두고 적절한 시기에 매스컴을 탄다면 그보다 더 좋은 홍보는 없다고 생각했거든요. 아마 모르긴 몰라도 TV에 나간다면 홍보 효과가 꽤 만만치 않을 덴데요. 수혁은 환하게 웃음을 지있다.

안면 마비 증상은 예상보다 빨리 호전되었다. 공연에 대한 희망이 커지자 치료에도 적극적으로 임했기 때문이었다. 퇴원하고 집에서 요양 중에 방송국 다큐프로그램 제작진이 방문하였다. 주민들은 처음 있는 일이라 신기해하며 기웃거렸다. 그들은 엄마와 내가 살아가는 일상적인 모습을 생생하게 촬영했고. 취재 파트는 무명가수로서 살아온 내 삶의 궤적을 꼼꼼하게 수집해 갔다. 얼굴에 증상이 깨끗이 사라지고 다시 연습실에 나타났을 때에는 공연 날짜가 불과 한 달여밖에 남지 않았었다.

홍보에 더욱 박차를 가했다. 예술의 전당 홈페이지에 단독콘서트 배너를 띠우고 공연장 건물에 공연 포스터가 인쇄된 현수막을 내걸었다. 또한 바쁜 일정을 쪼개어 수혁과 함께 예전에 출연했던 클럽이나 밤무대를 돌며 공연 포스터를 붙이거나 손님들에게 홍보를 했다. 무명가수라는 콤플렉스는 공연 당일까지 항상 나를 불안하고 초조하게 만들었다. 제발 공연 첫날에 객석이 텅 비어있지 않기를 수없이 기도하며 가슴을 졸였다.

엄마, 공연장에 관객들이 얼마나 올까? 많이 왔으면 좋겠는데. 공연 전날 밤에 평소보다 좀 일찍 귀가했다. 엄마와 많은 시간을 갖고 싶다는 생각이 문득 들었다. 그간 연습이다 뭐다 해서 엄마와 함께한 시간이 턱없이 부족했다. 엄마는 숨이 차오르는지 말없이 고개만 끄덕였다. 벽에 기대어 있는 엄마의 손을 가만히 쓰다듬었다. 엄마는 마른 낙엽처럼 조용히 있었다.

며칠 전에는 세상사는 이야기란 프로그램에 엄마와 내가 살아가는 모습과 일상을 담은 영상이 방영되기도 했다. 엄마. 낼 공연장에 꼭 엄마 모시고 갈 거야. 하나밖에 없는 엄마 딸이 무대 위에서 노래하는 모습을 지켜봐야지. 그러니 기운을 차려요, 엄마. 든든한 가장도 없이 홀로 나를 키워준 엄마가 고맙기도 하고 한편으론 안쓰럽기도 했다. 진즉 생각을 달리했더라면 훨씬 더 좋은 환경에서 살 수 있었을 텐데 그런 생각이 들 때도 있었다. 암자에서 내려와 도시에 살 적에 어린 나에게 잘해주며 엄마를 무척 좋아했던 남자들이 종종 있었다. 그러나 엄마는 흔들리지 않는 모습이었고 제풀에 지친 남자들은 어느 날부터 나타나지 않았다. 그런 밤엔 소리 없이 흐느끼는지 잠자는 내 얼굴에 물방울이 톡 하고 떨어지기도 했다.

공연당일 날 엄마와 함께 이카로스 사무실에 들어섰다.

수혁은 일찌감치 사무실에 나와 있었다. 어머님께서 축하해주러 힘든 걸음을 하셨군요. 세라 씨. 첫 공연 행운을 빌어요. 탁월한 가창력에 관객에게 어필하는 부드러운 카리스마가 있으니까 훌륭히 잘해 낼 거예요. 그는 밝은 표정으로 엄지손가락을 치켜세워 보이고는 공연장의 무대를 점검한다며 먼저 나섰다. 다시 한번 엄마의 손을 살며시 쥐고는 건강을 살폈다.

출발 시간이 다가오자 공연에 필요한 의상 및 소품들을 기획사 차량에 싣고 공연장으로 향했다. 로비에 도착하자 기획사 스태프가 달려 나와서 곧장 대기실로 안내했다. 수혁이 곧바로 뒤따라 들어왔다. 공연장에 관객은 많이 왔나요? 제일 궁금한 사항을 숨 돌릴 틈도 없이 물었다. 수혁은 약간 어두운 얼굴로 입을 열었다. 세라 씨도 잘 알겠지만. 진정한 가수는 관객이 많고 적음에 흔들리지 않는다죠. 무대가 주어지면 항상 그 무대 위에서 최선을 다하는 모습에 관객들은 박수를 보내죠. 무대 위의 삶도 자신과의 싸움이에요. 그러니 설령 공연장에 사람들이 많지 않아도 절대 실망해서는 안 돼요. 이번 공연으로 모든 것이 끝나는 게 아니잖아요. 그리고 기대가 크면 실망도 큰 법이니 마음을 차분히 가라앉히고 단 한 명을 위해서 아니. 어머니를 위해서 열정의 무대를 보여주세요.

무대의상으로 갈아입고 무대 뒤편으로 향했다. 심장이

마구 뛰었다. 드디어 단독콘서트의 개막을 알리는 진행자의 멘트가 귓가에 들려왔다. 나는 뚜벅뚜벅 무대를 향했다. 그런데 웬일인지 어둑한 객석이 너무 조용했다. 흠칫 불길한 생각이 들었다. 찰나에, 객석 조명이 밝아오면서 일제히 함성이 터졌다. 그러고는 요란한 박수 소리가 이어졌다. 잠시 먹먹해졌다. 객석을 바라보니 빈자리 없이 관객들로 가득했다. 고개를 돌려 수혁을 쳐다봤다. 수혁은 스태프들과 함께 함박웃음을 짓고 있었다. 일테면 깜짝 이벤트를 벌인 거였다. 눈시울이 붉어지며 젖은 시야가 흐릿해졌다. 내 공연장에 그렇게나 많이 올 줄은 몰랐다. 예상 밖이었다. 매스컴의 위력을 절절하게 실감했다.

나는 떨리는 걸음으로 무대를 향해 내딛었다. 귓가에는 발자국 소리만 또각또각 들려왔다. 발걸음을 뗀 자리마다 붉은 연꽃이 한 잎 한 잎 피어나는 듯, 너울대는 하얀 블라우스 자락이 조명에 하늘거렸다. 무대 중앙에 자리를 잡고 서자 주변의 조명이 일시에 꺼지고 오롯이 나를 위한 핀 라이트(Pin light)가 천장으로부터 쏟아졌다. 정면에 있는 메인 카메라에 빨간 불빛이 켜졌다. 눈을 동그랗게 뜨고 심호흡을 했다.

객석에는 아무것도 보이지 않았다. 잠깐의 정적이 흐르고 나자 시야가 밝아지면서 관객들이 하나둘 보이기 시작했다. 나는 객석을 향해 고개를 깊이 숙였다. 이윽고 잔잔한 물살이 일렁이듯 반주가 시작되고 나는 마이크를 입에 대고 노래를 부르기 시작했다. 카메라와 관객들의 시선이 일제히 나를 향하고 있었다. 머리 위로 쏟아지는 불빛이 참 따뜻하다는 기분이 들었다. 일순간 숨을 멈춘 청중들의 적막감이 무대 위까지 전달되었다. 내 노래가 고요한 객석 위로 울려 퍼지고 객석 위로 수많은 나비 떼가 날아다니는 환상에 빠졌다. 스피커를 통해 나오는 노랫소리가 나비로 변해서 훨훨 날아다니는 것만 같았다.

노래를 부르며 문득 세상에 존재하지 않는 외딴곳에 홀로 서 있는 기분이 들었다. 노래가 절정으로 치달을수록 내 몸은 점점 뜨거워졌다. 나는 벅차오르는 감정을 애써 억눌렀다. 오랫동안 무명 가수로 지내온 시간들이 주마등처럼 스쳐갔다. 간주 부분에 이르자 나는 잠시 호흡을 가다듬고 객석을 바라봤다. 어둑한 객석 맨 앞줄에서 엄마는 행복한 표정으로 미소를 짓고 있었다. 나는 엄마를 향해 환하게 웃으며 손을 흔들어 보였다.

공연 기간 내내 객석은 만원이었다. 빈 객석이면 어쩌나 하는 우려와는 달리 성황리에 공연을 마쳤다. 피날레 곡으로 객석에 앉아있는 엄마를 바라보며 산장의 여인이란 노래를 불렀다. 공연을 마친 며칠 후 엄마는 영원히 산장의 여인으로 돌아갔다. 엄마 유품을 정리하다가 빛바랜 일기

장을 발견했다. 젊은 시절에 쓴 거였다. 거기에는 흐린 기
억 속에 한번 보았던 아빠와의 애틋한 사랑이 쓰여 있었
다. 엄마는 지방을 떠도는 쇼단 가수였으며 세라, 라는 예
명으로 노래를 불렀다. 지방 순회를 다니다 남자를 알게
되었고 그 남자와는 이뤄질 수 없는 사랑을 했다. 한낮 쇼
단 가수를 집안에 들여놓을 수 없다는 남자 집안의 심한
반대에 엄마는 홀연히 종적을 감추었다는 내용이었다.

　철새들의 군무도 끝나고 들판은 다시 적막감으로 휩싸
인다. 얼굴에 와닿는 밤바람이 한결 부드러워진 듯하다.
어느새 와인도 바닥을 드러내고 조금 전까지 머리 위에
떠 있던 별빛도 저만큼 벗어나 있다. 나는 나지막이 엄마!
하고 불러본다. 엄마는 여전히 내 품에 잠들어 있는 것만
같다.

1988 외등 아래서

"이 꽃이 가엾다는 생각이 들기도 하지만 한편으론 그렇지만도 않은 것 같아요. 땅에 떨어졌다고 해서 꽃이 아니라고 말할 사람은 아무도 없을 거예요. 담장 밑으로 추락하기까지 얼마나 많은 시간을 비바람에 부대끼며 생사의 극한을 오고 갔을까요. 오히려 함부로 가까이 갈 수 없는 저 담장 너머의 어떤 세상을 이 꽃잎만은 말해줄 수 있을 거예요. 지나간 일은 모두 지워버릴 거예요."

건물 막사 구석에 누군가 읽다가 버리고 간 책 한 권이
언뜻 눈에 들어온다. 표지는 뜯겨져 나가고 속지만 너덜
거리는 만화책이다. 무료한 터에 만화책을 건성건성 넘기
다 문득 두 페이지에 걸쳐 세밀하게 그려진 범선이 시선
을 강렬하게 잡아끈다. 대항해 시대에 미지의 대륙을 찾
아 망망대해를 누볐을 범선이다. 위풍당당한 범선이 어느
항구에 정박해 있는 장면이다.

문득 어떤 생각이 내 머리를 스친다. 나는 낮에는 일하
고 저녁이면 공사장 막사에서 먹고 잔다. 현재 신축 중인
건물은 여자 대학교 도서관으로 활용될 예정이다. 본관과
는 석축 담장을 경계로 좀 떨어져 있다. 건물 옥상에서 내
려다보면 대학교 전경과 운동장이 한눈에 들어온다. 지금
은 장마철이라 저녁이면 시멘트 냄새가 한층 퀴퀴하게 풍
겨온다. 사방을 합판으로 막은 공사장 막사에 앉아서 물
끄러미 벽면을 둘러본다. 하얀 벽면에 뭐라도 그려놓으면
좋을 듯싶다.

목공들이 사용하는 공구함을 열고는 심지가 굵은 데생
용 연필을 조심히 집는다. 널따란 합판 벽면을 한차례 훑

어본 뒤 구도를 잡고는 밑선을 그려나가기 시작한다. 이른 저녁을 먹고 그림을 그리기 시작한 지 두어 시간 만에 밑선이 제법 위용을 드러낸다. 무아지경 속에서 마지막 터치를 할 때 갑자기 연필심이 뚝, 부러진다. 응? 고개를 갸우뚱하다 개의치 않고 조금 물러앉아서 그림을 감상한다. 그림을 배운 적은 없지만 나름 실감나게 잘 그린 듯하다. 나는 흡족해서 벽면을 채우고 있는 밑선을 한참 동안 바라본다. 바람이라도 분다면 홀연히 항해를 시작할 기세다.

시계를 보니 벌써 저녁 9시다. 뉴스를 보기 위해 TV를 켠다. 요즘 매스컴에선 매일같이 〈세계는 서울로, 서울은 세계로〉라는 캐치프레이즈를 내걸고 88올림픽 열기로 떠들썩하다. 세계가 하나가 되는 화합의 장이니 어쩌니 하며 서울올림픽이 곧 열린다고 떠들어댄다. 왠지 올림픽 얘기만 나오면 다른 나라에서 열리는 기분이 든다. 어떤 날은 곰팡이 냄새가 풀풀 나는 막사에 틀어박혀 TV를 보고 있노라면 가슴이 터질 것만 같다.

그림 그리는 내내 참고 있던 오줌보가 팽창해오며 통증이 밀려든다. 며칠 전 지하 보일러실에서 배관작업을 하던 중 발을 헛디뎌서 사타구니를 정통으로 찧은 적이 있다. 그 순간의 통증이란, 이루 말할 수 없을 만큼 극심했다. 다행히 급히 병원으로 실려 가서 무사히 치료를 받고 퇴원했지만, 그 후유증으로 방뇨를 할 때면 여전히 찌릿

찌릿 아파온다. 나는 별 흥미 없이 보고 있던 TV를 끄고 점퍼를 걸친 후 후다닥 밖으로 나간다.

어둠에 싸인 담장 구석에서 볼일을 마치고 돌아서는데 문득 희미한 불빛 안으로 나방 한 마리가 보인다. 거미줄에 걸린 나방은 벗어나기 위해 안간힘을 쓰고 있다. 제 딴엔 무던히도 애를 쓰지만 그럴수록 끈끈이가 묻은 거미줄은 나방을 더욱 옥죄어든다. 나는 호기심이 일어나서 거미줄에 걸린 나방을 거미가 어떻게 포획하는지 지켜보기로 한다.

얼마 지나지 않아 제풀에 지친 나방이 꿈쩍하지 않는다. 이윽고 잎사귀 뒤에 숨어있던 거미가 살금살금 기어 나오더니 저보다 몸집이 큰 나방을 실로 꽁꽁 묶고는 잎사귀 뒤로 끌고 가버리는 것이다. 나는 기분이 영 찜찜해서 긴 막대기를 집어 들고는 거미줄을 훌러덩 거둬버린다.

도서관 밖은 별빛 하나 없이 깜깜하다. 건너편 여대 기숙사에서 맑고 청아한 오카리나 소리가 들려온다. 가만히 귀를 기울여보니 아침이슬 노래를 부르는 중이다. 오카리나 악기로 듣는 노래가 왠지 저릿하게 와닿는다. 어둠이 내린 골목으로 오카리나 연주가 더욱 애절하게 울려 퍼진다. 잠시 후, 오카리나 소리가 잠시 멎는가 싶더니 허공에서 뭔가 이마에 톡, 하고 떨어진다. 골목을 나른하게 비추고 있는 외등 아래를 바라보니 안개비가 내리고 있다. 막

다른 골목에 덩그러니 켜져 있는 외등이 소중한 사람을 잃고 방황하는 내 모습을 보는 것 같아서 씁쓸해진다.

고개를 들어 불빛이 환하게 켜진 번화가로 시선을 옮긴다. 골목을 벗어나 조금만 내려가면 지금껏 내가 살아왔던 곳과는 사뭇 다른 별천지가 펼쳐진다. 그곳은 언제나 젊음으로 넘쳐난다. 많은 카페와 다양한 음식점이 즐비한 대학가이다. 네온사인이 번쩍이는 도심 골목에는 대학가요제에서 대상을 받은 담다디란 노래가 흥겹게 쿵짝거리고 최근 유행하는 슬픈 그림 같은 사랑이란 노래가 매일 스피커에서 흘러나온다. 휴일에 어쩌다 번화가를 걷다 보면 전혀 다른 세상에 들어와 있는 기분이 든다. 세련된 옷차림에 고급 자동차를 타고 온 한 무리의 연인들이 카페나 유흥가로 몰려다니며 청춘을 불사르는 또 다른 세계에 뜨악해진다. 나는 젊음의 거리를 걷다가 우뚝 서서 열악한 환경 속에서 일하는 노동자들과 근로조건을 개선하고자 치열하게 투쟁하는 젊은 동지들을 떠올렸다.

컹. 컹. 골목 입구에서 개 짖는 소리가 간헐적으로 들려온다. 인적도 없는데 저놈의 개는 왜 짖어대는 거지. 어둠이 내리면 이곳 골목은 일찌감치 인적이 끊긴다. 기숙사 창문에서 새어 나온 불빛을 보고 짖는 건가. 나는 담장 난간에 기대어 골목을 뚫어져라 내려다본다. 골목 입구에서 들릴 듯 말 듯 발자국 소리가 얼핏 들려온다. 어둠 속에서 누군가 다가오는 것 같다. 귀를 쫑긋 세우고는 인기척이 나는 곳으로 온 신경을 집중한다.

흑, 흑 희미하게 흐느끼는 소리가 귓가에 들려온다. 이 시각에 웬 울음소리일까. 나는 난간에 바짝 붙어서 소리의 진원지를 찾으러 애를 쓴다. 비까지 내려서 일순 기분 나쁜 생각이 들기도 한다. 끊어질 듯 이어지는 저 흐느낌은 어디서 들려오는 거지. 두리번거리는 순간 난간 아래로 검은 물체가 휘청거리며 비탈진 골목을 느리게 올라오고 있다. 나는 경계병마냥 뜬금없이 나타난 불청객의 행동을 유심히 지켜본다. 가까이 다가온 물체를 보니 젊은 여자다. 비를 맞아서인지 긴 머릿결이 젖어있다. 이 시각에 웬 여자가 이곳에 나타났을까. 궁금증이 가슴 안에서 솟구친다.

골목을 무작정 오르던 여자는 대학교 담장에 가로막혀 더 이상 갈 수 없음을 알았는지 손바닥으로 담장을 애틋하게 쓸어내린다. 그러고는 외등 불빛이 고즈넉이 비추는 도서관 담장 밑에 다소곳이 앉는다. 여자의 행동을 줄곧 지켜보던 나는 왠지 모를 감정이 밀려든다. 저 여자는 무슨 까닭으로 외진 골목까지 왔을까. 무슨 사연이 있는 걸까. 나는 외등 아래에 우두커니 앉아있는 여자를 내려다본다. 문득 예리한 칼날이 내 몸을 스치고 가는 듯 극심한 통증을 느낀다.

재작년. 평소처럼 근무를 마친 은경은 돌아오지 않았다. 나는 고문 후유증으로 그녀의 방에서 신세를 지고 있었다. 그날따라 좀 늦는다 싶더니 은경은 끝내 나타나지 않았다. 기다림은 차츰 불안으로 바뀌었다. 이제나저제나 문을 열고 들어설까 갖은 상상을 하며 밤을 꼬박 새웠다.

다음날 그녀가 다니는 공장에 전화를 해봤지만 출근하지 않았다고 했다. 나는 초조함으로 안절부절못했다. 혹시 그녀가 체포됐을지 모른다는 불안감이 끊임없이 밀려왔다. 그녀의 방을 유심히 둘러보았다. 방 한쪽에 소위 불온서적이라고 불리는 책들이 꽂혀있었다. 노동의 새벽, 전환시대의 논리, 황토, 노동운동과 관련된 책이 다수였다. 그리고 사흘째 되던 날 아침. 희미한 발자국 소리가 문지방을 타고 들려왔다. 문을 열고 밖을 보는 순간 나는 뭔가에 얻어맞은 듯 굳어버리고 말았다. 수척한 몰골로 그녀가 서 있었다. 넋이 달아난 사람마냥 퀭한 눈동자를 뜨고 있었다. 순간 나는 맥없이 허물어졌다. 내 안에서 우지끈 나무둥치 쓰러지는 소리가 들려왔다. 불길한 예감은 한 치의 오차 없이 들어맞았다. 말을 잃은 우리는 지독한 절망으로 부둥켜안고 꺼이꺼이 울음을 삼켰다. 그리고 다음 날 새벽녘에서야 깜박 잠들었던 나는 불안한 마음에 그녀의 방을 열어보았다. 은경은 보이지 않았다.

기숙사 불빛이 하나둘 꺼지고 오롯이 외등 불빛만 어둠을 밝히고 있다. 여자는 벽에 기대어 발부리에 떨어지는 작은 물방울만 하염없이 내려다본다. 여자의 슬픈 감정에 이끌려 나도 모르게 발걸음이 외등 아래로 향한다. 가까이 다가간 나는 조심스럽게 말을 건넨다.

"실례가 안 된다면 좀 앉아도 될까요?"

"…"

여자는 내게 무관심한 듯 아무런 대꾸도 하지 않는다. 나는 여자가 불편해하지 않을 만큼의 거리를 두고 조용히 옆에 앉는다. 비에 젖은 여자는 추운지 가늘게 떨고 있다. 게다가 한기가 밀려오는지 입술까지 달싹거린다. 가까이 다가간 나는 점퍼를 벗어서 여자의 어깨에 살며시 덮어준다. 여자는 그제야 옆에 누가 있다는 걸 알았는지 고개를 돌리고는 나를 힐끗 쳐다본다. 어둠 속에서 불쑥 나타난 나로 인해 여자가 놀라면 어떡하나 걱정했는데 다행히 경계하는 빛은 보이지 않는다. 나는 서먹한 분위기를 달랠 겸 담배에 불을 붙인 뒤 길게 연기를 내뿜는다. 혹시 나와 같은 아픔을 간직하고 있는 건 아닐까. 막다른 골목에 둘만이 있다는 생각이 들자 왠지 모를 아련한 감정이 밀려든다. 어둠이 주는 고독과 우연한 만남이 여자로 하여금 경계심을 풀게 했는지 모른다. 암튼 막다른 골목에서 만난 세상의 외톨이들인 것만은 분명하다. 외톨이들은 늘 사람에 대한 그리움으로 목말라한다.

가느다란 빗줄기는 연신 내리고 있다. 여자는 석고상이라도 되어버린 듯 발부리에 떨어지는 빗방울만 쳐다보고 있다. 나는 무슨 말이라도 꺼내고 싶지만 입이 떨어지지 않는다. 불편한 자세를 고쳐 앉으려고 오금을 막 펴는 순간 여자의 목소리가 들려온다.

"제가 이상한 여자로 보이죠?"

"…?"

딱히 대답할 말이 얼른 떠오르지 않는다. 나는 고개를 돌려 여자와 눈길을 마주한다. 여자의 눈동자가 불빛에 반사되어 반짝인다. 여자는 나를 한번 쓰윽 훑어보더니 무심히 정면을 향한다. 외등 불빛이 여자의 얼굴을 아스라이 비춘다. 얼추 비슷한 또래로 보이는 여자의 얼굴엔 수심이 서려있다.

"꽃향기에 이끌려 저도 모르게 밖으로 나왔습니다."

여자가 적의를 가질까 봐 얼떨결에 묻지도 않은 말이 내 입에서 튀어나온다. 나는 절반쯤 태운 담배를 바닥에 비벼 끈다. 언뜻 땅에 떨어진 꽃가지가 눈에 들어온다. 학교 울타리에서 화사하게 피었을 붉은 장미다. 그 꽃 중 하나가 비바람에 꺾여 이곳까지 날아왔나보다. 나는 가만히 꽃을 집어 들고는 학교 울타리를 바라본다. 도서관 옥상에서 내려다볼 때는 그다지 높지 않아 보이던 담장이 꽤

높아 보인다. 단단히 쌓아 올린 담장 석축이 성곽을 연상
시킨다. 줄기에 꼭 붙은 장미는 싱싱한 자태로 바람에 흔
들리고 있다.

"학교 울타리에 핀 장미 향기였네요."

나는 여자가 안심하기를 바라며 약간 너털웃음을 지었
다. 여자는 내 얘기를 듣는지 마는지 무표정하게 턱을 괴
고 땅만 쳐다본다. 나는 넌지시 붉은 장미를 내민다. 여
자는 무덤덤하게 꽃을 받아들고는 코끝을 살며시 대본다.
'조금 전까지도 저 울타리에서 활짝 피었을 텐데' 라며 낮
은 목소리로 중얼거린다. 물끄러미 꽃을 쳐다보던 여자는
일순 표정이 일그러지는가 싶더니 들고 있던 꽃을 냅다
땅바닥에 팽개친다. 그러고는 창백한 얼굴을 무릎 사이에
푹 파묻는다. 나는 어리둥절한 채 여자의 갑작스런 행동
을 조용히 지켜본다.

나는 한켠으로 은경을 떠올린다. '수사관들이 노조사무
실을 발칵 뒤집어 놨대요!' 공장에서 부리나케 달려온 은
경은 덜컥 방문을 열어젖히며 외쳤다. 나는 허둥거리며
이 사태를 어떻게 대처해야 할지 고민했다. 먼저 주동자
들에게 연락을 취하여 피신시키고 노조와 관련된 자료들
을 폐기할 것을 전해주었다. 나도 서둘러서 미리 점찍어
두었던 곳으로 몸을 숨겼다. 하지만 그들은 진즉부터 나
의 일거수일투족을 감시해 왔음인지 은신처에 들이닥친

수사관들에게 발각되어서 속수무책 연행되고 말았다.

　나를 취조실로 끌고 간 그들은 의자에 앉히더니 서류뭉치를 툭 던지며 날인하라고 했다. 나는 삼시 종이 쓰인 내용을 훑어보다가 아연실색하고 말았다. 완전히 날조된 엉터리 조서였다. 허무맹랑하게 조작된 그들의 진술서에 내가 순순히 응하지 않자 내 옷을 홀딱 벗기고는 입에 재갈을 물렸다. 다리가 부들부들 떨려왔다. 좀처럼 두 다리가 진정되지 않았다. 하지만 황당한 조작문건에 동료들을 쉽게 저버릴 수가 없었다. 그러자 마주 앉아서 심문을 하던 수사관의 얼굴이 일그러지며 날카롭게 소리쳤다.

　"이 새끼, 몽둥이 맛 좀 봐야겠네. 조져!"

　명령이 떨어지기가 무섭게 옆에 서 있던 두 명의 수사관이 기다렸다는 듯이 몽둥이를 집어 들었다. 이윽고 두 개의 몽둥이가 허공을 가르며 내 등짝으로 무자비하게 날아들었다. 물을 먹인 몽둥이가 맨몸뚱이 위로 떨어질 때면 나는 짐승마냥 헐떡거리며 땅바닥을 뒹굴었다. 입엔 재갈이 물려있어 비명도 지를 수 없었다. 살이 터지는 고통 속에서 그들의 다리를 붙잡고 살려달라고 애원할수록 그들은 사정없이 구둣발로 짓이기며 몽둥이를 휘둘렀다. 나는 곤죽이 되도록 두들겨 맞은 뒤 파김치마냥 축 늘어져버렸다.

유치장에 면회 온 은경은 침통한 표정으로 노조가 완전히 와해되었다고 전했다. 수사망을 빠져나간 시위 주동자들은 겨우 서너 명에 불과했다. 그녀는 단순 가담자로 분류돼서인지 무사했다. 게다가 노조원들의 신변안전을 위해서 따로 명단을 작성하지 않았다. 수사팀에서도 노조를 일망타진한 성과를 거뒀음인지 그 후엔 이렇다 할 양상을 느끼지 못할 만큼 평온했다. 그런데 은경은 엉뚱한 곳에서 연행되고 말았다. 기온이 가마솥처럼 이글거리던 여름날. 그녀의 주변에 정체불명의 사내들이 미행하고 있었다. 그녀의 이력을 수상히 여긴 고용주 측에서 찔러버린 것이다. 노조사무실을 급습할 때 빠져나간 주동자들을 검거하기 위해 경찰서에서 관할 사업장마다 스파이를 심어놓은 탓이었다.

서늘한 바람이 여자의 머릿결을 흔들고 지나간다. 사위는 점점 고요해진다. 땅바닥에 팽개쳐진 꽃잎이 바람에 파들거린다. 다리가 약간 저려오고 옷깃 속으로 한기가 스며든다. 여자에게 궁금증이 남아있지만 딱히 물어볼 수도 없다. 어둠이 짙어질수록 외등 불빛이 더욱 밝게 빛난다. 여자가 고개를 갸웃이 들고는 허공을 향하더니 입술을 달싹거린다.

"저, 이 학교에 다녔어요."

여자가 불쑥 손을 들어 학교를 가리킨다. 나는 그렇구나,

답하듯 고개를 끄덕인다. 그런데 이 시각에 외진 골목을 배회한 이유가 뭘까. 나는 얼른 가닥을 잡지 못한다. 학교에 대한 미련이 남아서 그냥 와 본 것일까. 아니면? 나는 무슨 말이든지 더해주기를 기대하듯 여자를 바라본다.

여자는 움츠린 어깨를 펴더니 머리를 가볍게 흔든다. 뭔지 모를 앙금을 토해내기라도 하듯 한숨을 내쉰다. 그러고는 나를 빤히 쳐다보더니 이내 정면을 향한다. 찰나에 여자의 표정이 서늘해짐을 느낀다. 여자는 무슨 말인가를 내뱉으려다가 어떤 울분이 치미는지 입술을 꽉 깨문다.

"난, 그들을 용서할 수가 없어요."

여자는 분노가 섞인 말투로 신음하듯 중얼거린다. 나는 눈을 동그랗게 뜨고 여자를 바라본다. 여자는 내 시선에는 아랑곳없이 혼잣말처럼 연이어 내뱉는다.

"근로기준법을 준수하라, 라는 구호 아래 노동운동이 불길처럼 타오를 때였어요. 근로자들에게 정당하게 지급되지 않는 임금과 노동력 착취로 고용주들에 대한 반감이 극에 치닫고 있었죠. 위기감을 느낀 고용주들은 권력층과 결탁하여 노동운동을 탄압하기 시작했어요. 힘없는 노동자들은 공권력까지 동원한 고용주들에게 속수무책으로 당할 수밖에 없었죠. 고용주 편에 선 독재정권이 노동자들에 대한 탄압을 자행하자 이를 더 이상 두고 볼 수 없어서 학생들이 들고 일어났죠. 제가 속한 여대 총 학생회도

'노동자의 권리 보호와 구속자 석방'이란 캐치프레이즈를 걸고 무리를 지어 가두행진을 벌였어요. 곧바로 출동한 진압부대의 곤봉 세례와 최루탄 속에서 시위 대열은 순식간에 무너지고 많은 학생이 연행됐죠."

나는 열악한 근로조건 개선을 외치며 파업에 돌입한 지 보름 만에 공권력이 투입되던 날을 떠올렸다. 새벽녘 파업현장에 들이닥친 백골부대는 매캐한 최루탄 속에서 인정사정없이 곤봉을 휘두르며 무자비한 탄압을 자행했다. 불시에 습격당한 노조원들은 갈팡질팡하며 날아오는 곤봉과 매캐한 최루탄 속에서 갈팡질팡했다. 여기저기서 두들겨 맞는 소리와 외마디 비명소리가 끊임없이 들려왔다. 순식간에 아수라장으로 변한 현장은 그야말로 처참한 장면이었다.

여자는 침이 마르는지 잠깐 호흡을 가다듬는다. 그러더니 내 쪽을 한번 돌아본 뒤에 이마에 흘러내린 머릿결을 쓸어 올리며 차분히 말을 이어간다.

"연행된 학생들을 주동자와 단순 가담자로 구분하고는, 정보 수집한 자료를 근거로 나름대로 등급을 매겨서 취조하기 시작했어요. 대부분은 훈방조치 됐지만 부지기수의 학생들은 조사 중이라는 이유로 계속 붙들려 있었어요. 나중에 알았지만 저는 주동자로 분류되어 있었어요.

하루 이틀이 지나면서 뭔가 석연치 않은 분위기가 우리

를 무겁게 짓누르기 시작했죠. 의기투합해 민주화를 부르 짖던 친구들 가운데서도 소위 힘 있는 집안의 애들은 하나둘 유치장을 빠져나가는 것이었어요. 끝까지 남아있는 학생들은 그들 입맛대로 주동자로 찍은 몇 명에 불과했어요. 수사관들의 눈빛도 차츰 차갑게 변해가는 느낌이 들었죠. 곧 풀려날 것이라는 서로의 위안도 시들해지고 점차 어두운 그림자가 드리워지기 시작했어요. 낮에는 호명대로 불려나가 진술서를 쓰고 고치고 하는 식의 너절한 일과였죠.

그런 지루한 과정이 일주일 째 접어들 무렵. 기자들의 발길이 뜸해지고 매스컴도 관심 밖으로 밀려나자, 마치 기다렸다는 듯이 가면 속에 숨겨둔 그들의 본색을 드러냈어요. 아닌 게 아니라 여태까지 함께 구금되어 있던 학생들을 보니 모두 고만고만한 집안에서 자란, 별로 내세울 것도 없는 친구들이었죠."

여자는 잠시 말을 멈추더니 숨을 길게 들이마신다. 그러고는 지금껏 꼭 쥐고 있던 두 손에 어떤 전율이 밀려오는지 부들부들 떤다. 여자는 떨리는 손을 진정시키느라 다시 한번 힘껏 그러쥔다. 나는 여자에게 무슨 말인가를 하려다가 입을 다문다. 어둠 속에서 꽃잎이 가늘게 흔들리고 있다.

새벽녘에 귀가한 은경의 표정이 가슴을 할퀴듯 또다시

떠오른다. 곧 쓰러질 듯 서 있는 은경은 창백한 얼굴로 입술을 파르르 떨고 있었다. 은경은 남도 끝 외딴 섬에서 살다 뭍에서 중학교를 마치고 상경했다. 어린 가장으로 집안의 생계를 돕기 위해서였다. 공동화장실이 딸린 허름한 판잣집에 살며 책가방을 만드는 공장에 다녔다. 그 당시는 교복 자율화가 되기 전이어서 가방을 만들기가 바쁘게 팔려나갔다. 시다(보조)부터 시작해서 미싱(재봉틀)을 타기 시작했다. 주문 물량을 대기 위해 잔업은 밥 먹듯이 하고 철야를 할 때도 많았다. 오죽했으면 월경을 의자에서 했을까. 잔업으로 저녁까지 일에 몰두하는데 갑자기 엉덩이께가 뜨듯해서 돌아보니 붉은 피가 흥건했다니.

그렇게 아침부터 저녁까지 죽어라 일을 해도 희망은 도통 보이지 않았다. 공장으로 향하는 길에 또래의 친구들이 예쁜 옷을 입고 등교하는 모습을 보면 어찌나 부럽던지 잠을 자면 거의 매일 학교 가는 꿈만 꿨다. 친구 한 명 없는 낯선 도시에서 무엇에라도 의지하고 싶은 마음에 교회를 나가기 시작했다. 그러던 중 마침 교회에서 야학을 개설한다는 얘길 듣고 곧바로 등록했다. 어려운 환경 때문에 공부를 중단했지만 은경의 마음속에는 늘 공부에 대한 열망이 꿈틀대고 있었다. 동료들의 따끔한 눈치를 봐 가며 힘들게 야학을 마쳤다. 그렇게 공부에 대한 재미를 붙이고부터 좀 더 공부에 매진할 수 있는 일터로 옮겼다.

오직 희망 하나로 견뎌온 은경은 마침내 꿈에 그리던 대학생이 되었다. 주경야독의 힘겨운 나날이었다. 대학생 신분증을 받던 날 은경은 대학캠퍼스 구석에서 남몰래 눈물을 펑펑 쏟았다.

은경을 처음 만난 곳은 구로동에 있는 공단에서다. 구로 공단 안에 있는 사업장의 노조 간부들이 모이는 자리에 작업복 차림의 그녀도 와 있었다. 그때만 해도 그녀가 학생운동 출신으로 위장 취업한 사실을 알지 못했다. 공단 내에 불어 닥친 노동운동의 열풍이 서서히 타오르고 있을 때였다. 저마다 굳은 결의로 집결한 각 사업장 운동원들은 그동안 누적되었던 현장 내의 불만들을 토로하며 표출시켰다. 임금 인상이 가장 주된 요구였지만, 부당한 근로조건 개선, 열악한 작업환경 개선, 노무관리 개선, 사무직과의 차별대우 시정 등을 요구하는 크고 작은 직장 내의 불만 사항들을 거친 어투로 제기하기 시작했다. 그렇지만 각자 자신의 사업장만을 위한 중구난방식의 투쟁방법만을 내세울 뿐 의견이 일치되지 않았다. 그 와중에 맨 뒷자리에 앉아 묵묵히 지켜보던 은경의 제안은 미처 우리가 생각지 못했던 투쟁방식이었다.

각 사업장마다 민주노조를 재결성하여 조직적이고 광범위하게 노동운동을 전개해 나가자는 발상이었다. 은경의 제안이 채택되어 단위 사업장의 범위를 넘어 지역 차원에서 근로자들과 노동조합원들 간의 연대 형식을 만들어 한 공장에서의 파업은 곧바로 인근 공장으로 연계 확산시켰다. 그리하여 1985년 6월 구로공단 지역 내 10여 개 중소 사업장의 노조가 함께 참여한 이른바, 구로동 동맹파업 사건이 일어나게 되었다. 투쟁의 배후에는 학생운동 출신의 현장 활동가들이 주도적으로 조직화하여 일으킨 대규모 파업투쟁이었다. 파업기간 동안 우리는 투쟁 외에는 아무것도 생각할 겨를이 없었다. 그리고 아무것도 생각할 필요도 없었다.

대규모의 투쟁은 우리가 만든 일도, 감히 이끌어낼 수 있다고 생각했던 일도 아니었지만 목표는 분명했다. 참여한 사업장마다 민주노조를 만들도록 해야 했다. 만든 노조는 지켜야 했다. 그리고 이들이 함께 모이도록 해야 했다. 일이 너무 많았고 사람과 시간이 부족했지만, 힘들다는 생각은 들지 않았다. 근로자들도 연이어 동조를 해왔다. 바야흐로 노동운동의 횃불이 활활 타오르고 있었다. 파업 과정 중에 현장 지도부를 중심으로, 근로자 스스로가 자신의 사업장 문제가 일단락되면 너나 할 것 없이 사무실에 모였고, 복사한 전단지를 들고 이웃 사업장으로 달려갔다.

시위에는 중소기업 경공업 제조분야의 여성근로자들도 동원된 광범위한 투쟁이었다. 이렇듯 구로공단 내의 파업 사태가 가속화되는 기미가 보이자, 독재정권은 백골부대를 동원하여 무자비하고 혹독하게 근로자들을 짓밟으며 시위에 가담한 전원을 색출하여 인권 유린하는 고문을 자행했다. 투쟁의 대가는 너무나 참혹했다. 연대 파업에 참여한 노조원들은 모두 구속되었다. 그리고 동조한 근로자 2000여 명은 대량 해고되었고 노동조합은 와해되었다. 그러나 한번 불이 붙은 노동자 투쟁은 이듬해에도 불씨로 되살아났다. 1986년엔 영등포 정밀공장 직공이던 노조원 한 명은 온몸에 시너를 끼얹고, 근로기준법을 준수하라, 노동삼권을 보장하라는 절규를 남기고 장렬히 분신하기도 했다.

"나 혼자 또 다시 불려 나간 것은 저녁을 훨씬 넘긴 시각이었죠. 이미 저녁까지 마친 뒤여서 유치장 한쪽에 오종종 둘러앉아 각자의 불안감을 떨치기 위해 잡담을 나누고 있던 중에 수사관이 나를 호출하더군요. 진술서의 문맥을 뜯어고치던 조사실의 책상을 가로질러 알전구가 드문드문 걸린 어두컴컴한 통로를 따라 뚜벅뚜벅 걸음을 옮겼어요. 더럭 밀려오는 불안감으로 가슴이 쪼그라드는 게 꼭 괴물의 동굴 속으로 들어가는 기분이었죠. 내 안의 또 다른 내가 필사적으로 뒷걸음치며 달아나라고 외쳤지만 가엾은 내 몸뚱이는 질질 끌려갈 뿐이었어요."

여자는 악몽 같은 당시의 상황이 떠오르는지 눈빛에서 강렬한 불꽃이 튀는 듯 했다. 잔뜩 일그러진 표정으로 여자는 독백하듯 이어나갔다.

"짐승의 탈을 쓴 놈들이었어요. 그자들을 용서할 수가 없어요. 지옥 끝까지 따라가서라도 저주할 거예요. 그자들은 자백을 받아내기 위해서는 수단과 방법을 가리지 않았어요. 내가 막다른 복도에 이르러 도착한 곳은 지하실이었죠. 비명 하나 새어나가지 않을 만큼 철저히 차단된 방이었어요. 처음엔 그들이 짜놓은 각본대로 불라며 다그치기도 하고 회유도 하면서 심문을 했어요. 하지만 내기 순순히 따르지 않는다고 여겼는지 오만상을 찡그리고는 밖으로 나갔어요. 그리고 다시 들어오더니 전혀 다른 표정으로 돌변해서 심문하기 시작했죠. 험상궂은 인상에 째진 눈매가 한층 소름끼치게 느껴졌어요.

시간이 점점 지나자 그자는 더 이상 성질을 참을 수 없는지 조서를 홱 집어던지고는 '쌍년이 말로 해서는 안 되겠네!' 버럭 소릴 지르며 수갑이 채워진 나를 일으켜 세웠어요. 그러고는 사정없이 뺨을 갈기고는 가슴을 주물러대기 시작했죠. 마지막 옷마저 벗겨지고 추악한 고문이 벌어지는 동안 나는 악마의 얼굴을 보았어요. 째진 눈을 번들거리며 한 영혼을 처참하게 짓밟는 인간의 잔인함을. 나는 악마의 손아귀에 갇혀 힘없이 몸부림만 칠뿐이었죠.

모두가 잠들어 있을 그 시각에 내 몸은 누더기 마냥 너덜해지고 있었어요.

여자는 거칠게 숨을 내뱉었다. 그러고는 분노가 급격히 치밀어 오르는지 입술을 떨며 몸서리쳤다.

은경을 반드시 찾아야 했다. 같은 하늘 아래 어딘가에서 떠돌고 있을 그녀를 생각하면 미칠 것 같았다. 나는 쪽방을 뛰쳐나온 뒤 별의 별 장소를 다 기웃거려 보았다. 누군가가 그녀의 흔적을 귓등으로라도 들려주면 무작정 찾아 나섰다. 심지어는 외진 산간 마을을 물어물어 발바닥이 짓무르도록 걷고 또 걸었다. 시외버스를 갈아타고 산골 벽촌에 다다른 곳은 다름 아닌 기도원이었다. 제법 규모가 큰 예배당에는 저마다 시난고난한 삶의 보퉁이를 끌고 온 신도들로 가득했다. 빼곡히 들어찬 신도들 틈에서 그녀를 찾는다는 것은 불가능해 보였다. 막 부흥예배가 시작될 즈음이어서 맨바닥에 방석이나 이부자리를 깔고 앉아서 각자 지나온 삶을 회한하며 얘기를 나누고 있었다. 예배가 끝나고 당무실로 올라가서 그녀의 거취를 확인해 보니. 그곳에 있는 게 분명했다. 면회를 신청하고 한참을 서성거리며 그녀가 나타나기만을 학수고대했다. 그러나 돌아온 관리자의 전갈은 면회 거절이었다. 나는 포기할 수 없었다. 그깟 대답을 들으려고 이렇게 먼 곳까지 달려왔겠냐며 꼭 만나기를 애원했지만. 본인이 한사코 면회를 거절하니 어쩔 수 없다며 돌아가기를 권했다. 할 수 없이 나는 그녀를 바로 눈앞에 두고 다시 오겠다는 말을 뒤로한 채 허망하게 걸음을 되짚어야 했다. 은경은 먼 곳으로만 떠돌았다. 다시 기도원을 찾았을 때는 벌써 다른 곳으로 옮긴 뒤였다. 그리고 작년에 마지막으로 시위에 참가했을 때였다.

"사람이 떨어졌다!"

난데없이 큰소리로 외치는 소리가 들려왔다. 대학교 정문 앞에서 시위를 하던 한 무리의 사람들이 일제히 뒤를 돌아봤다. 나는 뭔지 모를 불안감이 엄습해서 가슴이 철렁 내려앉았다.

"누가 분신했다! 다리 아래로 투신했다!"

누군가의 외침이 연이어 들려왔다. 이한열 열사를 살려내라! 며 구호를 외치던 한 무리의 사람들이 우르르 투신 현장으로 몰려갔다. 얼굴을 알아볼 수 없을 만큼 불에 새카맣게 그을린 누군가 굴다리 아래서 신음하고 있었다. 피를 흘리며 심하게 화상을 입은 부상자는 여자였다. 몸에 인화물질을 뿌리고 불을 붙인 뒤 높은 곳에서 뛰어내린 것이다. 급히 달려온 구급차는 분신한 여자를 응급조치한 후 병원을 향해 급히 출발했다. 내가 두근거리는 심장을 진정시키며 분신현장으로 다가갔을 때 무언가 눈에 띄었다.

분신한 남자의 것으로 보이는 머플러가 검게 타다 만 채 땅바닥에 떨어져 있었다. 낯익은 머플러였다. 은경이가 종종 목에 두르던 것과 같은 거였다. 문득 미릿속으로 뭔가 번쩍 스치고 지나갔다. 급히 택시를 잡아타고 구급차를 뒤따라갔다. 신호등에 걸릴 때마다 구급차를 놓칠까봐 발을 동동 구르며 안절부절못했다. 숨이 컥컥 막혀오고 호흡이 가빠졌다. 병원에 거의 다 도착해서야 구급차를 따라잡을 수 있었다. 흰 천에 쌓인 채 구급차에서 옮겨지는 부상자를 보려고 했지만 구급대원들은 거칠게 나를 밀쳐내며 막아섰다. 나는 땅바닥에 주저앉아 뚝뚝 흐르는 굵은 눈물을 훔쳐냈다.

매스컴이나 언론매체는 며칠이 지나도록 시위 도중에 발생한 분신 사건에 대해서 기사 한 줄 다루지 않았다. 어쩌면 은경은 영원히 떠난 듯했다. 하지만 은경은 젊은 날의 따뜻했던 기억으로 내 곁에 오래도록 남아있을 것이다.

기숙사에서 줄곧 들려오던 오카리나 연주도 끝났다. 살며시 고개를 들어 외등을 바라본다. 조금 전보다 불빛이 환해져 있다. 담장에서 풍겨오는 은은한 꽃향기와 더불어 어둠이 깊어간다. 어느 가장이 늦은 귀가를 하는지 대문 두드리는 소리도 간간이 들려온다. 잠잠하던 골목에 다시 개 짖는 소리가 컹컹 들려온다. 여자는 어둠 속에서 무언가 찾는가 싶더니 조금 전에 팽개쳤던 장미꽃을 다소곳이 집어 든다. 격정적으로 끓어올랐던 분노가 어느 정도 가라앉았는가 싶다. 서늘한 한기가 옷 속으로 파고드는지 어깨에 걸쳐진 점퍼를 턱밑으로 바짝 끌어당긴다. 여자는 손에 든 장미꽃을 그윽이 바라본다.

"너무 흥분했나 봐요. 지난 일들은 가슴에 묻어두기로 했는데…"

"그런 가혹한 일을 당했을 줄은 상상도 못했습니다."

"이 꽃이 가엽다는 생각이 들기도 하지만 한편으론 그렇지만도 않은 것 같아요. 땅에 떨어졌다고 해서 꽃이 아니라고 말할 사람은 아무도 없을 거예요. 담장 밑으로 추락하기까지 얼마나 많은 시간을 비바람에 부대끼며 생사의 극한을 오고 갔을까요. 오히려 함부로 가까이 갈 수 없는 저 담장 너머의 어떤 세상을 이 꽃잎만은 말해줄 수 있을 거예요. 지나간 일은 모두 지워버릴 거예요. 엄마 없이 저를 키워주신 아빠가 생각나요. 고문 후유증으로 정신을 놓아버린 딸을 치료하기 위해 백방으로 뛰어다니다 불의의 사고로 하늘나라로 가신 불쌍한 아빠…."

여자가 손에 든 꽃에 코를 대고 향기를 맡는다. 빗줄기도 어느덧 멎었다. 뺨에 스치는 밤바람이 벨벳마냥 보드랍게 와 닿는다. 여자는 어느 정도 진정이 되었는지 편안한 기색이다.

"시간이 꽤 지났네요. 그만 돌아가야겠어요. 얼마 전부터 병세가 재발해서 근처에 있는 병원에 입원했는데. 낼이면 퇴원하거든요. 비록 학교는 중단했지만 한때 낭만과 추억이 깃든 모교를 마지막으로 찾아와 본 거예요. 나시는 이곳에 올 수 없을 것 같아서요."

여자는 익명의 남자에게 자신의 가장 아픈 기억을 얘기하는 게 멋쩍었는지 무심히 외등을 바라본다. 언제 그렇게 얘기를 했나 싶게 입을 꼭 다물어 버린다. 여자와 나 사이에 어색한 침묵이 흐른다. 여자는 오금이 저리는지 휘청하며 일어서더니 어깨를 감싼 점퍼를 벗어준다. 그리고 가볍게 목례를 한 뒤 장미꽃을 가슴에 품고 골목을 터벅터벅 내려간다.

일순 안개에 갇힌 듯 눈앞이 희뿌옇다. 흐린 시야 속으로 난데없이 조금 전에 벽에 그려놓은 범선이 불쑥 나타난다. 이게 어떻게 된 거지. 잠시 어리둥절해 있는데 범선이 돛폭을 힘차게 펼치며 위풍당당하게 다가온다. 물에 잠겨있던 닻이 스르르 감겨오고 단단히 묶여있던 밧줄이 풀리며 미지의 바다를 향해 뱃머리를 돌린다. 이윽고 거친 파도를 헤치며 망망대해의 바다로 나아간다. 나는 범선이 시야에서 사라질 때까지 외등 아래서 우두커니 서 있는다.

노을이 질 때

아침까지도 엄마가 그런 일을 벌이리라곤 상상도 하지 못했다. 평소와 달리 엄마가 굳은 표정으로 든든하게 먹으라며 진희 앞으로 반찬을 밀어주던 것 말고는 특이점은 찾아볼 수 없었다. 홀로 자신을 키우며 살아왔을 엄마의 슬픔을 미처 헤아리지 못했다는 자책감에 진희는 하염없이 눈물을 떨구었다. 진희는 구급차 안에서 엄마가 제발 살아나기를 간절히 기도했다. 구급차가 전속력으로 달리는 해변에는 노을이 붉게 타오르고 있었다.

한낮의 태양은 물속에서 어지럽게 산란 되고 있었다. 해양생물 조사원인 효민과 진희는 한 팀이 되어 바닷속을 조사하고 있었다. 심연의 바다는 더없이 고요했다. 너무나 고요해서 넓이를 알 수 없는 커다란 수중동굴에 갇혀있는 기분마저 들었다. 효민은 프로펠러가 장착된 매끄럽고 수중 저항이 적은 가오리 모양의 수중 스쿠터를 붙잡고 바닷속을 탐사했다. 시야는 비교적 좋은 편이었다. 산호초 사이에 숨어있던 개복치가 후다닥 달아났다. 형형색색의 다양한 종류의 물고기들이 눈앞에 나타났다 사라졌다.

진희는 BC(부력조절기)를 어깨에 메고 물장구치듯 오리발을 상하로 흔들며 효민의 뒤를 따라갔다. 진희가 호흡기로 숨을 내쉴 때마다 하얀 공기 방울이 또르르 소리를 내며 끊임없이 분출되었다. 효민은 엄지를 치켜세우며 진희에게 괜찮냐는 수신호를 보냈다. 진희는 곧장 오케이 사인을 보냈다. 바다 밑은 정조기를 맞이해서 평온했다. 고개를 돌려 전방을 향하자 방금까지 머리 위에서 유영하던 전갱이 무리가 순식간에 방향을 틀더니 저만치 멀어졌다. 효민은 손목에 찬 다이빙 컴퓨터를 봤다. 수심 20m 수온

18℃를 가리키고 있었다.

어느 정도 탐사 지역을 돌았을 무렵, 이상한 흐름의 조류가 진희를 거칠게 끌어당기기 시작했다. 진희는 직감적으로 하양 조류라는 생각이 퍼뜩 들었다. 진희는 낭떠러지 같은 계곡으로 하염없이 끌려 들어가는 기분이었다. 진희는 본능적으로 착용하고 있던 라이프재킷을 터뜨렸다. 그러고는 정신을 잃었다.

―커억!

갑판에 누운 진희는 몸을 옆으로 누이며 바닷물을 연신 토해냈다. 그러고는 게슴츠레 눈을 떴다. 낯익은 얼굴들이 시야에 어른거렸다.

―진희야, 정신이 좀 드니?

효민은 물기에 젖은 머리를 쓸어올리며 걱정스러운 표정으로 진희를 내려다보았다. 다른 조사원들도 불안한 눈빛으로 진희 곁에 앉아있었다. 진희는 명치께가 뻐근함을 느꼈다. 아마도 효민이가 CPR(심폐소생술)을 한 듯했다.

―진희가 아무래도 하양 조류를 만난 것 같아. 흔히 잠수사들 사이에서 로켓 탔다고 하거든. 하필이면 진희가 조사하는 곳이 하양 조류 지점이었던가 봐. 다행히 진희가 비상조치를 서둘러서 아슬아슬하게 구조될 수 있었어.

선실에서 충분히 휴식을 취한 진희는 배 갑판으로 올라왔다. 효민이 갑판 난간에 기대어 묵묵히 바다를 바라보고 있었다. 진희는 효민이 옆에 나란히 서서 서쪽 하늘을 붉게 물들이는 황혼을 물끄러미 바라보았다. 갈매기들이 한가롭게 날고 있는 포구 쪽으로 빨간 등대가 보였다. 언젠가 진희와 함께 산책했던 곳이었다. 석양이 차츰 저물기 시작했다. 텅 빈 선착장에 묶인 배가 파도에 출렁이고 있었다. 진희의 머리카락이 건듯 불어온 해풍에 가늘게 흩날렸다. 갯벌까지 밀려든 바닷물이 노을 속에서 출렁이고 있었다. 숭숭 뚫린 바위섬의 옆구리를 들이치는 파도는 하얀 포말을 일으키며 자우룩히 갯벌에 누었다 사라졌다.

몽돌처럼 닳아진 효민의 얼굴 위로 붉은 노을이 아슴푸레 드리워졌다. 한동안 석양 노을빛 속에 묵묵히 서 있던 효민은 진희를 향해 고개를 돌리며 입을 뗐다. 그만 돌아갈까? 진희는 고개를 끄덕이며 귀항할 채비를 서둘렀다. 효민은 승조원들에게 회항하자는 신호를 보냈다. 효민과 진희는 조사선에서 하선하여 구포마을 회관으로 향했다. 저녁 무렵에 마을 회관으로 참석해달라는 전갈을 받았기 때문이다. 정부에서 파견 나온 주무관이 구포마을 갯벌에 관한 어민들의 의견을 수렴한다는 취지였다.

마을 회관 입구에는 어민들이 갯벌에서 일하다 바로 온 듯, 갯것할 때 쓰는 대합창과 섭갈고리, 섭쓰레, 섭집게 그리고 그네와 조개호미(바지락 꼬깨) 바지락 긁갱이 같은 도구들이 어지럽게 놓여있다. 효민과 진희는 신발을 벗고 어민들 틈에 조용히 앉았다. 회관에 모인 어민들은 중구 난방으로 난상토론을 벌이고 있었다.

―그기 무신 귀신 씻나락 까묵는 소린 겨. 멀쩡한 갯벌을 뭣 땜시 매립한다요?

―자자 여러분. 자중들 하시고 제 말을 더 들어보십시오.

―배운 거라곤 갯일 밖에 없는 디 여길 떠나면 뭘 해묵고 살란 말이여.

―보소, 이주 정착금으로 번듯한 집 한 채 지을 수 있는 딱지를 준다잖녀. 갯일이 징글징글하지도 않으요?

―해평아짐은 암것도 모르면 국으로나 가만 있으슈.

―이녁이 틀린 말 했간디. 내사 말마따나 딱지 받으모, 이눔의 지긋지긋한 바다를 떠나서 뭍에서 살고 싶단 말이시.

―시방, 죽을 둥 살 둥 하는 마당에 복장 터지는 소릴랑 그만 하쇼.

―그라마, 평생 등딱지가 휘도록 갯벌만 파다가 늙어 죽어란 말이여. 이녁은 서방 잡아묵은 저 바다만 보면 치가 떨린당게라.

바닷일을 천직으로 여기며 살아온 늙은 어부들도 마른 하늘에 웬 날벼락이냐며 탄식했다.

―다 늙어빠진 촌것들이 바다를 떠나면 죽는 일밖에 더 있것남.

밤이 깊어지도록 어민들과 정부에서 파견 나온 주무관

들은 결론에 도달하지 못한 채 끝없는 논쟁만 되풀이하고 있었다. 효민은 엊그제 군청 앞에서 벌어졌던 시위 사태를 떠올렸다.

　―갯벌 매립을 절대 반대한다!

　―군 공항 건설을 즉각 중단하라!

어촌계 회원들은 현수막을 펼쳐 들고 정부 정책에 대해 강한 불만을 성토했다. 어촌계장은 성난 어민들의 기세를 집단행동으로 몰아가도록 선동했다. 어민들도 격앙된 반응을 보이며 이에 동참했다.

　―우리는 고향을 떠나서는 살 수 없다!

어민들은 일제히 박수를 치며 징과 꽹과리를 치며 군청 입구에서 구호를 외치며 군 공항 건설 반대 시위를 벌였다. 날이 지날수록 시위는 점점 격렬해지고 어민들의 숫자도 기하급수적으로 늘어났다. 그러자 사태가 심각하다고 판단한 정부는 급기야 공권력을 투입했다. 어민들은 경찰들에게 고성과 욕설을 퍼부으며 거칠게 대항했다. 그런 와중에 청재킷을 입은 일군의 건장한 청년들이 난데없이 나타나서 무지막지하게 어민들을 진압하기 시작했다. 여기저기서 울음소리와 비명이 연달아 터져 나왔다. 분노한 어민들도 각목과 갯것 도구 등을 휘두르며 그들에게 맞섰다. 평화로웠던 바닷가는 마치 전쟁터를 방불케 했다. 그러자 정부에서 파견된 주무관은 군 공항 건설의 타당성을 좀 더 면밀히 조사해 보겠다며 한발 물러섰다. 일련의 사태를 수습하기 위해 효민과 진희가 소속된 해양생물 조사팀은 정부로부터 구포 앞바다 생태계를 조사해달리는 의뢰를 받았다.

진희는 평소 동네에서 해평아짐으로 불리는 엄마를 발견했다. 엄마는 맨 앞줄에 앉아서 목에 핏대를 세우며 어촌계장과 티격태격하고 있었다. 진희는 살며시 엄마 옆으로 가서 앉으며 팔뚝을 툭 쳤다.

―엄마, 여기서 뭐 해요?

―엉? 진희 왔나.

―엄마도 참. 왜 이렇게 눈치가 없어요. 마을 사람들이 모두 찬성하는 쪽으로 기울었는데. 엄마 혼자 반대한다고 뭐가 달라지겠어요.

―내 속을 너무 몰라주니께 화딱지가 나서 그라제. 저치들도 내 경우를 당해봐야 이녁 속을 알 것이여.

―엄마, 여기서 이러지 말고 얼른 집으로 가요.

진희는 엄마의 소매를 끌어당기며 일어나기를 재촉했다.

―너까정 왜 그러냐. 내가 못할 말 혔냐? 황망하게 저 시상으로 떠난 느그 애비를 생각허면 원통해서 못 살 것 쓰야.

―엄마가 여기서 우리 사정을 얘기해 봐야 들어줄 사람

아무도 없어요. 그러니 얼른 일어나서 저랑 집에 가요.

　—아이고, 진희 아버지, 우리 진희 불쌍혀서 어쩐다요.

　진희는 설움에 복받쳐 흐느끼는 엄마를 억지로 일으켜 세우고는 문밖으로 데리고 나갔다. 비록 엄마에게 나무라듯 말은 그렇게 했지만 진희의 마음도 편치만은 않았다. 진희는 엄마와 함께 나가면서 아버지의 마지막 모습을 떠올렸다. 허망하게 떠난 아버지의 비참한 모습을.

　진희가 어릴 때였다. 고기잡이를 나간 배가 풍랑을 만나 전복되고 선주인 아버지도 실종되었다. 엄마는 정신을 놓다시피 하고는 아버지 시신이라도 찾는다며 바닷가를 돌아다녔다. 해양경찰이 사고 현장을 샅샅이 수색했지만 끝내 아버지를 찾지 못했다. 그리고 며칠이 지났을 때쯤, 진희와 친구들은 해변에서 놀며 조개 소라 등을 줍고 있었다. 그러다 어느 한 곳에 소라가 무더기로 붙어있는 게 보였다. 신이 난 진희와 친구들은 다닥다닥 붙은 소라를 양푼에 주워 담기 시작했다.

　잠시 후, 진희와 친구들은 누가 먼저랄 것도 없이 꺄악! 비명을 지르며 일제히 달아났다. 무더기로 붙어있던 소라 더미 속에는 바다에서 떠밀려온 시체가 놓여있었다. 진희와 친구들은 그 시체를 보자마자 기겁을 하며 도망친 거였다. 해변에는 꼬맹이들이 내팽개치고 간 양푼과 신발짝이 어수선하게 널브러져 있었다. 해양경찰과 동네 어른들이 소라에 파묻힌 시체를 살펴보더니 얼마 전 실종된 진희 아버지로 판명되었다.

진희는 효민에게 먼저 간다는 눈인사를 하고는 엄마와 함께 회관을 나섰다. 효민에게도 익히 진희 아버지와의 인연이 있었다. 그가 수년 전 해양생물 조사원으로 첫 발령을 받고 구포마을을 돌아볼 때였다. 선착장에서 그물코를 깁고 있던 늙은 어부를 붙잡고 이것저것 물어보던 중이었다. 어부는 뜬금없이 효민에게 질문을 던졌다.

─바다가 끓는다는 말을 들어봤나?

─처음 듣는 말입니다.

─어렸을 땐 말이시, 마을에 장마가 지거나 폭우가 쏟아질 때면 먼 바다에서 예사롭지 않은 소리가 들려왔지. 저 바다에 해무(海霧)가 끼고 습한 기운이 몽환처럼 덮여오면 마을 사람들은 하나같이 말했어. 바다가 끓는다고, 말이야. 바다가 생긴 이래로 생때같은 목숨들이 얼마나 많이 희생되었겠는가. 바다는 많은 생명들을 살리기도 하지만 반대로 많은 생명을 앗아가기도 하지. 그래서 폭우에 자신의 원죄를 씻겨내며 억울하게 죽은 영혼들의 한(恨)을 달래고자 무정설법(無情說法)을 읊조린다고들 하지. 그렇게 거친 폭풍우가 지나고 물결이 잠잠해지면 바다는 스스로 적멸보궁(寂滅寶宮)이 된다네.

애기를 마친 어부는 담배에 불을 붙이고는 바닷가를 향

해 연기를 뿜어냈다. 효민은 어부의 얼굴을 물끄러미 바라보았다. 바닷가에 한 무리의 갈매기들이 앉았다가 사라졌다. 그물코를 마저 다 꿴 어부는 해변에 밀려와 쌓인 해초 더미를 보며 조용히 일어났다. 그러고는 진죽이 많이 밀렸네,라고 중얼거리며 그물이 담긴 리어카를 끌고는 마을 쪽을 걸어갔다. 어부로부터 진죽이란 말은 처음 들었다. 바닷가에서 자라는 해초 또는 잘피라고 부르는 수생 식물을 말함이었다. 효민에게 진죽이란 말을 처음 가르쳐준 어부가 바로 진희 아버지였다.

*

며칠 후 효민과 진희는 다시 잠수복을 입고 바다로 나아갔다. 그날은 바다의 날을 맞이하여 해양생물조사원들과 어민들이 협력하여 바다를 청소했다. 쓰레기를 담을 자루와 로프를 들고 잠수하여 끊어진 통발에 갇힌 문어를 구해주고, 미세플라스틱의 주범인 스티로폼(부이) 잔해물들을 제거했다. 바다에 흩어진 미세플라스틱 조각의 90% 이상을 차지하는 스티로폼은 결국 굴 홍합 바지락 등을 통해 우리 밥상에 올라오기 때문이다. 스티로폼과 더불어 폐타이어로 인한 해양생태계 오염은 심각한 수준이 이르렀다.

작업 도중에 특히 상괭이의 죽음을 보고 가슴이 아팠다. 멸종 위기에 처한 상괭이가 하루에 한 마리꼴로 죽은 채 발견되었다. 원인은 확실하게 밝혀지지 않았지만 상괭이가 물속에 떠다니는 미세플라스틱을 너무 많이 섭취해서 죽은 듯했다. 그것들이 몸 밖으로 배출되지 못하고 뱃속에 쌓여서 결국에는 죽음에 이르는 상괭이의 슬픈 죽음에 가슴이 저릿했다.

갯바위 쪽으로 이동하다 효민과 진희는 눈이 휘둥그레질 정도로 놀랐다. 갯바위가 온통 초록빛으로 물들어있었다. 좀 더 가까이 다가가 보니 갯바위는 물론 물속에도 푸르스름한 해조류가 켜켜이 들어차 있었다. 게다가 해조류 썩은 냄새가 너무 심해서 코를 틀어막을 정도였다. 중국발 괭생이모자반과 구멍갈파래가 해안가를 초토화시키고 있었다. 붉은빛을 띠는 괭생이모자반은 갯벌 생태계를 파괴하는가 하면 구멍갈파래 또한 갯벌을 하얗게 뒤덮으며 갯벌에 사는 생물들의 보금자리를 위협한다. 애초에 초록빛이었던 구멍갈파래는 뭍으로 밀려와서 햇빛에 건조돼 하얗게 변한다. 두 해조류 다 제때 수거해주지 않으면 찜통더위에 썩으면서 악취를 풍기고 각종 해충을 키우는 온상이 되어 바닷가를 오염시킨다. 괭생이모자반과 구멍갈파래는 여름날이면 바다의 골칫거리다. 두 종류 다 먹을 수 없는 데다 수시로 해안가로 몰려와서 어민들에게 애를 먹인다. 우리는 땀을 뻘뻘 흘리며 갯벌 생태계를 위협하는 해조류를 끌어올려서 어민들의 쓰레기 채집망에 가득 담았다. 수거 작업이 거의 끝나갈 때쯤에 서쪽 하늘이 투명한 오렌지빛으로 물들기 시작했다.

바다 청소 작업을 마친 뒤 효민은 배 갑판에 올라 기지개를 켜고 크게 숨을 들이마셨다. 저 멀리 트롤선 두 척이 바다에 떠 있었다. 양쪽에서 끌줄을 끌며 저인망 조업 중인 듯했다. 그 위를 갈매기들이 분주히 비행하며 수면 위로 튀어 오르는 물고기를 사냥하고 있었다. 모처럼 파란 하늘과 잔잔한 파도가 초여름의 싱그러운 기운을 듬뿍 느끼게 했다. 부드러운 해풍이 한 번 더 얼굴을 스치고 지나갔다. 주말이어선지 물이 빠진 해안가를 연인들이 산책하고 있었다. 바닷가를 산책하는 연인들이 정겨워 보였다. 어떤 이들은 갯벌에서 조개를 찾기도 하고 어떤 이들은 갈매기들에게 먹이를 주며 웃음꽃을 피우고 있었다. 머지 않아 저 넓은 갯벌이 매립된다면 연인들의 아련한 추억이나 낭만도 사라질 것이란 생각이 문득 들었다.

—여기서 혼자 뭐해?

—그냥, 바람 쐬고 있어.

진희가 다리를 약간 절뚝거리며 갑판 위로 올라왔다. 한 줄기 바람이 진희의 얼굴 위로 지나가자 가지런한 머리카락이 휙 하고 떴다가 내려앉았다. 잔잔한 물결 위로 햇살이 가볍게 내려앉고 있었다. 배 난간을 붙잡은 진희의 이마에도 햇살이 부딪히며 부서졌다. 진희와 한 팀이 된 이후에 녹음 짙은 해송군락이 감싸고 있는 몽돌해변을 산책할 때였다. 동글농글한 조약돌을 밟을 때마다 발끝을 타고 들려오는 조약돌 소리가 한층 낭만을 더해주었다. 진희는 어릴 때 소아마비를 앓았다고 했다. 맘껏 뛰며 노는 친구들을 보면 그렇게 부러울 수가 없었다고 했다. 진희는 언젠가 자신의 콤플렉스라며 말한 적이 있었다.

─길을 걸을 때 절뚝거리는 내 모습을 다른 사람들에게 보이는 게 싫었어. 하지만 물속에서 오리발을 신고 물속을 맘껏 휘젓고 다닐 때면 콤플렉스도 사라지고 자유로운 기분이 드는 거 있지. 그러다 보니 바다를 좋아하게 되고 해양대학을 선택했어.

퇴근 후 효민은 진희와 해안도로를 달리며 드라이브를 했다. 미세먼지 하나 없는 맑은 날씨에 파란 하늘과 바다가 하나로 연결된 듯한 코발트블루 해변이 눈부시게 펼쳐졌다. 저 멀리 산등성이를 배경으로 아담한 마을이 보였다. 멋진 해변을 향해 지어진 전원주택 단지가 마치 한 폭의 풍경화를 연상케 했다. 저런 집에서 진희와 살면서 매일 바다를 볼 수 있다면 얼마나 행복할까. 봄이면 화사한 꽃들 사이로 보이는 아련한 바닷가와 가을이면 알록달록 단풍잎 사이로 비치는 낭만적인 바다를 상상하며 슬쩍 진희를 곁눈질했다.

　해안도로를 거의 다 지나칠 무렵에 일몰이 잦아들고 있었다. 효민은 한적한 곳에 차를 세우고 바다를 바라보았다. 해풍에 해변까지 밀려온 파도가 모래사장에 하얀 거품을 남기며 사라지곤 했다. 등대 주변으로는 몸집이 커다란 괭이갈매기들이 무리를 이루며 날고 있었다. 자유롭게 하늘을 나는 갈매기들을 보며 중학생 때 읽었던 리처드 바크의 『갈매기의 꿈』이 생각났다. 높이 나는 새가 멀리 본단다. 라는 말이 어렴풋이 떠올랐다. 화가의 붓끝이 마술을 부리듯 붉은빛과 주황빛이 어우러진 노을이 수평선 위로 넓게 드리워졌다. 붉은빛과 황금빛이 적당히 잘 어우러진 일몰의 배경이 꼭 탐스럽게 잘 익은 복숭아 껍질을 하늘에 펼쳐 놓은 듯했다. 태양은 한층 누그러진 자태로 주황빛을 띠며 수평선에 걸렸다. 태양이 수평선 아래로 서서히 잠길 때면 절로 탄성이 터질 만큼 멋진 풍경도 자아냈다. 파란 하늘과 하얀 구름 그리고 먼 바다까지 붉게 물들였다. 효민은 진희와 나란히 일몰을 배경으로 셀카 사진을 찍었다. 몇 장의 사진을 더 찍은 후 효민과 진희는 고독한 등대처럼 우두커니 서서 스러지는 노을빛에 아련히 젖어 들었다.

　다음 날 효민과 진희가 속한 해양생물 조사팀은 구포마을에서 조금 떨어진 선유포구로 향했다. 그곳은 이미 관광지로 변해서 갯벌 면적이 현저히 줄어든 상태였다. 포구에 다다르자 낯선 사람들이 웅성거리고 있었다. 방송국 차량도 보이고 그 주변으로 작업 인부와 몰려든 취재진으로 시끌벅적했다. 인부들이 갯벌에 서식하고 있는 흰발농게를 손으로 잡아서 트랩으로 옮기고 있었다. 효민은 무슨 일인지 궁금해서 작업 중인 초로의 인부를 붙잡고 자초지종을 물었다.

―흰발농게는 왜 잡는 겁니까?

―보면 모르오. 이것들을 잡아서 저쪽 갯벌로 이주시키고 있잖소.

―여기나 저기나 매양 같은 갯벌인데 왜 이주를 시킨답니까?

―내가 뭘 알겠소. 우린 하루 일당 받고 저분들이 시키는 대로 할 뿐이오.

―저기 방송국 차량은 또 뭡니까?

―뭔 자랑할 일이라고 방송국 카메라까지 와서 찍는지 나도 모르겠소.

―흰발농게가 멸종 위기 2급 야생생물이어서 그럴 겁니다.

―어이쿠!

―왜 그러세요?

―농게가 몸부림치다 내 손가락을 물었소. 집게다리 힘

이 보통이 아닙니다.

　—조심하세요. 수컷의 집게다리는 권투 글러브를 닮아서 '주먹 대장'이라 부른답니다.

　—조금 전 저분들 대화를 얼핏 들으니, 민원을 해결하는 차원에서 강제이주를 시킨답니다.

　—민원 해결이라니요?

　—보다시피 이곳이 관광지로 유명하잖소. 민원 해결은 한낱 구실이고 시에서 갯벌을 아예 매립해서 관광객을 더 끌어오려는 계획이었는데, 생뚱맞게도 이곳이 흰발농게 서식지라는 소문이 돌아서 난감해하던 차에 시에서 농게를 강제 이주시키자는 별 해괴망측한 의견을 내서 이렇게 난리를 친다잖소. 생전 듣도 보도 못한 농게 이주라니 쯧쯧.

　—어떤 무지한 자가 그런 거지발싸개 같은 발상을 했답니까? 생물들의 서식지를 강제로 옮기면 그 생물들이 제대로 살겠습니까. 서식지라는 것은 그 생물들이 살아가는데 최적의 환경이어서 터를 잡고 사는 곳인데 함부로 옮기면 그냥 죽으라는 것과 무엇이 다르겠습니까.

　—아따. 내 말이 그 말이오.

　—일테면 갯벌판 젠트리피케이션이네.

　옆에서 팔짱을 끼고 조용히 듣고 있던 진희가 불쑥 끼어들었다.

　—저기 해안가에 죽 늘어선 상가들과 시가 모의해서 더

많은 수입과 재정을 늘리고자 정작 갯벌 주인인 흰발 농게를 강제 이주시키는 꼴이지. 이런 게 갯벌판 젠트리피케이션이 아니고 무엇이겠어. 이런 계획이 정말 그들에게 꼭 필요한 것인지 의문이 들어.

—그래, 진희 말이 맞아. 그런데 더 놀라운 건 정부가 강제이주를 허가했다는 거지.

—허, 세상 말세여. 사람을 이주시킨다는 말은 들어봤어도 농게를 이주시킨다는 말은 태어나서 처음 듣는 말이오.

인부는 조용히 듣고 있다가 혀를 끌끌 차며 탄식하듯 말했다.

—저도 어릴 때 아빠와 함께 이곳에 온 적이 있는데, 아늑한 해변과 소박한 민박 풍경 그리고 갯바람 맞으며 출렁다리를 엉금엉금 기어갔던 기억이 나네요. 그때는 여행길이 불편해도 배를 타고 들어가는 낭만과 설렘이 있었는데.

진희는 추억이 있는 장소가 사라진다는 게 안타깝다는 듯 미간을 찌푸렸다.

—엔간히 좀 했으면 싶소. 사람들이 뻘도 보고, 뻘에 사는 농게도 보기 위해 바닷가에 가는 거지. 상술이나 판치는 바닷가에 누가 가고 싶겠소.

—흰발농게를 왜 옮기는지 이해가 안 돼. 자연은 있는 그대로 두는 것이 최고거든. 갯벌의 효용 가치는 바다와 육지의 생태계를 안전하고 건강하게 유지시키는 완충지

대인데. 갯벌이 하루아침에 생겨나지 않듯, 서식지도 하루아침에 만들어지지 않거든. 서식지가 한번 파괴되면 복구하는데 오랜 세월이 걸리는 데다. 서식지가 사라지는 만큼 자연이 주는 혜택 또한 그만큼 사라지는 게 이치인데 말이야.

진희는 방송국 차량 주변에 서성이는 정부 관계자들을 보며 실망하는 눈빛을 띄웠다. 효민은 지금 눈앞에서 벌어지고 있는 광경에 어이없어하며 진희를 거들었다.

─현재 갯벌 보존이 가장 잘되고 있는 곳을 꼽자면 낙동강 하구를 들 수 있지. 그곳은 넓은 갯벌과 모래톱이 온전히 남아있는 데다. 민물과 바닷물이 만나는 지리적 특성 때문에 그곳에는 수생식물, 조개, 물고기, 곤충들이 많이 살아가지. 그런 환경 덕분에 철새들이 날아들고 풍부한 먹이를 섭취하며 알을 낳고 번식하는데 최적의 조건이어서 철새들이 월동지나 서식지로는 안성맞춤이지.

효민과 진희는 당일 일정인 해초지를 조사하기 위해 바다로 나아갔다. 해초지는 바다의 베이비시터라고 부를 만큼 중요한 역할을 하기 때문에 방조제를 쌓을 경우 해초지가 붕괴되고 바다의 생태계까지 위협받는다. 조사선은 연안을 따라 해초지 군락을 탐사하기 위해 소나(sonar)를 이용하여 바닥을 샅샅이 훑어나갔다. 서해 바다는 넓은 대륙붕 지형으로 수심이 깊지 않은 곳에 사는 조기·갈치·민어·도미·고등어·새우 등과 같은 어류 등이 해초지를 보금자리 삼아 생태계를 유지하고 있었다. 저만치 바다 한가운데서 새우잡이가 한창이었다.

온대성 어종인 새우는 특히 서해에서 왕성하게 산란하고 성장하기 때문에 풍부하게 잡힌다. 해역의 빠른 조류 때문에 조업방식으로는 주로 안강망[1]을 펼쳐서 다량으로 각종 새우를 어획한다. 또한 서해는 패류들의 최적의 서식처다. 특히 참조개·백합·홍합·전복·키조개·피조개·바지락·가리비 등은 갯벌을 일구며 사는 어민들에게는 아주 든든한 생계 수단으로 한몫을 하고 있었다. 해초지에는 다양한 치어들이 활발하게 서식하고 있고 무엇보다도 각종 어패류가 번식하고 있어 갯벌로는 최적지라 할 수 있었다. 해초지 한쪽에서 한 무리의 사람들이 투망질을 하고 있었다. 진희는 옛 추억이 떠오르는지 해초지를 가리키며 입을 열었다.

—내가 어렸을 때 동네 사람들이 사두질[2]하는 장소가 딱 정해져 있었어. 진죽이 있는 곳에 물고기가 많다는 사실을 알기 때문에 고기 잡는 날이면 진죽 더미부터 찾았지. 우리 고향에선 해초를 진죽이라 불렀어. 뿌리가 대나무 같다고 해서 그리 부른 모양이야. 진죽 더미를 보면 꼭

---

1) 안강망: 바닷속에 앵커를 고정시켜서 그물망을 펼치는 어업방식
2) 사두질: 큰 뜰채를 이용하여 물고기를 잡는 전통 고기잡이방식

대나무 숲 같기도 하고 청보리밭 같기도 하거든. 암튼 어른들이 고기 잡는 날이면 우리 꼬맹이들은 달짝지근한 진죽 뿌리를 캐 먹으며 등때기가 그을릴 때까지 멱을 감곤했어.

—예전에 나도 강가에서 헤엄치며 놀 때 해초에 발이 걸려서 깜짝 놀랐던 기억이 난다.

—맞아. 바닷가나 강가에서 자란 아이들이라면 한 번쯤 그런 경험들이 다 있지. 해초는 귀신이 물속에서 머리카락을 풀어 헤치고 있는 거와 같아서 아이들에게는 공포스런 식물로도 기억되곤 해. 하지만 해초지가 어느 때는 멋진 풍경을 안겨주기도 하지. 둥그렇게 달빛이 떠오르는 날 밤, 해초지를 가만히 보고 있으면 줄기마다 영롱한 달빛 하나씩 매달고 물살에 이리저리 흔들리는 광경이 얼마나 멋지던지.

서편으로부터 노을빛이 시나브로 번지고 있었다. 효민은 고개를 돌려서 진희를 보았다. 진희의 뺨에도 주황빛으로 물들고 있었다. 나는 살며시 진희의 손을 잡았다. 진희도 고개를 돌려 따스한 눈길을 보내며 말을 이어 나갔다.

—노을이 발갛게 물들 무렵이면 엄마가 생각나. 엄마가 집에 돌아올 때면 몸에서 늘 바다 냄새가 났지. 난 그 바다 냄새를 좋아했어. 동이 틀 때면 엄마는 나를 데리고 바닷가에 종종 나갔어. 아빠가 일찍 떠난 뒤로 엄마는 외로

움을 많이 탔던 것 같아. 내가 모래사장에서 조개껍데기를 가지고 놀 때면 엄마는 갯바위에 붙은 따개비나 굴을 캐곤 했어.

효민은 해변 가로 가만히 눈길을 돌렸다. 갯벌에는 벌거벗은 아이들이 이리저리 갯벌을 뛰어다니며 양동이에 물고기를 담는 광경이 눈에 들어왔다. 아이들은 어살이 쳐진 웅덩이에서 펄떡거리는 물고기 맨손으로 잡고 있었다. 전에 진희에게서 들은 어살에 대한 기억이 떠올랐다.

—살막이라고 들어 본 적 있어?

—처음 듣는 말인데.

—내가 위살막이라는 곳에서 자랐거든. 보통 뭍에서는 동네라고 부르잖아. 그런데 내가 자란 곳이 바닷가이다 보니 마을 이름도 고기잡이와 관련되어 있어. 옛날부터 어른들이 갯벌에 나무기둥을 세우고 그물을 묶어두는데 그것을 어살이라고 하거든. 물이 들어올 때 물고기들도 함께 들어왔다가 썰물 때는 물고기가 그물에 걸려서 미처 빠져나가지 못한 물고기를 잡는 방식이지. 하지만 변변한 그물이 없던 시절에는 물 반 고기 반이라 딱히 그물이 없어도 싸리나무나 등으로 발을 엮어서 갯벌에 세웠는데 어부들은 어살이라고 불렀어.

—그렇구나.

—갯벌에 어살을 쳐 놓고 썰물 때를 기다리며 잠시 쉬

는 장소를 어살막 또는 살막이라 했지. 생업이 물고기 잡이다 보니 자연히 동네 이름도 위살막 아래살막이라 부르게 되었어.

—살막이라. 이름이 재밌네. 하하.

—갯벌이 드러나면 어른들은 양동이를 들고 갯벌에서 고기를 손으로 주워 담기 바빴어. 덩달아 우리 꼬맹이들도 신나서 조개나 새우를 잡느라 갯벌을 이리저리 뛰어다녔어. 지금 생각하면 그때가 행복했던 것 같아.

효민은 해양생태계를 조사하면서 느낀 바가 많았다. 매끈하고 기름진 해초류가 한 가닥도 엉키지 않고 물살에 순응하며 자라는 모습을 보면서 인간들도 자연에서 배워야 할 점이 많다는 것을 깨달았다. 무분별하게 갯벌을 매립한다면 지구 온난화로 바다 수면이 점점 높아지고 파도의 세력도 커져서 언젠가는 상상할 수 없는 대재앙이 찾아올 수도 있다는 사실을.

효민은 두툼한 보고서를 보면서 이 정도면 군 공항 건설계획을 철회시키는데 충분할 것 같다는 생각이 들었다. 구포해변 연안을 조사한 결과 효민은 자신이 상상했던 것보다 훨씬 넓은 해초지가 군락을 이루고 있다는 것을 밝혀냈다. 다른 해안에 비해 이곳은 해초지가 대규모이고 해초 또한 왕성하게 자라고 있어서 군 공항 건설에는 절대 타당하지 않다는 믿음이 들었다.

하지만 만약 정부가 계획대로 갯벌을 매립하여 군 공항 건설을 밀어붙인다면 대규모 해초지가 파괴됨은 물론 이곳에 터를 잡고 살아가는 해양생물들 또한 멸종될 게 뻔했다. 더욱이 풍부한 어장이 파괴됨으로써 어민들에게는 막대한 피해를 줄 것이며 결국에는 조업을 포기할 수밖에 없는 상황에 직면하게 될 터였다.

군 공항은 다른 장소를 찾으면 되겠지만 한번 망가진 갯벌은 회복되는 데는 오랜 세월이 걸린다. 효민은 군 공항 건설은 철회되는 게 옳다는 신념이 들었다. 그동안 수집한 해양생태조사 보고서도 이미 관계기관에 전달한 상태였다. 어쩌면 그 보고서가 효민과 진희에게 미처 알지 못하는, 혹은 상상할 수조차 없는 미지의 절망을 가져다줄지도 모른다. 하지만 효민과 진희는 굳게 믿고 있다. 분명 그 보고서는 갯벌을 터전 삼아 살아가는 어부들에게 새로운 희망을 가져다주리라는 것을.

갑판 위에 서 있던 효민과 진희는 찬바람을 피해 선실로 걸음을 옮겼다. 그 순간이었다. 갑자기 쾅! 소리가 나는가 싶더니 갑자기 몸이 붕 뜨면서 어딘가에 세게 부딪혔다. 효민과 진희는 그 충격으로 중심을 잡지 못하고 바닥에 넘어지고 말았다. 기울어진 갑판 위로 거친 파도가 거침없이 들이닥쳤다. 진희는 아슬아슬하게 배 난간을 붙잡았다. 효민은 어깨를 부여잡고 고통스러워하고 있었다. 진희는 정신을 차리고 보니 배가 암초에 부딪힌 뒤 우현으로 절반쯤 기울어져 있었다. 옆으로 누운 배 위에서 몸을 제대로 가눌 수조차 없었다. 진희는 다리를 내려다보았다. 절뚝거리는 다리에서 피가 흐르고 있었다. 승조원 중 누군가 구조 요청을 했는지 잠시 후에 사이렌이 울리며 경비정이 나타났다. 다행히 배에 탔던 승조원들은 경비정에 의해 구조되었다.

다음 날 퇴근 후 진희는 절뚝거리는 다리로 효민이 입원해 있는 병실을 찾았다. 다행히 효민은 치료가 잘 돼서 어깨 통증이 가라앉아 있었다. 진희는 깁스를 한 효민의 어깨 부위를 어루만지며 위로했다.

―큰일 날 뻔했어. 그나마 큰 부상이 아닌 게 다행이야.

―걱정해 줘서 고마워.

그리고 효민을 위해 가져온 간식을 막 꺼내려는 순간, 진희의 핸드폰이 요란하게 울렸다. 진희는 핸드폰 화면을 봤다. 모르는 전화번호였다. 진희는 누구지? 하며 통화음을 열었다. 그러고는 물어볼 새도 없이 거친 숨소리와 함께 다급한 목소리가 들려왔다.

―시방, 백진희 씨 되지라?

―네. 맞는데요.

―내는 어촌 계장인디, 거두절미하고 싸게 회관으로 와

야쓰컷구먼.

─무슨 일인데 그러세요?

─글씨. 해평아짐이 해핑이면 농약을 마셔부렀당게.

─네? 뭐라구요!

진희는 얼굴이 하얗게 변하더니 들고 있던 핸드폰을 떨어뜨리고 말았다. 그러고는 바닥에 털썩 주저앉아 통곡을 했다.

─엄마, 죽으면 안 돼.

병상에 누워서 진희의 통화를 듣고 있던 효민도 덩달아 놀라서 상체를 벌떡 세웠다.

─진희야, 얼른 마을 회관으로 가 봐. 아직 어떤 상황인지 잘 모르잖아.

진희는 가까스로 정신을 차린 뒤 마을 회관으로 달려갔다. 그곳에 도착하자 먼저 온 구급차를 둘러싸고 사람들이 웅성거리고 있었다. 엄마가 들것에 실려 막 옮겨지고 있었다. 진희를 발견한 어촌계장이 상기된 표정으로 뛰어왔다.

─뻘을 매립하느냐, 마느냐. 오늘이 결판내는 날인디. 뻘을 보존하는 쪽으로 판결나니께. 해평아짐이 분을 못 참고는 숨겨온 농약을 마셨부렀어야.

어촌 계장의 말이 끝나자마자 진희는 들것에 실려 나오는 엄마를 부여잡고 울부짖었다. 꼭 자신이 엄마를 죽음으로 내몬 것 같았다. 진희는 어째서 엄마의 심정을 한 번이라도 이해하려고 하지 않았을까, 하고 후회하며 가슴을 쳤다.

　—엄마 미안해. 이게 다 나 때문이야. 흑흑.

　진희 엄마는 고통스러운 듯 미간을 잔뜩 찌그러뜨리며 신음을 쏟아냈다. 진희는 엄마, 죽으면 안 돼! 외치며 애타게 엄마를 불렀다. 진희 엄마는 통증이 너무 심한지 눈동자가 하얗게 돌아간 데다 사지를 부르르 떨었다. 진희 엄마가 마신 농약은 소량만으로도 목숨이 위태로운 약품이었다.

　진희도 구급차에 올라타서는 곧장 병원으로 출발했다. 아침까지도 엄마가 그런 일을 벌이리라곤 상상도 하지 못했다. 평소와 달리 엄마가 굳은 표정으로 든든하게 먹으라며 진희 앞으로 반찬을 밀어주던 것 말고는 특이점은 찾아볼 수 없었다. 홀로 자신을 키우며 살아왔을 엄마의 슬픔을 미처 헤아리지 못했다는 자책감에 진희는 하염없이 눈물을 떨구었다. 진희는 구급차 안에서 엄마가 제발 살아나기를 간절히 기도했다. 구급차가 전속력으로 달리는 해변에는 노을이 붉게 타오르고 있었다.

　*본문에 나오는 포구는 가상임.

산책

　혜자가 흥분해서 뜬금없이 화를 내고 소리를 지를 때면, 자신의 의지와는 상관없이 악마가 혜자의 머릿속에 들어가서 그녀를 조종하기 때문일 테다.

　하지만 혜자가 지극히 평온할 때면 천진난만한 얼굴이 된다. 그럴 때면 전혀 세상의 때가 묻지 않은 어린애를 보는 것 같다. 지금껏 누구에게도 상처를 준 적이 없는 혜자다. 하지만 동수는 살아오면서 알게 모르게 남에게 상처를 준 기억들로 가득해서 부끄러울 따름이다. 동수의 얼굴에서 가을빛의 쓸쓸함과 허망함이 묻어났다. 돌개바람이 얼굴을 훑고 지나갔다.

"거, 거기 안 섯! 미, 미친년아!"

동수는 도로 한복판을 가로질러 도망가는 여자를 향해 욕설을 퍼부었다. 동수는 얼굴이 붉으락푸르락 해졌다. 화가 머리끝까지 뻗친 동수는 저만치 도망가는 여자를 죽어라 쫓아갔다. 여자는 들고 가던 옷가지를 아무렇게나 길바닥에 질질 흘리며 이리저리 도망쳤다. 길거리에 애인의 속옷도 군데군데 널브러져 있는 게 눈에 띄었다. 그걸 본 동수는 극도로 흥분해서 눈알이 까뒤집혀졌다.

동수의 나이 마흔에 이를 무렵이었다. 그동안 살아오면서 어떤 여자에게도 관심을 받아본 적이 없었다. 그는 언제나 혼자였고 늘 외로웠다. 그러던 그에게 애인이 생겼다. 가진 거라곤 몸뚱이 하나뿐인 동수에겐 조금 분에 넘치는 상대였다. 동수는 결코 놓치고 싶지 않았다. 갖은 구애 끝에 애인의 마음을 얻어낸 후 곧장 살림을 차리기로 약속했다. 며칠 후 동수는 이사를 위해 행길에 낡은 자가용을 세워두고 애인의 단칸방에 있던 조촐한 가구와 옷가지를 옮기던 중이었다. 몸집이 있는 웬 여자가 아까부터 자가용 근처를 배회하며 얼쩡거렸다. 괜히 실실 웃는가 하면 추레하고 비뚜름하게 입은 행색으로 봐서는 어딘지 좀 모자라 보였다. 여자가 동수에게 다가오더니 아는 체를 했다. 동수는 애인의 옷가지를 운전석에 옮기며 귀찮다는 듯 지나가는 투로 물었다.

"어디 살아요?"

"원장 아빠하고 저기 살아요."

나이가 서른 댓 살쯤 되어 보이는 여자는 어린애처럼 손가락으로 건너편 성당 첨탑의 십자가를 가리키며 어눌하게 대답했다. '원장 아빠?' 동수는 멈칫하며, 아빠면 아빠지, 원장 아빠는 또 뭐야. 어딘가 좀 모자란 여자인가? 라며 중얼거리고는 이삿짐을 가지러 그곳을 떠났다. 그리고 다시 옷가지 등이 담긴 보퉁이를 들고 가다 황당한 장면을 보고는 걸음을 우뚝 멈췄다. 엉? 아까 그 여자가 차문을 열고 보조석에 떡 하니 앉아 있는 게 아닌가. 동수는 얼른 내리라며 조용히 타일렀지만, 여자는 도통 내릴 생각이 없어 보였다. 동수는 차에서 빨리 내리라며 여자에게 호통을 쳤지만 요지부동이었다. 동수는 슬슬 약이 오르기 시작했다. 안 그래도 바쁜데 웬 이상한 여자까지 나타나서 훼방을 놓는가 싶었다. 동수는 말로는 안 되겠다 싶어 억지로 끌어내려고 여자의 팔을 홱 잡아당겼다. 자가용 밖으로 강제로 끌려 나온 여자는 가지 않고 계속 뭐라 뭐라 종알거렸다.

"훠이~ 저리 가!"

동수는 차에서 떨어지라는 손짓을 하며 여자에게 경고했다. 그리고 다시 나타났을 때 눈 앞에 펼쳐진 광경 때문에 동수는 거의 기절초풍할 뻔했다. 자가용 주변엔 동수가 가져다 놓은 옷가지들이 어지럽게 널려있었다. 여자는 옷을 고르듯 보퉁이를 끌러서 맘에 안 든 옷을 아무렇게나 팽개치고 있었다. 그러다 동수의 인기척을 느낀 여자는 손에 잡히는 대로 옷가지를 집어 들고는 냅다 도망치기 시작했다. 동수는 너무 기막히고 어이가 없어서 잠시 멍하니 서 있었다. 이윽고 정신을 차린 동수는 절뚝거리며 여자 뒤를 쫓기 시작했다. 이제는 여자를 붙잡기만 하면 그 자리에서 반쯤 죽여놓을 작정이었다. 동수는 거친 숨소리와 함께 씩씩거리며 거리를 차츰 좁혀갔다. 이제 조금만 더 따라가면 여자를 잡을 수 있을 것 같았다. 여름날 땡볕이 내리쬐는 길거리에서 남녀가 쫓고 쫓기는 장면은 마치 코미디를 보는 듯했다.

"자, 잡히면 주, 죽을 줄 알아!"

동수는 한쪽 발을 질질 끌다시피 뛰어가며 여자 뒤를 바짝 쫓았다. 그러고는 마침내 여자 머리끄덩이를 움켜쥐었다. 자, 잡았다. 요년! 인내심의 끝에 다다른 동수는 화산이 터지듯 분노가 폭발했다. 동수는 여자를 붙들자마자 다짜고짜 빰을 후려갈겼다. 여자는 찍 소리도 내지 못하고 무방비로 얻어맞았다. 동수는 그래도 분이 풀리지 않아서 욕설을 하며 인정사정없이 여자를 두들겨 팼다. 여자는 고통이 가해질 때마다 끄윽끄윽 비명을 지르며 몸을 새우처럼 잔뜩 움츠렸다. 독이 오를 대로 오른 동수는 그런 여자의 뱃구레를 강하게 걷어찼다. 여자가 헉! 외마디 비명을 지르며 아스팔트 바닥에 푹 고꾸라졌다.

한차례 폭풍이 지나간 듯 동수는 헝클어진 머리를 쓸어 올리며 주변을 둘러보았다. 지나가던 행인들이 뭔 일인가 하고 웅성거리는 게 보였다. 동수는 퍼뜩 정신을 차렸다. 순간 너무 부끄럽고 창피해서 얼굴이 화끈 달아올랐다. 내가 지금 무슨 짓을 한 거지? 방금 내게 무슨 일이 벌어진 거야? 동수는 꼭 꿈을 꾸고 있는 것만 같았다. 현실감이라곤 전혀 없었다. 관자놀이 부분을 꾹 눌러보았다. 통증이 그대로 느껴졌다. 꿈은 절대 아니었다.

동수는 머리를 감싸며 그 자리에 털썩 주저앉았다. 머리 위로 한낮의 강렬한 햇살이 쏟아지고 있었다. 그때까지 조용하던 매미들이 일제히 그악스럽게 울어댔다. 동수는 절름거리는 한쪽 다리가 떨어져 나간 듯한 현기증이 났다. 한낮의 풍경이 사선으로 기울어지며 빙글빙글 도는 것 같았다. 내.가.지.금.누.구.를. 때.린.거.야! 오, 제발 꿈이었으면. 누가 꿈이라고 말 좀 해줘요! 동수는 현실감 없는 상황에서 머리카락을 쥐어뜯으며 울부짖고 싶었다. 행인들이 모두 자신을 향해 손가락질하며 '저 새끼 깡패 아냐?' 하고 욕을 해대는 것 같았다.

지금껏 동수는 누구를 때려본 적이 없었다. 그런 동수이기에 방금 자신이 저지른 행동에 절망하며 죽고 싶은 심정이었다. 동수에게 흠씬 두들겨 맞은 여자는 뜨거운 아스팔트 바닥에 나뒹군 채 신음하고 있었다.

잠시 후 누군가 신고를 했는지 경찰차가 왔고 동수는 연행되었다. 곧이어 구급차가 와서 여자를 태우고 사라졌다. 비대한 몸집의 원장 아빠라는 사람은 늦게서야 경찰서에 나타났다. 다행히 처음부터 그 장면을 죽 지켜봤던 후덕한 아주머니의 진술 덕분에 사건은 일단락됐다. 동수가 치료비를 대겠다는 조건에서 합의를 봤다. 하지만 동수는 너무 경황이 없는 상황에서 여자에게 진심으로 사죄를 구하지 못했다. 더구나 그날의 사단이 불운의 전조였던지 동수는 두 해를 넘기지 못하고 애인과 헤어지고 말았다.

동수는 눈을 비비며 자리에서 부스스 일어났다. 얼핏 잠꼬대를 한 것도 같았다. 이마에는 식은땀이 송골송골 맺혀있었다. 관자놀이가 욱신거렸다. 동수는 잠을 깬 뒤에도 누군가에게 무척 미안하고 짠한 기분이었다. 머리가 찌릿해지며 관자놀이가 다시 지끈거렸다. 동수는 관자

놀이 부분을 손가락으로 지그시 눌러봤다. 어젯밤부터 알수 없는 두통이 간간이 동수를 괴롭혔다. 머리를 손가락으로 지그시 눌렀다. 그러고는 수척해진 볼을 가만히 어루만졌다. 뭉툭한 게 잡혔다. 동수는 자신의 삶이 꼭 우듬지에 매달려있는 마지막 잎새 같다는 생각이 들었다.

동수는 어릴 적부터 소아마비를 앓았다. 그로 인해 한쪽 다리가 유난히 가느다랗다. 앉을 때면 불균형인 두 다리를 자연스레 포개는 버릇이 있다. 소슬한 바람에 낙엽지는 소리가 사르륵 들려왔다. 날이 밝으려면 아직 이른 시각이다. 동수는 새벽같이 출근하는 탓에 휴일에도 예외없이 일찍 눈을 떠졌다. 안방으로 귀를 기울여 본다. 빼꼼히 열린 문틈으로 코 고는 소리와 뒤섞여 복음성가가 차분하게 들려오고 있다. 결혼 전 성당에서 자랐던 혜자는 아침이면 복음성가가 나오는 채널을 종종 들었다. 저녁에도 늘 라디오를 듣다가 그대로 잠이 들곤 했다. 몇 년 전임대 아파트를 분양받고 처음 입주할 때부터 동수와 혜자는 방을 따로 사용하기 시작했다. 이유는 간단하다. 혜자의 심한 코골이 때문이다. 게다가 온 방을 굴러다니는 것도 부족해서 앉아서 잠드는 독특한 습관이 있다. 동수는 일부러 혜자에게 안방을 내어주고 자신은 하꼬방 같은 작은 방을 차지했다. 동수는 작은 방에서 지내며 혜자에게 지은 죄를 조금이나마 사죄하는 마음으로 만족했다.

동수는 어느 날 성당에 다닌다는 이웃의 소개로 한 여자를 만났다. 그런데 하필이면 소개받은 여자가 예전에 길거리에서 흠씬 두들겨 팬 그 여자였다. 동수는 상견례장에서 혜자를 딱 마주쳤을 때 속으로 적잖이 놀랐다. 몇년 전 길거리에서 두들겨 팬 여자라는 걸 단박에 알아차렸다. 예전의 추레한 모습과는 확연히 달랐다. 혹시 그 여자가 맞나 싶을 정도로 말쑥한 차림새였다. 그런데 어찌된 일인지 혜자는 상견례 자리에서 자신을 두들겨 팬 남자가 바로 앞에 앉아 있는 동수라는 사실을 전혀 기억하지 못했다. 줄곧 눈만 말똥말똥 뜨고 동수만 뚫어져라 쳐다보았다. 어쨌거나 동수는 우연인지 운명인지 혜자를 다시 만나게 되었다. 나중에 안 사실이지만 혜자는 최근에 일어난 일만 기억하는 일종의 부분 기억상실증을 앓고 있었다.

'그때는 제정신이 아니었어요. 그땐 왜 그랬는지 잘 모르겠어요.'라고 동수는 옛일을 더듬거리며 혜자에게 사과했다. 혜자를 만나고 불볕더위가 기승을 부리는 삼복더위에 번갯불에 콩 볶듯이 두 사람은 조촐하게 결혼식을 올렸다. 동수가 정신이 온전하지 않은 혜자를 데려가겠다고했을 때, 여자 쪽에도 소문이 닿았는지 외삼촌이라는 남자가 동수가 일하는 먼 곳까지 불쑥 찾아왔다. 그 무렵 혜자는 줄곧 보육원에서 허드렛일을 하며 지내다 그 사건

이후 우연히 외삼촌을 만나게 되었다. 그러고는 그곳을 벗어나 외삼촌과 함께 살고 있었다.

동수는 일하다 말고 작업복 차림으로 한달음에 마중을 나갔다. 두 사람은 식당에서 마주 앉았다. 동수는 긴장하거나 흥분이 되면 얼굴이 금세 달아오르고 말을 심하게 더듬었다. 게다가 한쪽 다리를 절뚝거리며 걷는 동수를 보는 순간 안심이 됐는지 외삼촌은 묵묵히 식사만 했다. 동수만 간간이 '부, 부족한 게 많지만 여, 열심히 살겠습니다.'라는 말을 했을 뿐이다.

둘 다 혼기를 놓친 나이에다 흠이 있는 처지여서 앞뒤 잴 것도 없이 양쪽 집안에서 짐짝 치우듯이 서둘렀다. 그렇게 단칸방부터 신혼생활을 시작했다. 못 배우고 가진 것 없는 동수지만 열심히 살아보겠다며 제일 먼저 청약통장을 만들었다. 결혼 전에는 몰랐는데 함께 살고 보니 혜자의 코골이가 보통 심한 게 아니었다. 혜자는 만성 축농증 때문이라고 했다. 동수는 할 수 없이 혜자의 코 고는 소리를 견디며 지낼 수밖에 없었다.

'언제쯤 각방 쓰는 날이 올까.' 결혼 초부터 동수는 혜자의 극심한 코골이 때문에 피곤한 채로 출근하는 날이 빈번했다. 그런 날이면 실수도 잦아지고 일이 자꾸 꼬였다. 동수는 하루빨리 임대 아파트라도 분양받아서 방을 따로 쓰고 싶었다. 그러기 위해서는 청약을 하고 약정금액을 꼬박꼬박 부어야 했다. 동수는 두 칸짜리 방이 있는 집으로 이사 간다는 목표 아래 악착같이 적금을 부었다. 그리고 일 순위 자격이 되고 입주자로 선정되어 이사한 날 동수는 너무 벅차서 왈칵 눈물을 쏟을 뻔했다.

동수는 잠도 쫓을 겸 맑은 공기를 쐬기 위해 베란다로 나갔다. 간이 의자에 앉아 반투명 창을 살짝 열어젖혔다. 서늘한 새벽 공기가 와락 밀려들었다. 아파트 꼭대기 층에 사는 동수는 한눈에 들어오는 멋진 야경에 흠뻑 빠지기도 했다. 동수는 고개를 들고 건너편으로 시선을 옮겼다. 가로등 불빛이 빼곡히 불을 밝히고 있다. 마치 언덕 너머에서 불빛이 강물처럼 흐르는 것 같다.

차량이 끊긴 도로는 적막했다. 도로 한쪽에 화물차들이 줄지어 서 있다. 그 중에 노란 번호판을 달고 서 있는 동수의 화물차도 보였다. 차량번호에 '배'자가 들어 있는 번호판은 지자체에 등록된 배달차량에 한해서만 발급해주는 번호이다. 매일 바쁘게 도로를 달리는 동수의 화물차도 지금은 조용히 휴식을 취하고 있다. 맞은편으로 버스 정류장이 보였다. 고즈넉한 어둠 속에서 입간판이 환하게 불을 밝히고 있다. 저기에도 누군가의 시가 걸려 있겠지.

"딸랑 딸랑."

밥이 거의 다 되었는지 밥솥 추가 연신 딸랑거리며 요

란한 소리를 냈다. 동수는 목을 쭉 뽑아서 안방을 힐끔 건너다봤다. 혜자는 쌀을 안쳐 놓고는 그새 잠이 들었는지 안방에서 코 고는 소리가 요란하게 들려왔다. 동수는 그럼 그렇지, 하고는 피식 웃으며 몸을 일으켰다. 그러고는 부엌으로 가서 가스레인지 조절 레버를 약 쪽으로 줄이며 뜸을 들였다. 창밖에는 날이 서서히 밝아오고 있었다. 동수는 안방을 향해 부드럽게 소리쳤다.

"일어나. 밥 다 됐어."

혜자는 잠에서 헤어나오지 못한 채 게슴츠레 눈을 뜨고 동수를 바라보았다. 그러고는 내심 계면쩍은지 씨익 웃었다. 동수는 화가 났다가도 혜자의 천진무구한 표정을 보는 순간 자신도 모르게 화가 풀어지곤 했다.

"얼른 밥 먹고 산책 가야지."

그제서야 혜자는 두 손을 방바닥에 짚고 뭉그적거리며 몸을 일으켰다. 그녀가 가장 듣기 좋아하는 말은 '산책'이란 단어다. 동수가 '산책 갈까?'라고 물으면 우울하게 앉아 있다가도 금세 얼굴에 화색이 돌았다. 그럴 만도 하지 싶다. 친구가 한 명도 없는 혜자에겐 동수와의 산책이 유일한 낙이니까. 참, 친구가 하나 있긴 하다. 테디베어 인형인 곰순이다. 혜자는 늘 벽을 마주 보고 앉아서 누군가와 대화하듯 혼자 말하는 버릇이 있다. 그걸 본 동수가 어느 날 시장에 나갔다가 혜자의 말벗이나 되라고 사 온 곰

인형이다.

혜자는 누군가와 말하고 싶을 때면 곰순이를 앞에 놓고
는 일장 연설을 해대기 시작했다. 마치 엄마가 어린아이
를 혼내듯 온갖 손짓을 해가며 꾸짖고 타일렀다. 곰순이
는 혜자의 기분에 따라 동수가 되기도 하고 친언니가 되
기도 하고 학창 시절의 어느 친구가 되기도 했다. 하여튼
혜자의 눈에 띄는 날엔 끝없이 잔소리를 들어야 했다. 주
인을 만나도 한참 잘 못 만난 경우다. 그런가 하면 어떤
날은 신나게 떠들다가도 갑자기 돌변해서 눈물을 뚝뚝 흘
리며 하염없이 흐느끼기도 했다. 동수는 대개 속으로 생
각하는 성격이라면 혜자는 생각나는 대로 뱉어버리는 병
증을 띄고 있었다. 그러다 보니 종일 뜬금없는 말만 늘어
놓았다. 이런 증상들이 다 우울증과 온전치 않는 정신에
서 기인했을 터였다.

한번은 혜자의 목소리가 크게 들려와서 동수는 벽에
등을 비스듬히 대고 대체 무슨 말을 하는지 가만히 들어
본 적이 있었다. 당최 맥락이라곤 전혀 없는 허무맹랑
한 대화에 절로 웃음보가 터졌다. 동수는 못 들은 척 가
만히 있다가 혜자의 언성이 점점 높아지자. 그만 좀 떠
들엇! 하고 소리를 빽, 질렀다. 혜자는 한참 열변을 토하
던 중이라 귀찮다는 듯 오빠나 조용히 해! 하며 외려 쏴
붙였다. 그럴 때면 동수는 꼬리를 바싹 내리고 만다. 그

녀의 열변은 좀처럼 끝날 기미가 보이지 않았다. 가끔이지만 우울증이 극단적으로 치달을 때면 혜자는 섬뜩한 말도 거침없이 쏟아놓았다. 그러다 제풀에 지쳐서 '어휴, 살.아. 있.기. 힘.들. 다!'라고 강한 악센트를 넣어 탄식하고는 이내 잠잠해졌다.

"나, 무슨 옷을 입고 나가지?"

늦은 아침밥을 먹고 설거지까지 끝낸 혜자는 조금 들뜬 기분으로 물었다.

"어제 입었던 거 입어."

혜자는 외출할 때면 어떤 옷을 입고 나가야 되는지 스스로 결정하지 못했다. 동수는 매번 옷을 골라주는 게 귀찮아서 평소에 입었던 옷이 괜찮다며 대충 대답하기도 했다. 사십이 넘도록 혜자는 옷을 제대로 입을 줄 모를뿐더러 스스로 사 입는 법도 모른다. 혜자의 옷이 필요할 때면 동수는 가까운 재래시장으로 그녀를 데리고 가서는 맘에 드는 옷을 사주었다. 그러면 혜자는 입을 헤 벌리고는 좋아라 했다. 행여 가게 주인이나 점원이 옷을 골라주기라도 하면 맘에 들지 않는다며 무조건 퇴짜를 놓았다. 오로지 동수가 골라주는 옷만 입었다. 혜자는 외출복을 입고는 현관문 쪽으로 걸어가다가 잠시 머뭇거렸다.

"운동화는 어떤 색깔로 신고 가지?"

"저거, 분홍색 신어."

혜자는 아이마냥 동수의 말을 고분고분 잘 따랐다. 그런데 그녀에 대해 알다가도 모르는 게 있다. 패션에는 거의 무지한 그녀가 색깔 선택만은 유독 까다로운 데가 있다. 옷가게에서 화려하고 여성스러운 옷을 골라주면 한사코 싫다며 뿌리치고는 언제나 어두운 색깔만을 좋아한다. 그 까닭을 물어보면, 화려한 색깔의 옷을 입고 외출하면 남들 눈에 자신이 눈에 잘 띈다는 거였다. 그러면 동수는, 그런 거라면 전혀 신경 쓸 거 없어. 밖에서 혜자를 알아볼 사람은 아무도 없으니까, 하고는 실소를 터트렸다. 그런데 운동화만큼은 그리 까다롭게 가리지 않는 걸 보면 참 알 수가 없다. 동수는 혜자가 운동화를 다 신을 때까지 느긋하게 기다렸다. 그리고는 자신의 운동화를 막 신으려는 찰나에 '띠리링' 하고 휴대폰이 울렸다. 동수는 본능적으로 민감해졌다.

동수는 택배를 시작하고부터 휴대폰 화면에 낯선 번호가 뜨면 심장부터 벌렁거리는 트라우마가 생겼다. 그는 휴대폰에 뜬 전화번호를 본 뒤에 숨을 고르고는 무슨 전화지? 하며 액정화면을 좌우로 밀었다.

"여, 여보세요?"

"택배기사님 맞으세요?"

"네. 무, 무슨 일이시죠?"

"무슨 택배를 그렇게 하세욧!"

"예?"

상대방은 동수가 택배기사임을 확인한 뒤 처음과 달리 화난 듯 목소리 톤이 순식간에 올라갔다. 휴대폰을 통해 들려오는 앙칼진 음성은 분명 여자 고객이다. 동수는 굵은 침을 꿀꺽 삼키고는 어제 배송한 물건에 뭐가 잘 못 됐나, 싶어 더욱 긴장했다. 택배를 시작하면서부터 종종 겪는 일이지만 뜬금없이 걸려오는 낯선 전화에 좀체 익숙해지지 않는다. 그는 길게 숨을 내쉰 다음 고객이 왜 화가 났는지 궁금해졌다.

"아저씨, 택배를 하려면 제대로 하셔야지. 왜 내 물건을 싫은 소릴 들어가며 남의 집에 가서 찾아오게 만들어요!"

"그, 그게 무, 무슨 말씀이세요? 저는 우, 운송장에 적힌 주소지 대로 배, 배달했을 뿐인데요."

"여보세요! 아무리 주소지 대로 배달한다 해도 적어도 전달할 때는 받는 사람 이름 정도는 확인해야 되는 것 아니에요? 상대방이 받는다고 덥석 주면 어떡해요. 하루가 급한 물건이라 며칠 전부터 기다리던 건데… 택배를 찾아왔기 망정이지 그 집에서 받고도 입 싹 씻어버리면 어떡할 뻔했어요!"

"고, 고객님 정말 죄, 죄송합니다."

동수는 휴대폰을 귀에 댄 채 연신 굽실대며 죄송하다는

말만 되풀이했다. 동수가 처음 택배한다고 했을 때 성한 사람도 하기 힘든 일을 어떻게 하냐고 가족들도 말렸다. 동수는 어릴 적부터 다리 병신이란. 소리를 수없이 듣고 자랐다. 그럴 때면 남몰래 눈물도 많이 흘렸다. 하지만 성인이 되고부터 그런 과거가 오히려 동수의 심지를 단단히 만들었다. 첫날은 누가 흉이라도 볼까 봐 부끄러웠다. 그러다 일이 차츰 익숙해지면서 부끄러움도 사라졌다.

"무슨 전화야?"

현관문 밖에서 기다리던 혜자가 돌아서며 불안한 듯 동수에게 물었다.

"으응? 아무것도 아냐. 얼른 산책하러 가자."

산책코스는 가로수길을 따라 다시 집으로 돌아오는 데 대략 한 시간가량 걸린다. 그 길을 걷다 보면 버스정류장마다 시민들이 쓴 창작시가 걸려 있다. 그중 한 곳에 올해 처음으로 동수의 시도 걸리게 되었다.

재작년 가을. 동수는 버스정류장 앞을 무심코 걷다가 이전에는 없던 풍경이 눈에 들어왔다. 버스정류장마다 멋진 그림과 함께 시가 걸려 있었다. 자세히 보니 동수가 사는 시市에서 매년 버스정류장 창작시를 공모하고 있었다. 동수는 눈이 번쩍 뜨였다. 아, 내가 쓴 시도 저렇게 걸린다면 얼마나 좋을까, 하고동수는 행복한 상상을 해보았다. 그동안 동수는 누구에게도 말하지는 않았지만 막연하게 시에 대한 동경을 품고 있었다. 그렇지만 동수는 지금 껏 정작 시를 어떻게 쓰는지도 몰랐고 딱히 누구에게 배울 기회도 없었다. 그런데 그날따라 무언지 모를 자신감이 안으로부디 솟구쳤나. 농수는 입술을 꽉 깨물고는 그래! 나도 한번 시를 써 보리라.고 다짐을 했다.

그날 이후로 동수는 닥치는 대로 시집을 읽으며 시의 세계로 빠져들었다. 어떤 날은 시를 쓰다가 꼬박 밤을 지새우기도 했다. 하지만 동수는 시를 응모할 때마다 번번이 떨어졌다. 그러길 몇 년이 지난 뒤 마침내 동수의 시가 창작시 공모전에 입상해서 버스정류장에 걸리게 되었다. 게다가 운이 좋았는지 동수가 사는 집 근처 버스정류장에 그의 시가 세워졌다.

동수는 자신이 쓴 시가 버스정류장에 처음 걸린 날을 잊지 못한다. 버스정류장 앞에서 동수는 자리를 뜨지 못하고 하염없이 울먹거렸다. 자신이 쓴 시가 인정을 받고 그곳을 지나는 행인들이 읽게 될 거라는 사실에 무척 감격스러워 했다. 동수는 너무 기뻐서 정류장에 서 있는 사람들을 붙잡고 자랑하고 싶은 충동마저 일었다.

매일 고된 노동으로 감겨드는 눈을 비벼가며 힘들게 시를 썼던 기억들이 주마등처럼 지나갔다. 이십 대에 동수는 낮에는 공장으로 밤에는 야학을 다니며 겨우 중학교 과정을 마친 게 전부였다. 그런 자신이 시를 썼다는 사실에 스스로 대견해했다. 그 후로 동수는 혜자를 데리고 자신의 시가 걸린 정류장 가로수길을 걸을 때마다 행복감을 느끼곤 했다.

동수는 다리를 절룩거리며 현관문을 나선다. 엘리베이터 층수를 보니 지금 막 일 층에서 올라오는 중이다. 기다리는 동안 혜자는 자신의 옷차림이 단정한지 벽에 부착된 거울에 비춰본다. 혜자는 항상 외투를 입더라도 빈틈없이 단추를 꼭꼭 채운다. 지퍼가 달린 옷이라면 앞섶이 벌어지지 않게 최대한 지퍼를 올린다. 어떨 때는 혜자의 옷차림이 답답해 보여서 동수가 자연스럽게 옷맵시를 고쳐주면 그녀는 얼굴을 찡그리며 한사코 목 언저리까지 단단히 여민다. 제법 덩치가 있는 혜자는 다운증후군 환자처럼 목둘레가 유난히 굵었다. 더욱이 목에는 깨알만 한 돌기들이 오소소 돋아있다. 동수는 혜자의 목을 볼 때마다 안쓰럽다. 당장이라도 치료해주고 싶지만 현실은 그렇지 못하다.

동수는 아직도 혜자와의 바닷가에서의 첫날 밤을 잊지 못했다. 흔히 첫날밤이라고 하면 보통 낭만적인 상상을 하겠지만 동수에게 낭만은커녕 악몽의 날로 기억되었다. 동수와 혜자는 바닷가를 걸으며 산책을 하고 저녁을 먹은 뒤 방에서 처음으로 잠자리를 하려고 샤워를 막 끝내던 참이었다. 갑자기 혜자는 동수를 보더니 꺅! 하고 비명을 질렀다. 동수는 뭔 일인가 하고 놀라서는 혜자를 향해 몸을 돌렸다.

"왜 그래? 무슨 일이야?"

"무서워요. 가까이 오지 마세요!"

혜자는 꼭 귀신을 본 듯 온몸을 바들바들 떨면서 동수를 향해 가까이 오지 말라고 소리를 질렀다. 그 순간 반짝 동수의 머릿속으로 스치는 게 있었다. '아차 싶었다! 혜자가 원장 아빠라고 불렀던 남자가 그 후에 감옥에 갔다고 했다. 상습적으로 아이들을 성추행한 혐의였다. 아이들이 자라서 원장이 저지른 행위를 경찰에 신고한 것이었다. 아마 혜자도 피해자 중 한 명일 것이란 생각이 들었다. 그래서 자신도 모르게 예전의 악몽이 떠올랐는지도 몰랐다.

동수는 순간 당황해서 어쩔 줄을 몰랐다. 혜자는 보육원에서 겪은 트라우마로 인해 심리상태가 매우 불안정해져 있었다. 혜자의 상태가 이 정도로 심각한 거였나? 동수는 깊은 고민에 빠졌다. 그냥 단순히 데이트만 하고 집에 돌아갈 걸 괜히 모텔에 투숙했나 싶었다. 하지만 이미 엎질러진 물이었다. 그곳은 하루에 두 번 바닷길이 열리는 섬이라서 천상 다음 날까지는 꼼짝없이 갇혀있어야 했다.

어느 정도 안정이 된 혜자에게 동수는 거듭 미안해했다. 혜자는 입을 꾹 닫은 채 동수만 노려봤다. 동수는 혜자를 데리고 다시 바닷가로 나갔다. 벤치에 앉아 밤바다를 바라보며 날이 밝기만을 기다렸다. 저 멀리 등대가 빙글빙글 돌며 밤바다를 비추는 게 보였다. 검푸른 하늘엔 뜬 달빛마저 우울하게 보였다. 시간은 참으로 더디게 흘러갔다. 바닷가 벤치에서 동수와 혜자는 꾸벅꾸벅 졸기를 반복하며 새벽을 맞이했다.

동수가 엘리베이터에 탑승하자 벽에 부착된 거울에 얼굴이 자연스레 비쳤다. 어느새 쉰에 이른 나이가 되고 보니 귀밑머리도 하얗게 새어있었다. 볼에 유난히 크고 도드라진 점이 눈에 들어왔다. 그는 얼굴에 난 커다란 검은 사마귀 점 때문에 사람들로부터 종종 점박이,란 별명으로 불리기도 했다. 엘리베이터를 타고 밖으로 나오자 어느 집에 응급 환자가 발생했는지 아파트 입구에 구급차가 대기 중이었다.

동수는 작년에 겪었던 일이 머리를 퍼뜩 스쳤다. 십 년 넘게 배달일을 하던 어느 날 아침에 동수는 난데없이 푹 쓰러졌다. 곧이어 구급차가 아파트에 도착했고 세 명의 구급대원이 들것을 들고 집에 들이닥쳤다. 그때 동수는 머리를 두 팔로 감싸 쥐고 거실 바닥에 누워서 어지럽다며 고통을 호소했다. 새벽에 베란다 간이 의자에 앉아서 커피를 마시려는 데 갑자기 머리가 풀썩 꺼지는 기분이더니 풍경이 사선으로 꺾이는 이상증세가 엄습했다. 동수는 어? 몸이 이상하네. 하고 의자에서 일어나려는 순간 갑자기 천장이 뱅글뱅글 돌기 시작했다. 동수는 머리를 감싸쥐며 예전에 누군가에게 들은 풍風을 맞으면 '풍경이 꺾여 보인다'는 말이 새삼 떠오르자 두려운 생각이 앞섰다. 그는 구급차에 실려가면서 앞날에 대한 불안함과 어지럼증으로 무척 혼란스러웠다. 구급차에 실려 가면서 들려오는 사이렌 소리는 평소 도로에서 듣던 요란한 경적음이 아니라 아득히 먼 곳으로부터 들려오는 듯했다.

동수는 구급차를 타고 가면서 예전에도 구급차에 실려 갔던 일이 스르르 떠올랐다. 배달일을 시작한 지 한 이년 정도 됐을 무렵이다. 약간 경사진 빌라 입구 쪽에 화물차를 주차하고 매일같이 배달하던 장소였다. 배달하다 보면 물건을 주기적으로 주문하는 단골고객들이 있다. 그래서 담당구역을 오래 배달하다 보면 자연스레 단골고객과 친해지고 짧게나마 이런저런 얘기도 나누게 된다. 요즘은 배달 상자를 별도의 사물함이나 집 앞에 놓는 추세여서 예전 같은 낭만이 많이 줄었지만 말이다.

동수는 그날도 매양 하던 대로 차를 주차하고 상자를 막 꺼내기 위해 짐칸이 있는 뒤쪽 문을 열려는 순간, 브레이크가 완전히 당겨지지 않았던지 탁. 하고 풀리면서 차량이 동수가 있는 뒤쪽으로 돌진하고 말았다. 동수는 아무엇도 모르고 평소처럼 짐칸의 문을 열다가 화물차가 갑작스레 후진하는 바람에 차량에 깔릴 뻔했다. 그런데 천운인지 후진하던 차량이 빌라 입구의 낮은 돌출물에 짐칸이 걸리면서 동수는 큰 화를 면했다. 하지만 그 충격으로 동수는 한쪽 발목에 힘줄이 끊어지는 상처를 입고 말았다. 때마침 고객이 뛰쳐나와서 구급차를 불러준 덕분에 병원으로 급히 이송될 수 있었다.

퇴원 후 동수는 만약에 흔히 보는 빌라 구조였다면 나는 어찌됐을까, 하고 상상할 때면 소름이 돋고 진저리를 쳤다. 구급차는 출근 시간대여서 사이렌 소리를 울리며 오랫동안 달렸다. 시간이 지날수록 동수는 의식이 점점 더 흐릿해졌다. 이대로 쓰러지면 온전치 못한 혜자는 누가 돌보나, 하는 걱정이 앞섰다. 동수는 정신을 잃지 않으려고 안간힘을 썼다. 다행히 병원에서는 전정기관과 그와 연결된 반고리관에 문제가 생겨서 일어나는 증상이며, 이석증, 전정신경염, 메니에르병은 아니라고 했다. 과도한 노동이나 외부의 충격으로 발생하는 현상일 거라고 했다.

동수는 의사 소견을 듣고는 며칠 전 사건이 떠올랐다. 동료 간의 몸싸움이 벌어졌고 동수는 중간에서 싸움을 뜯어말리던 중이었다. 한 동료가 격분하여 상대방을 머리로 치받는다는 게 하필이면 동수의 뒤통수를 가격했다. 그 충격에 쓰고 있던 동수의 모자가 날아가고 머리가 띵해졌다. 동수는 그 일의 여파가 아닌가 싶어서 동료가 원망스러웠다.

의사 소견으로는 동수의 어지럼증을 치료할 수 있는 방법이 딱히 없어 보였다. 그냥 집에서 휴식을 취하는 도리밖에 달리 방법이 없었다. 동수는 응급실에 누워 링거주사를 한 대 맞은 뒤 채 회복되지 않은 몸으로 택시를 타고 돌아왔다.

그리고 한 이틀 휴식을 취한 뒤 아침에 출근하려는 데 혜자가 자기도 일을 돕겠다고 했다. 동수는 잠시 생각에 잠겼다. 몸도 아직 덜 회복된 데다 혜자가 도와준다니 좋긴 하지만 장애가 있는 혜자가 과연 할 수 있을까 싶었다. 혜자는 성인이 된 후에 보육원을 떠나서 줄곧 외갓집에서 지내왔기 때문에 일이라곤 전혀 해본 적이 없었다.

"배달할 수 있겠어?"

"한번 해보지 뭐."

혜자는 별것 아니란 투로 대답했다.

아파트 단지에 들어서자 동수는 배달하는 법을 간단히 알려주었다. 각자 아파트 한 동씩 맡아서 배달하기로 하고 혜자의 손에 상자를 들려서 보냈다. 그리고 잠시 후 동수는 어디선가 요란한 소리가 들려오는 것 같아서 걸음을 멈추었다. 누가 저리 시끄럽게 문을 두드려대는 거지, 하고 동수는 소리가 나는 쪽으로 고개를 돌렸다. 복도식 아파트여서 옆 동이 훤히 내려다보였다. 아뿔싸! 그곳에는 혜자가 서 있었다. 한 손엔 상자를 들고 다른 손으로는 빈 집을 부서져라 두드리고 있었다. 제 딴에는 상자를 꼭 전달해야만 되는 줄 아는 모양이었다. 혜자의 그런 모습에 동수는 코끝이 찡해졌다. 얼른 고개를 바깥으로 내밀고는 혜자를 향해 힘껏 소리쳤다.

"남의 집을 그렇게 세게 두드리면 안 돼. 없으면 그냥 내려와!"

그날이 혜자에게는 처음이자 마지막 배달 경험이었다.

아파트 단지를 벗어나자 눈부신 하늘과 붉은 단풍이 가을의 정취를 물씬 묻어났다. 버스정류장으로 가는 도로에는 산벚나무 낙엽이 수북이 쌓여있었다. 산책하기에 그만인 아름답고 소박한 가로수길이다. 동수는 길을 걷다가 발 앞으로 굴러오는 낙엽을 주었다. 잔가지 끝에 붙어서 바람에 흔들릴 때는 곱고 예쁘기만 할 줄 알았는데, 자세히 들여다보니 벌레가 파먹은 흔적과 모진 바람에 한쪽 귀퉁이가 떨어져 나간 생채기가 고스란히 눈에 들어왔다. 어느 유명한 희극 배우는, 인생이란 가까이서 보면 비극이지만 멀리서 보면 희극이라더니. 딱 너를 두고 한 말 같구나! 동수는 낙엽이 자신의 처지와 비슷하다는 생각이 들자 불현듯 공허감이 밀려들었다.

동수는 낙엽을 쥔 채 몇 걸은 걷다가 뒤를 돌아봤다. 혜자는 무슨 생각을 하는지 고개를 푹 숙이고 묵묵히 따라오고 있었다. 마침 저만큼 울긋불긋 곱게 붉는 가로수가 우뚝 서 있는 게 보였다.

"저기, 나무 아래 가서 서 볼래?"

동수는 휴대폰 카메라를 켜고 혜자를 향해 포즈를 취해 보라고 손짓했다. 그녀가 웬일인지 침울해져 있다. 보통 그녀는 산책하는 동안엔 기분이 좋아서 쉴 새 없이 재잘거리는 편이다. 동수는 그런 혜자의 기분을 풀어주려고 햐! 저 단풍 좀 봐. 예쁘지? 하며 한껏 과장된 동작을 취했다. 혜자는 동수가 가리키는 나무를 보는 둥 마는 둥 뚱한 표정으로 포즈를 잡았다.

"좀 웃어 볼래?"

동수가 부드럽게 말하자 혜자는 억지로 웃는 표정을 짓다가 이내 무뚝뚝한 모습으로 되돌아왔다. 우울증은 시간을 가리지 않고 아무 때나 찾아온다. 조용히 있다가도 불안정한 심리상태가 되면 느닷없이 돌변해서 격한 반응을 보이기도 한다. 그럴 때면 동수가 아무리 좋은 말로 달래봐도 소용없다.

처음엔 동수도 곤혹스러웠지만 지금은 익숙해져서 혜자를 이해하려고 노력한다. 그녀는 느닷없이 돌변해서 앞뒤 없는 막말을 쏟아냈다가도 진정이 되면 자신이 왜 그런 말을 했는지 후회하며 동수에게 무척 미안해했다. 혜자가 흥분해서 뜬금없이 화를 내고 소리를 지를 때면, 자신의 의지와는 상관없이 악마가 혜자의 머릿속에 들어가서 그녀를 조종하기 때문일 테다.

하지만 혜자가 지극히 평온할 때면 천진난만한 얼굴이 된다. 그럴 때면 전혀 세상의 때가 묻지 않은 어린애를 보는 것 같다. 지금껏 누구에게도 상처를 준 적이 없는 혜자다. 하지만 동수는 살아오면서 알게 모르게 남에게 상처를 준 기억들로 가득해서 부끄러울 따름이다. 동수의 얼굴에서 가을빛의 쓸쓸함과 허망함이 묻어났다. 돌개바람이 얼굴을 훑고 지나갔다.

동수는 사진을 찍고는 다시 걸음을 옮겼다. 그러고는 몇 걸음 걷다가 혜자와 나란히 벤치에 앉았다. 혜자는 골똘히 무슨 생각에 잠겨있다. 그러다 불현듯 뭔가 생각났다는 듯 입술을 뗐다.

"그런데 있지. 어릴 적 기억이 전혀 없는데 이상하게 딱 하나 생각 나는 게 있어."

동수는 무슨 말이냐는 듯 고개를 돌려 혜자를 바라봤다.

"보육원에서 애들이 나를 괴롭힐 때 걔들을 때려줬던 그 오빠가 생각나. 얼굴에 검은 점이 있었는데."

순간 동수의 눈이 동그래졌다. 문득 기억에도 희미한

어릴 적 기억을 더듬어 보았다. 엄마는 동수를 보육원에 맡긴 뒤 다시는 나타나지 않았다. 얼마 뒤 동수는 엄마를 찾기 위해 그곳을 몰래 빠져나왔다. 동수는 눈시울이 뜨거워졌다. 어느새 동수의 눈가에 물기가 촉촉해졌다. 동수는 손등으로 눈언저리를 쓱 문지른 뒤 벤치에서 일어났다. 혜자도 덩달아 벤치에서 엉덩이를 뗐다. 저만치 동수의 시가 걸린 버스정류장이 보였다. 동수는 혜자의 손을 꼭 잡고 정류장을 향해 한쪽 다리를 절룩거리며 걸었다.

내가 바다로 가는 까닭

끌끌 혀를 차던 노친네가 콧김을 팽 풀며 방문을 닫고 돌아서자 형언할 수 없는 서러움과 비애가 밀려왔습니다. 던진 빗자루에 재수 없이 맞은 상판을 하고 방구석에서 한참을 눈만 끔벅거리다. 홧김에 물구나무를 서서는 지지리도 궁상맞은 제 꼬라지의 원인을 심사숙고 되짚으며 자문해 보았습니다. 가방끈 기냐? 아니. 짧다. 애인 있냐? 아직 없다. 나이가 젊냐? 좀 보태서 꺾어지면 백수(白壽)다. 돈 많이 벌어났냐? 땡전 한 푼 없다. 그런데 뭘 믿고 허구한 날 구들장에다 엑스레이 찍고 지랄이냐? 유구무언이로소이다.

달마가 동쪽으로 간 까닭을 아시는지요.

저도 한때는 그 까닭을 알고자 아랫목에 가부좌를 틀고 면벽을 하며 명상 비슷한 걸 해본 적이 있습니다. 평소 같으면 노곤한 햇살이 창턱을 넘어 제 발바닥에 불화살을 쏴대며 간지럼을 태워도 언 놈이 구들장을 떠메고 갈까봐 악착같이 흡반을 붙이고 자던 저였습니다. 그러던 차에 어느 날은 구도자다운 진지함과 수행심을 발휘하여 금쪽같은 미명의 시간을 투자해 봤습니다.

세상 참 쉬운 게 없더군요. 달마의 지팡이마냥 뻣뻣한 양다리를 갑자기 또아리 튼 터라. 먼동이 터 올 무렵엔 오금이 심히 저려오고 궁둥이에선 난데없는 방귀가 세마치 장단으로 울려댔습니다. 그러길 한 사흘이 지나자 새벽잠이 없는 데다 제 방귀소리를 새벽종 소리쯤으로 여겼을 노친네의 예민한 촉수에 저의 수상한 낌새는 여지없이 걸려들고 말았습니다. 방구석에서 온갖 폼을 잡고 꼴값을 떨던 제가 노친네의 방문을 느닷없이 맞닥뜨렸을 적에 기막혀하던, 노친네의 희번득한 흰자위와 이내 눈꼬리가 일그러지면서 토해내는 걸쭉한 일성, 벵신 육깝 떨지 말고 잠이나 자야!

결국 노친네가 사자후로 일갈한 할(喝) 한마디에 저는 대오각성(大悟覺成)하여 달마가 동쪽으로 갔던가. 가다가 말았던가 헷갈리기 시작하면서 멀고 험난한 구도의 길은 작심삼일의 말로를 맞고 말았습니다. 제가 매양 집구석에서 빌빌거릴 때 죽비소리로 어깨에 떨어지던 노친네의 십팔 번. 뼁신 육깝~으로 시작하는 카운터펀치의 일격은 알량하나마 헐렁한 가슴에 품고 있던 저의 자존심을 깡그리 뭉개는데 지대한 공을 세웠습니다.

그럴 때면 밑 빠진 독 안에서 깨갱거리는 강아지 울음소리가 처절하게 들려왔습니다. 끌끌 혀를 차던 노친네가 콧김을 팽 풀며 방문을 닫고 돌아서자 형언할 수 없는 서러움과 비애가 밀려왔습니다. 던진 빗자루에 재수 없이 맞은 상판을 하고 방구석에서 한참을 눈만 끔벅거리다. 홧김에 물구나무를 서서는 지지리도 궁상맞은 제 꼬라지의 원인을 심사숙고 되짚으며 자문해 보았습니다. 가방끈기냐? 아니, 짧다. 애인 있냐? 아직 없다. 나이가 젊냐? 좀 보태서 꺾어지면 백수(白壽)다. 돈 많이 벌어났냐? 땡전한 푼 없다. 그런데 뭘 믿고 허구한 날 구들장에다 엑스레이 찍고 지랄이냐? 유구무언이로소이다.

달마가 동쪽으로 갔든 제 갈 데로 갔든 머리통엔 덥수룩한 까치집을 집고 등짝엔 땀띠가 복어알 만큼씩 배도록 낮잠에 절어있던 겨울 한낮. 비몽사몽 허우적대던 꿈결 중에 신비하고 요상스런 기운이 몽실몽실 피어오르기 시작했습니다. 창가에는 겨울 햇살이 푸짐하게 고수레를 하고 있었고요. 머쓱한 그 기분이란. 전에 헌책방에서 장자(莊子)란 고서를 사다 놓고는 한동안 머릿베개로 쓰다가 문득 아무렇게나 책장을 넘기던 중 내편(內篇)의 제물론(齊物論)에 나오는 장주(莊主)의 혼몽과 비슷한 무릉의 경지였을 겁니다.

이불을 둘둘 말아 감고 엎치락뒤치락 깨구락지 헤엄치듯 자맥질이 질탕할 제 내 귓불을 잡아뜯는 소리가 들려왔다.

─웬 여시헌테 전화 왔다. 싸게싸게 받거라.

여자라고! 순간 골이 띵해지면서 방금 전의 몽롱한 기운이 화들짝 되살아났다. 게슴츠레 열린 망막이 확대됨과 동시에 용수철 튀듯 수화기 쪽으로 상체를 옮기려던 순간 어이쿠! 외마디 비명을 지르며 문지방으로 나동그라지고 말았다. 그때까지도 내 발목을 칭칭 감고 있던 이부자락의 밧다리걸기에 걸려들어서 속수무책 나뒹굴고 말았다.

─누구?

─딸깍…

대관절 어떤 계집애가 장난질을 치는 거야? 애드벌룬마냥 부풀어 올랐던 일말의 기대감이 일순 바람 빠진 풍선 짝이 되자 앙상한 겨울나무처럼 멍하니 붙박여 버렸다. 낮잠이 천만 리 머나먼 길로 달아난 뒤라 더 이상 방구석에서 꼼지락거릴 수도 없었다. 차 키를 집어 들고 점퍼를 대충 걸쳤다. 주인만큼이나 게을러터지고 땟물이 꼬질꼬질하게 내려앉은 나의 애마를 향해 비척비척 걸음을 옮겼다. 먼지털이개로 쓰윽 훔친 뒤 시동을 걸었다. 차체가 요란하게 떨면서 나의 애마도 나른한 잠에서 깨어나기 시작했다. 그동안 주인의 깜냥만큼이나 애마의 파란만장한 주접도 만만치가 않았다.

일례로, 서른 중턱이 다 되도록 골방에서 쉰 곰팡내나 풀풀 풍기고 있던 내게 천생연분을 안겨준다며 꾀복쟁이 친구가 큰 맘 먹고 맞선을 주선해 준 적이 있었다. 약속한 날에 나는 새벽같이 일어나 노친네가 장독대에다 정한수 떠 놓고 신령님 전에 빌 듯 때깔 번지르르하게 온갖 정성을 기울여 그럴듯하게 모양새를 냈다. 이참에 애마도 오장육부를 홀라당 뒤집어서 때 빼고 광낸 뒤라 너끈히 천리를 달려도 끄떡없을 것만 같았다.

약속 장소를 향해 새악시의 가르마 같이 쪽 뻗은 국도를 달리는 뽄새에 절로 콧노래가 흥얼거렸다. 혹여 약속 시간에 늦을세라 더디게 달리는 차량을 추월해 가면서 기분이 한껏 고조되었다. 그런데 약속 장소를 중간쯤 남겨

놓았을 때 속력이 갑자기 줄어들기 시작했다. 왜 그런가 싶어 액셀러레이터를 꾸욱 밟아댔지만 속력은 자꾸만 떨어졌다. 그러더니 급기야는 국도 한가운데서 네 다리 쭈욱 뻗고 퍼져버리는 게 아닌가. 황당함 그 자체였다. 용변이 급해 길가에 세워 둔 차 뒤에서 조마조마 볼일을 보던 중 마침 차가 휙 떠나버린 아득함이었다. 애물단지로 둔갑한 똥차를 낑낑대며 길가에 밀어 붙여놓고는 애꿎은 담배만 뻑뻑 피워 물게 했던, 그런 원수덩이의 애증도 함께 지니고 있었다. 후일담은 한나절이나 걸려 수리한 뒤에 약속 장소에 도착해 보니 이미 파장이 되어서 파리만 날리고 있었다.

겨울의 시린 바람이 절반쯤 내려온 차창으로 파고들었다. 겨울 날씨란 변죽을 잘 부려 가느다란 햇살을 노곤하게 펴 주다가도 노름판에서 판돈을 싹쓰리한 뒤에 안면몰수하는 노름꾼처럼 금세 진눈깨비를 날리기 일쑤다. 훅 끼쳐온 바람 탓에 담배 연기가 하르르 차창 밖으로 달아났다. 어디로 방향을 잡을까 하다가 오랜만에 도심을 감싸고 있는 성곽을 둘러볼 심산으로 핸들을 꺾었다. 일기가 흐려지더니 진눈깨비가 점점이 흩날리기 시작했다.

성곽으로 오르는 입구에 차를 세우고 성벽을 따라 걸어볼 셈이었다. 긴 성벽에는 일정한 거리를 두고 옛날 파수

꾼들이 망을 보았을 자리에 순시(巡視)라고 쓰인 붉은 깃발이 힘차게 펄럭이고 있었다. 제법 굵어진 눈발이 볼에 이따금씩 부딪히며 시려졌다. 행인들이 성문을 통해 드문드문 지나가는 성부에 올라섰다. 성곽을 따라 동서남북 방위에 세워진 성문 중 유일하게 자유로이 통행을 할 수 있는 성루다. 세월의 때가 물씬 밴 주춧돌과 붉은 칠을 한 육중한 성문이 활짝 열려져 있고 민초들의 갖은 풍상이 배어있을 디딤돌은 반질반질 닳아져 있었다. 천장에는 오색구름 속에서 금방이라도 뛰쳐나올 듯한 기세로 불을 내뿜고 있는 청룡이 꿈틀대고 있었다.

땅거미가 내리고 돌아오는 길에 동네 비디오 가게에서 빌려온 영화에 한창 빠졌던가 싶다. 안방에는 초저녁 잠이 많은 울 노친네가 일찌감치 저녁을 물리치고 곤한 단잠에 들어있었다. 기차역에서 아련히 들려오는 기적소리가 스산한 밤하늘로 스러질 때 거실에 놓인 전화기에서 묘한 뉘앙스를 풍기며 듣기 좋은 멜로디를 토해냈다.

―아, 친구된다구요? 그러죠, 그럼 내일…

느닷없이 둔중한 물체에 맞은 듯 수화기를 내려놓고 방으로 들어와서 저 혼자 돌아가는 영화에 멀뚱히 시선을 박았다. 영화는 거의 끝나가고 있었다. 남자 주인공이 지체장애자인 여자 주인공을 휠체어에서 번쩍 안아 들고 세상에서 가장 행복한 표정을 지으며 춤을 추고 있는 장면이었다. 영화를 만든 스탭들의 자막이 올라가고 TV화면이 지지직거릴 즈음에 퍼뜩 정신을 가다듬은 나는 방 안이 갑갑해짐을 느끼며 커튼을 젖히고 창문을 반쯤 열었다. 밤바람의 냉기가 싸하니 볼을 훑어 내렸다. 검푸름 하늘엔 하얀 코고무신의 맵시만큼이나 고운 초승달이 시리게 걸려 있었다. 초저녁까지만 해도 눈발이 날리고 흐렸던 날씨가 말짱히 개어 있었다.

엊그제 혼자 산에 올랐던 기억이 자우룩이 떠올랐다. 산행하기 며칠 전 올해는 화이트 크리스마스가 될 거라며 기상캐스터는 벌써부터 산타클로스 복장을 하고 달뜬 목소리로 주간 날씨를 예보했다. 이번엔 자신의 예보가 반드시 맞을 거라는 확신에 찬 미소를 함박 머금고 봉긋한 가슴을 애교스럽게 흔들었다. 깜짝 이벤트 같은 여자 아나운서의 귀여운 포즈였다.

산행을 잡은 날 아침. 창문을 열어보니 예보대로 바깥은 온통 설원의 풍경을 자아내고 있었다. 단체로 산행을 온 듯한 초로의 부부들과 몇 발자국 떨어져 걸으며 가지마다 소복이 쌓인 눈꽃의 축제에 절로 탄성이 터졌다. 갈림길에서 무리져 오르는 등산로를 벗어나 호젓한 산길로 접어들었다. 앞서간 사람들도 그다지 많지 않은 듯 발자국이 드문드문 찍혀있었다. 골 깊은 계곡에는 하얀 이부자락이 수북이 쌓인 낙엽을 포근히 감싸주고 비탈에는 수피가 매끄러운 황벽나무가 운치 있게 서 있었다.

한 시간여의 등신 끝에 신징에 이르러 아딤한 바위에 걸터앉았다. 매서운 칼바람이 두툼한 방한복을 마구 헤집었다. 땀을 식힌 후에 주머니에서 담배를 꺼내어 물었다. 저 멀리 눈발 사이로 도시의 윤곽이 아스라이 시야에 잡혔다. 깊이 흡입한 담배 연기가 눈발에 뒤섞여 허공으로 가뭇없이 사라졌다. 눈 속에 파묻힌 겨울 숲의 고요가 일순간 내 심연을 흔드는 미세한 파문을 남겼다.

얼마 전만 해도 잡지를 펴내는 출판사에서 원고를 다듬고 매월 잡지를 출간하며 바쁘게 뛰던 모습이 주마등처럼 지나갔다. 작가들이 보내오는 원고를 검토하고 편집해서 인쇄소와 제본소를 왕래하며 마침내 잡지가 출간됐을 때의 기쁨은 그간의 고생을 모두 상쇄하고도 남았다. 차가운 손끝에 물려있던 담뱃재가 힘없이 떨어졌다. 눈 위에 살짝 비벼끈 다음 보온병 뚜껑을 열고 따끈한 커피를 한 모금 마셨다. 눈보라 속에서 한껏 추위를 탄 몸이 사르르 녹아드는 기분이었다.

국도를 끼고 달리는 산자락에는 잔설이 희끗희끗 쌓여 있다. 엊저녁에 전화를 받고 난 뒤부터 싱숭생숭한 느낌에 휩싸여 잠결을 뒤척이다가 느지막이 아침을 챙겨먹고 길을 나섰다. 전화선을 타고 메아리처럼 울려오던 희미한 음성. 친구 되는데요. 걔가 선배님을 꼭 한번 뵙고 싶다네요. 괜찮으시다면 시간 좀 내 줄 수 있어요? 걔도 그리로 갈 거예요. 노쇠한 나의 애마는 유려한 산자락을 지나 잔잔한 호수가 눈 시리게 펼쳐진 강둑에 멈춰 섰다. 범선의 모형을 딴 라이브카페가 약간 언덕진 곳에서 고즈넉이 호수를 내려다보고 있었다. 주말에 점심때여서 한가로운 표정의 손님들이 제법 들어차 있었다. 약간 어색한 걸음걸이로 실내를 두리번거렸지만 좌석에 혼자 앉아있는 여자는 보이지 않았다.

시계를 보니 약속시간보다 조금 일찍 도착했다. 나는 호수가 환히 내려다보이는 창가에 자리를 잡았다. 메뉴판을 들춰보니 만만치 않은 가격이었다. 라이브카페라서 그런가. 물끄러미 호수를 바라보고 있으려니 언덕을 향해 앙증맞은 초록색 자가용 한 대가 기우뚱거리며 카페 마당으로 미끄러지듯 들어왔다. 혼자인 듯했다. 여자가 차 키를 빼들고는 현관으로 이어진 하얀 계단을 조심히 내딛으며 올라오고 있었다.

고개를 들고 실내를 가만히 둘러보았다. 눈길이 자연스럽게 꽂히는 대각선 자리에 등꽃이 치렁치렁 달려있었다. 겨울에 웬 등꽃? 조화(造花)이지만 썩 괜찮은 어울림 같기도 했다. 여름밤 사랑하는 이들을 위해 벤치를 환하게 밝혀주는 사랑의 꽃등. 착각일지라도 겨울날 내가 문득 만난 등꽃에선 은은한 향기가 풍겨오는 것 같았다. 문을 밀치고 조용히 들어선 그가 우연히도 등꽃이 핀 자리에 앉았다. 마치 그를 위해 등꽃이 피어있는 듯 분위기와 잘 어울렸다. 그는 두툼한 봉투에서 대학노트와 펜을 꺼내어 탁자 한 모퉁이에 가지런히 놓고는 숨을 고르고 있었다. 나는 자리에서 일어나 등꽃을 향해 걸음을 옮겼다.

쓸쓸한 겨울 들판을 허허로이 날던 외톨이 바람이 있었죠. 오랜 여행으로 지치고 다리도 쉴 겸 텅 빈 공원의 벤치에 힘없이 앉았습니다. 눈발은 사그락사그락 옷깃에 떨어지고 있었구요. 그때 어디선가 조그맣게 말소리가 들려왔습니다. 고개를 들어보니 벤치를 덮고 있던 등나무에서 나는 소리였죠. 그런데 방금까지도 앙상히 말라 있던 줄기에서 잎이 돋고 환한 등꽃을 내어 걸었죠. 등꽃에서 나오는 따뜻한 훈풍과 향 내음이 온몸에 스며들었답니다. 등꽃은 환한 미소만 함박 머금었죠. 겨울은 이미 내 안에 존재하지 않았습니다. 오랜만에 느껴보는 설렘과 환희로 많은 말들을 들려줬죠. 등꽃은 다소곳이 앉아 환한 꽃등을 밝혀주었습니다. 내가 가끔씩 벤치 위로 지나가는 것을 본 적이 있다며 해맑은 웃음을 지었죠.

호수 위로 산 그림자가 길게 드리워졌다. 돌아오는 길

에도 등꽃의 깊은 여운이 내 몸 어딘가에 배어있는 듯했다. 국도를 되짚어오다 불현듯 오랫동안 잊고 있었던 청동의 바다를 떠 올렸다. 이 세상에 존재하지 않는 바다이다. 굵은 팔뚝에 정맥이 시퍼렇게 돋은 바다의 정령이 수천 년 동안 바다의 악령과 대적하고 있다. 자신을 덮쳐오는 거대한 해일 속에서도 정령은 커다란 왕방울 눈을 부릅뜨고 악령의 심장을 향해 창을 겨누고 있다. 만약 악령에게 정령이 진다면 이 세계는 일순간 암흑의 천지로 변할 것이다. 태양과 달이 악령의 입속으로 삼켜지고 우주 공간에 무수히 떠 있는 별 무리도 바다에 떨어져 고작 조가비나 되고 말 것이다. 펄펄 끓는 파도가 산맥처럼 몰려와도 때로는 납덩이처럼 딱딱하게 굳은 바다가 허리를 휘감겨 들어도 수천 년의 세월을 버티며 바다의 악령과 한 치의 물러섬도 없이 대적하는 청동의 바다가 스크린으로 지나갔다.

휘적휘적 집으로 가는 길목에 들어서자 땅거미가 깔린 거리에는 가게의 불빛들이 따스하게 어둠을 밝히고 있었다. 가로등이 희미하게 쏘아대는 전신주 아래 차를 주차시키고 썰렁하게 식은 내 방에 들어섰다. 매일 드나드는 방이지만 외출했다 돌아온 지금은 전혀 다른 정물로 다가왔다. 책장에 뒤죽박죽 꽂혀진 갖가지 책들과 허물 벗듯

몸뚱이만 쏘옥 빠져나간 채 침대에 아무렇게 던져진 이부자리. 나는 눈살을 찌푸리며 눈길을 벽 쪽으로 옮겼다. 액자에 담긴 시가 강렬하게 눈길을 사로잡았다. 젊은 나이에 이승을 하직한 시인의 유작이다. 살아생전에 나의 은인이기도 하지만 존경하던 분의 작품이어서 그분의 시를 액자에 담아 벽에 걸어놓았다. 그분을 떠올리며 시의 행을 따라 낮은 목소리로 낭송해 보았다. …오전 10시에는 네모난 아이들이 햇빛의 가장 네모난 핏줄을 뽑아 네모난 스웨터를 짜고 있다. 오전 10시에 자전거 바퀴와 함께 굴러가는 네모난 햇살은 생각만 해도 오줌이 마렵다 그 햇살을 끌어안고 네모난 흙상자 속에 들어가 실컷 젖을 빨며 네모난 잠을 즐기고 싶다 오전 10시의 햇살이라면 네모난 어둠의 신발을 신은 무거운 바위도 금방 껍질을 부수고 나와 날카로운 발톱을 가진 네모난 하늘새가 되어 날아갈 수 있다.

가볍게 샤워를 마치고 침대에 누워 컴팩디스크에서 흘러나오는 음악을 들으며 등꽃을 생각하고 있었다. 시린 겨울을 환하게 밝혀줄 것만 같은 등꽃. 안방에선 TV를 켜놓은 채 잠이 들었는지 노친네의 드렁드렁 코고는 소리와 한데 뒤섞여 잡음이 들려왔다. 내심 기다렸던 예의 등꽃의 친구로부터 전화가 걸려왔다.

―괜한 자리를 만들지 않았나 모르겠네요.

친구는 매우 송구해하는 음성으로 마음을 전했다. 그러
고는

―걔를 알아보시겠어요?

―대화를 하다 보니 기억이 나더군요.

친구의 목소리가 한결 낭랑하게 들려왔다.

―모임에서 선배님과 인사는 없었지만 낭송회에 나랑
같이 가끔씩 들리곤 했어요. 걔 주변머리로는 혼자서 그
런 곳에 나갈 성격이 못 되거든요. 행사가 끝나면 먼저 집
으로 돌아가곤 했어요. 그런데 걔가 웬만해서는 내색을
않지만 요즘 안 좋은 상황이에요. 늦바람난 남편과 이혼
하고 혼자된 지 일 년이 다 돼가요. 가끔씩 만나면 안쓰
러워 죽겠어요. 그런데 한번은 웬일인지 선배님의 소식이
궁금하다고 그래요. 그래서 제가 출판사를 통해서 선배님
의 연락처를 알게 됐구요.

이른 아침이다. 평상시 같으면 해가 중천에 걸려야 푸
석푸석한 면상을 하고 씻지도 않은 채 밥상을 받던 나였
다. 요상하게도 이른 잠에서 깨어났지만 깊은 숙면을 취
한 듯 온몸이 한결 가뿐했다. 창밖에서 재잘거리는 새소
리가 청명하게 들려왔다. 창문을 열었다. 건너편 집의 수
령이 꽤 된 오동나무에서 참새 두 마리가 가지 위를 포르
르 날아다니며 술래잡기를 하고 있었다.

뼈마디에서 으드득 소리가 나도록 기지개를 켜고 상큼

한 공기를 한껏 들이켰다. 아랫배가 팽팽하게 당겨지며 배뇨의 시급함을 알려왔다. 파자마를 움켜쥐고 화장실로 냅다 뛰었다. 변기에 걸터앉아 몸을 부르르 떨며 참선의 동안거(冬安居)를 끝내고 바지춤을 올리려는데 바닥에 살집 통통한 바퀴벌레 한 마리가 나뒹굴고 있었다. 어제 아침에도 바지춤을 까고 좌선에 들려는데 눈앞에서 알짱거렸다. 욕조 슬리퍼로 때려잡으려고 몇 번 툭탁거렸지만, 요 바퀴벌레란 놈이 복날에 똥개 새끼 달아나듯 잽싸게 수채 구멍 속으로 내빼버렸다. 흥! 날 골탕먹이더니 잘 두 뻗었군. 나는 바지춤을 사리려다 성기 끝에 찔끔 달려있는 오줌 방울을 손으로 탈탈 털어냈다. 그러고는 손을 씻고 수도꼭지를 틀어 수채 구멍으로 바퀴벌레를 몰아넣었다.

시원함을 만끽하며 화장실 문을 열고 거실로 막 나서는데 어디 대문간이라도 쓸고 오는지 손에 빗자루를 잡고 노친네가 들어섰다. 간만에 일찍 일어난 나는 왠지 멋쩍어서 씨익 웃음을 지었다. 노친네는 별일도 다 있다는 듯 싱거운 표정을 하며 말을 비틀었다.

—워따, 해가 서쪽에서 뜨불면 우짤라고 일찍 인났다냐.

노친네의 말투를 흉내 내어 얼른 말꼬리를 달았다.

—인자 나두 무지 바쁜 위인이랑께라.

─허따. 인물났네. 지 앞가림두 못한 눔이 위인은 뭔 위
인. 동네 남세스러워서.

─쪼까만 지달려 보소. 좋은 일일랑 생겨뿌릴팅게루.

─내사마 차치허구 색시나 얼릉 데꼬와서 장개나 가야.
늙은 에미 보기두 챙피하지 않냐.

오늘은 내가 사는 동네로 등꽃이 오기로 한 날이다. 등
골이 시린 날이면 공원으로 꾸며놓은 야트막한 산을 자주
오른다고 했더니 그녀도 다음에 오르고 싶다고 했었다.
오르막에는 화강암 대리석으로 만든 계단이 가파르게 놓
여있었다. 그녀와 나는 가파른 계단을 한발 한발 떼어 놓
으며 힘겹게 산을 올랐다. 계단을 따라 성문으로 이어진
성벽이 수천 년의 풍파에도 온전하게 보존될 듯 견고하게
버티고 있었다. 계단 끝에서 바라본 도시는 아늑한 둥지
안에 안겨있는 듯했다. 북풍을 막아주는 주산(主山) 봉우리
의 8부 능선께 눈구름 낀 짙은 그림자가 내려와 있었다.
훅 끼쳐 온 북풍이 그녀의 웨이브 진 머리와 외투 깃을 상
큼 잡아당겼다. 저 멀리로는 상상의 새인 붕새가 커다란
날개를 펴고 비상하는 역동적인 건축물이 보였다. 흘깃
그녀를 돌아봤다. 겨울 빛살에 가느스름해진 눈길은 그보
다 더 멀리 바라보는 듯했다. 둥그스름한 이마를 감싸고
있는 챙 달린 털모자가 그 눈길을 얼마쯤은 가려주었다.

그때 정상에서 뎅~뎅 울려오는 범종소리가 은은히 귓

결에 닿았다. 그녀는 흠칫 눈길을 거두고 저곳에 절이 있
냐고 물었다. 나는 빙긋이 웃으며 절에서 들려오는 범종
소리가 아니고 이 고장의 유래를 상징하기 위해 시민들의
성금으로 제작해서 정상에 매달아 놓은 시민의 종이라 일
러줬다. 아늑하게 들려오는 범종의 맥놀이가 끊어질 듯
말 듯 이어지며 시린 하늘로 퍼져갔다. 길게 꼬리를 문 파
장에 그녀의 가지런한 눈썹이 건 듯 흔들리는 것 같았다.
순간 그 눈빛이 참으로 따뜻해 보이는 어떤 강한 느낌을
받았다. 종루에서 울려오는 범종소리에 무척 예민한 반응
이었다. 어릴 적 바닷가에서 자랐다는 그녀는 특히 눈 내
리는 날 바닷가에서 듣는 범종소리의 여운을 고스란히 간
직하고 있다고 했다.

우리는 휑뎅그렁하게 빈 비둘기 집을 지나 나무 의자에
앉았다. 그녀는 어깨에 멘 백을 무릎 쪽으로 당기고는 예
의 그 두툼한 봉투를 다소곳이 올려놓았다. 사위가 고요
했다. 겨울 숲을 이루고 있는 적송들이 단정하게 전지(剪
枝)되어 있었다. 아까부터 자못 궁금했던 게 나도 모르게
불쑥 튀어나오고 말았다.

―혼자되었다면서요?

―(걔가 괜한 말을 했군요.)

그녀는 현재의 삶에 꽤 만족해하는 표정을 지었다. 혼

자 사는 삶이 만족할 정도면 과거에 가정을 꾸리고 살던 삶이 순탄하지 못했단 말인가. 나는 고개가 갸웃해지며 더욱 궁금증이 일었다. 그녀를 처음 만난 뒤에 기억이 나긴 했지만. 정기적으로 낭송회가 열리는 날이면 가끔씩 행사장 맨 뒷자리에 그림자처럼 앉아있던 모습이 어렴풋이 떠올랐다. 난 그때 행사의 진행을 맡고 있었다. 행사를 후원하는 출판사에 근무한다는 이유로 억지 춘향이처럼 떠맡겨진 자리였다. 그녀는 정식 회원도 아니었고 단지 친구를 따라 낭송회를 드나들게 된 것 같았다. 관심 있는 사람이면 누구나 참여할 수 있는 자리였으니까.

주산(主山) 봉우리에 떠 있던 눈구름이 훨씬 아래쪽으로 밀려가면서 금세 진눈깨비라도 뿌릴 듯이 날씨가 흐려지기 시작했다. 보호구역 안에 사람들이 지어준 멧비둘기 집 난간에는 숲속을 헤매다 돌아온 멧비둘기 떼가 앉아 꾸르륵 꾸꾸 짖으며 자기 짝을 찾고 있었다. 넌지시 그녀를 향해 고개를 돌렸다. 혹시 나그네새라고 들어본 적이 있어요? 대학 때 우리 과에 참 별난 놈이 하나 있었죠. 전공과목은 내팽개친 채로 허구한 날 꼭 미친놈처럼 들로 산으로 싸돌아 댕기는 놈이었죠. 그놈 곁에만 가면 참 지독하게 새똥 냄새가 코를 찔렀어요. 하기사 새에 미친놈이었으니까요.

웬일인지 하루는 그놈이 완전히 고주망태가 되어서 내 자취방에 불쑥 나타난 거예요. 난 그때 한창 첫사랑과 뜨겁게 바디랭귀지의 클라이막스를 향해 치달리고 있었죠. 후후 미안해요. 너그러운 양해를 바라면서 스토리를 진행할게요. 술에 푹 절은 그놈의 면상을 훑어보니 꼭 날아가는 뭘 봤는지 혼자 킬킬대면서 느닷없이 방바닥을 데굴데굴 구르는 게 아니겠어요. 참으로 난감하더라구요. 내 첫사랑은 혼비백산해서 알몸에 옷가지도 제대로 못 걸치고 줄행랑을 쳤죠. 헌데 후안무치한 이놈이 툭 뱉는 말이 걸작이에요. 흐흐흐 나, 나 말야 지금 새처럼 날지 않냐고 허깨비 같은 소릴 하길래 하도 어이가 없고 홧딱지가 나서, 니가 새면 난 봉황이다. 요 새통에 쳐박힐 중생아! 퉁박을 줬죠. 이놈은 얼빠진 놈처럼 방 안을 두어 바퀴를 돌고 나서는 휘까닥 눈알을 고정시키더니, 너 나그네새라고 들어봤지. 원래 학명은 솔새라고 그러는데 내가 실험에 성공했잖냐. 흐흐흐. 그러고는 뜬금없이 방금 알몸뚱이로 날아간 게 뭐냐고 묻길래 나의 오필리어라고 했더니, 요 놈이 염치는 있는지 쪼매 미얀타야. 나중에 사죄의 뜻으루다 한턱 쏠끼구만. 그래요. 그러고는 나그네새에 대해 들려주더라구요. 휘파람새과에 딸린 솔새는 아주 작은 새인데 몸빛은 감탕색이고 배는 희고 얼굴에는 노란 눈썹선이 나 있대요. 쪼릿쪼릿 우는 여름철새인데 사냥도 백발

백중이래요.

솔새는 특별한 재주가 있어서 한쪽 눈으로 보기도 하고 두 눈으로 보기도 해서 시야가 대단히 넓대요. 그런데 솔새는 주로 밤에만 여행을 해서 나그네새라고 부른대요. 이름이 근사하죠 나그네새라니. 그놈이 실험에 성공한 게 뭐냐면요. 알겠지만 밤에 여행하는 새들은 별자리의 움직임에 따라 날잖아요. 그래서 그놈이 프라네타룸(별자리투영기)을 써서 인공의 밤하늘을 만들어주었더니 솔새는 별자리를 바꾸는 위치에 따라 방향을 잡더래요. 게다가 재미있는 사실은 봄에는 동북, 가을에는 서남방향으로 앉는데, 그 앉음새가 바로 솔새가 여행하는 하늘길이래요. 그 사실을 알면 나그네새는 정말 여행의 예술가 같지 않아요. 그녀는 내 얘기에 취한 듯 목을 길게 빼고 고개만 까닥까닥했다.

차츰 눈구름이 손에 닿을 듯 깔리더니 부슬부슬 하얀 깃털을 날려 보냈다. 게 중 눈송이 하나가 그녀의 볼에 닿자 얼굴 가득히 미소가 번져갔다. 싱긋 웃으며 그녀는 내게 눈송이를 잡아보라고 권했다. 덩달아 웃으며 허공을 향해 눈송이를 잡아채는 흉내를 내며 두어 차례 헛손질을 해보았다. 고즈넉한 숲속에 깔깔대는 웃음이 따스하게 내려앉았다. 내려오는 길에 그녀는 이렇게 속삭여 주었다.

겨울 바다에서 범종소리를 듣고 싶어요,라고.

해거름에 그녀와 헤어졌다. 돌아와 보니 웬일인지 현관문이 잠겨있었다. 초인종을 눌러도 잠잠했다. 주머니에서 비상용 키를 꺼내어 문을 열었다. 주인들이 모두 빠져나간 거실에서 썰렁한 냉기가 훅 끼쳐왔다. 변변한 세간살이 하나 없는 두 칸짜리 방이 왠지 커 보였다. 안방 문도 닫힌 채 조용했다. 내 방으로 들어갈려다 문득 노친네가 기거하는 안방이 궁금해졌다. 어디 마실이라도 가셨나. 웬만해서는 집을 비우지 않는 성미인데. 살며시 방문을 밀어보았다. 노인네 특유의 냄새가 코끝을 스쳤다. 정갈한 성정만큼이나 곳곳이 깔끔하게 정돈되어 있었다. 되돌아보면 노친네의 삶도 참으로 구절양장의 세월이었다.

노친네가 싸리 빗자루를 휘두르며 이복형에게 한탄스럽게 퍼부었다는 소리가 귓가에 쟁쟁했다. 웬수녀러 새끼. 내가 미친 년이제. 사기꾼헌티 속아가꼬 첩살이가 다 뭐당가. 소싯적에 울 노친네는 근동에서 내로라하는 미인 축에 꼈었다고 한다. 그런데 외갓집을 뻔질나게 드나들던 당골네가 박꽃 마냥 화사한 색시를 눈여겨 두고 있었더란다.

그러던 어느 날 읍내에서 순사질을 한다는 남정네의 꼬드김에 넘어가설랑 혼담을 청하더란다. 가욋일로 중신어멈을 겸하고 있던 당골네는 혼배를 성사시켜 한몫 단단히 챙길 요량인지라. 혼사는 착착 아귀가 맞아떨어지고 이내 초례청이 열리고 새색시의 첫날밤도 무사히 넘어갔더란 다. 그런데 한 날은 외할아버지가 불쑥 찾아와서는 김 서 방이 진즉에 장개(장가)를 한 번 갔다고 그러더란다. 울 노 친네는 억장이 무너지듯 통곡을 했더란다. 헌데 김 서방 은 이미 첫 부인과는 헤어지고 호적에만 남아있다고 살살 달래면서 수일 내로 호적을 정리할 테니 당신만을 철석같 이 믿으라고 하더란다. 이왕지사 엎질러진 물인지라 다시 쓸어 담을 수도 없는 노릇이고 또한 완고한 외할아버지의 '자고로 여자는 족두리를 쓰면 하늘이 무너져도 그 집 귀 신이 돼야 쓴다'고 지엄한 분부를 받은지라 꾸욱 참고 살 기로 했더란다. 그리고는 스란치마를 끌며 새색시의 신접 살이도 잠시. 요 풍신이 새끼를 뱃속에 턱 들여앉혀 놓고 는 달포가 지나도록 콧빼기도 뵈질 않더란다.

　나중에 풍문으로 들은 바 첫 부인과 살더라나. 그러다 가 일제 때의 전력(前曆)이 들통나는 게 두려워 인공 때 월 북했더란다. 암튼 청상이 된 울 노친네는 유복자로 해방 을 맞은 이복형을 들쳐업고 살아오다가 인공치하 때 이복 형은 국군의 오발탄에 맞아 즉사했다고 하더란다. 그리고 몇 년 뒤 이웃 동네 영감의 재취로 들어가서 나를 낳고 얼 마 안 돼 영감마저 죽자 본처 자식들의 홀대에 포대기에 싸인 나를 안고 분가를 했더란다.

내 방으로 들어와서 커튼을 젖혔다. 몹시 허기진 겨울 해가 뉘엿뉘엿 산지락을 타 넘고 있었다. 욕실로 향하며 어둑신한 거실을 밝히려고 벽에 붙은 스위치를 더듬을 때 현관문이 덜컹 열리며 노친네가 찬바람을 한 무더기 쏟아 놓았다.

─마실 다녀오세요?

─글씨, 외숙네 고모가 그끄저께 시상을 떴다 안 허냐. 쩌 참엔가 팔순잔치 했는디. 쯧쯧.

노친네는 무거운 얼굴을 하며 들고 있던 뭔가를 풀더니 내게 건네주었다. 받아보니 초상 치를 적에 쓰는 명주 수건과 삼베완장이었다.

─그거 차 안에 꼭꼭 여며 둬라.

─이게 뭔데요?

─으응. 고것을 차에 넣고 댕기면 사고가 안난디야.

─뭐 이깟게…

─잔말 말고 챙겨둬라.

김원중이란 가수가 불렀던가. 〈나는 바다로 가려네〉 노래를 들으며 우리는 고속도로를 달리고 있었다. 전에 그녀가 겨울 바다에서 듣고 싶다던 종소리를 들으러 비교적 한산한 날을 택해서 행장을 꾸렸다. 편도 이 차선을 달리는 차량은 그다지 많지 않았다. 겨울 바닷가의 갑작스런 일기 변화를 염려해 옷가지도 두툼히 챙긴 상태였다. 그녀는 후드가 달린 푹신한 파카 잠바를 입고 나왔다. 당일이 될지 일박이 될지 정하지 않은 채로 무작정 바다를 향해 핸들을 꺾었다.

어제 밤에 희끗희끗 날리던 눈발이 도로를 사이에 둔 산자락의 골마다 제법 쌓여 있었다. 차창을 투과한 햇살은 히터를 약하게 틀어도 될 만큼 실내를 따스하게 했다. 어찌 보면 겨울 속에서 겨울을 벗어난 느낌이었다. 물론 바깥의 기온은 영하의 언저리를 맴도는 추운 날씨였다. 히터의 열기 때문인지 그녀의 볼도 발갛게 상기되어 있었다. 환한 미소가 번진 둥그스럼한 얼굴이 앳되게 다가왔다. 그녀는 눈빛을 반짝이며 차창으로 휙휙 스쳐가는 겨울 풍경을 감상하느라 여념이 없었다. 계기판은 안전속도를 가리키고 있었다. 어젯밤에 등꽃의 친구와 통화한 기억이 비죽이 재생되었다. 우리가 바다에 갈 거라는 걸 어찌 알았는지 호들갑부터 떨었다.

—축하해요. 두 분이서 바다에 간다구요?

—종소리를 듣고 싶대요.

—걘 원래 종소리를 무척 좋아했어요.

—혹시 못 들을지도 몰라요.

—꼭 듣게 해주셔야 해요 호호.

—노력해 보죠.

—어느 바다로 가는데요?

—글쎄요. 아직 방향을 정하지 못했어요. 어디가 좋을
까요?

친구는 잠시 생각하는 듯 호들갑스런 목소리를 뚝 멈췄
다.

—제 생각인데요. 동해바다가 좋을 것 같아요.

—왜요?

—얼마 전에 새해가 지났잖아요. 그래서 함께 일출을
보시라구요.

—그것도 일리가 있네요. 하지만 당일로 올지도 모르는
데요.

—제 예감인데요. 꼭 함께 아침 해를 보게 될 것 같아
요. 호호.

단조로운 고속도로를 줄곧 달리던 내 애마는 산자수려
한 강원도 땅 깊숙이 쳐들어갔다. 첩첩이 스크럼을 짜고
있던 산맥들은 애마의 기세에 눌려 다가갈수록 어깨를 풀
고 길을 터 주었다. 〈나는 바다로 가려네〉 노래가 실린 테
이프가 몇 차례 되감기며 반복적으로 흘러나오고 있었다.
그녀도 조금은 따분한 표정이었다. 혹시 모를 기상의 변
화를 듣기 위해 라디오 채널로 막 돌리려는데 순식간에
뒤따라온 스포츠카 한 대가 마치 스릴을 즐기듯 내 애마
를 아슬아슬하게 추월하며 쌩하고 달아났다. 멀어져 가는

지붕엔 기다란 스키가 장착되어 있었다. 순간 아찔해지며 식은땀이 솟았다.

한 십 여분을 더 달려 대관령 휴게소에 정차했다. 왁자지껄한 휴게소 곳곳은 저마다 여행의 들뜬 분위기로 한껏 달아올랐다. 우리는 활짝 기지개를 펴고 맑은 공기를 깊숙이 들이마셨다. 자못 상기된 나는 하얗게 쌓인 눈밭을 뛰어가서 벌렁 드러눕고 싶은 동심이 일었다. 곁에 선 그녀를 응시하며 우린 범종소리를 들을 수 있을 것 같아요, 라고 나직이 읊조렸다.

대관령을 거의 벗어날 무렵 앞 유리창으로 싸락눈이 푸슬푸슬 날아들었다. 아침 일찍 출발한 탓에 그녀는 좀 고단한지 고개를 등받이에 기대고 눈을 감고 있었다. 점점이 날리는 눈발 속으로 흐릿한 영상이 반복적으로 새겨지다 사라졌다. 어쩌면 어릴 때 맘속으로만 어렴풋이 그려보던 아버지의 모습일지도. 한 번은 웬 술 취한 아저씨가 다짜고짜 내 손을 잡더니, 내가 느그 애비다. 어디 아버지! 하고 불러 보거라 하길래 무섬증이 들어 눈물을 왈칵 쏟은 적이 있었다. 살아오면서 아버지란 호칭은 영 낯설기만 했다.

바닷가에서 그리 멀지 않은 곳에 들어와 있는지 동해로 가는 팻말이 차창을 스치고 지나갔다. 고속도로를 벗어난 지는 꽤 되었다. 바다로 가는 길목에 제법 날리는 눈발이 우울한 심사를 한층 풀리게 했다. 여전히 그녀는 고개를 외로 꼬며 잠들어 있었다. 등꽃의 친구가 전화 끝에 긴 한숨을 내쉬며 하던 말이 내 몸 어딘가를 저리게 찔러왔다. 저도 그렇지만 걘 정말 외로움을 잘 타는 애예요. 말하긴 좀 뭐하지만. 우린 친자매 이상으로 서로 의지하며 자랐어요. 그런 곳 있죠. 버림받은 아이들이 모여 사는 데 말예요.

무연히 정면을 향한 채 핸들을 꼭 쥐고 있던 내 팔을 툭쳐 왔다. 방금 깼는지 그녀는 양팔을 앞으로 쭈욱 내밀며 잠을 털어냈다. 불쑥 그녀를 놀려주고 싶은 맘이 동했다. 나는 웃으면서. 코를 다르릉 골면서 자던 모습이 참 예쁘던데요. 그녀는 눈동자를 곱게 흘기며 놀리지 말라면서 내 어깨를 살짝 당겼다. 눈이 많이 내리네요. 노쇠한 내 애마는 먼 거리에도 끄떡없이 잘 달려주었다. 우리를 싣고 길모퉁이를 돌아가고 있었다.

산간지방의 도로에는 한적할 만큼 차량이 뜸했다. 내 뒤로 땔나무를 잔뜩 실은 산판 트럭 한 대가 기우뚱거리며 따라올 뿐이었다. 등명 낙가사로 가는 이정표를 지나 좁다란 산밭을 끼고 길 모퉁이를 접어드는데 저만치서 마주 오던 승용차가 난데없이 차선을 벗어나며 우리 쪽으로 돌진해 왔다. 나는 급히 핸들을 꺾어 산밭머리에 범퍼를 박았다. 가까스로 내 차를 비켜간 승용차는 뒤따라오던 산판 트럭 옆구리를 들이받았다. 안전벨트 덕인지 우리는 다행이 다친 곳은 없었지만 엔진에 이상이 생겼다.

곧바로 달려온 견인차에 이끌려 시내의 카센터에서 수리될 때까지 지루한 시간을 서성였다. 그러다 뭔가를 꺼내려고 트렁크를 열었을 때 꼭 여며 두었던 게 보였다. 노친네가 차안에 넣어두라고 준 명주수건과 삼베 완장이었다. 정말 저게 재수를 가져온 걸까. 난 의아해하며 부적이 보이지 않게 도로 깊숙이 찔러 넣었다. 카센터 직원이 족히 한 시간은 걸리겠는데요,라는 말을 뒤로하고 언 몸을 녹일 겸 근처 찻집으로 걸음을 옮겼다. 비수기 철이어서 찻집도 한산했다. 벽에 붙여진 각종 차 이름을 훑어보다가 그녀가 따끈한 대추차를 손가락으로 가리켰다. 나도 빙긋 미소를 띠며 고개를 끄떡였다. 푹신한 소파에 기대앉아 차를 마시며 우리는 시간을 벌고 있었다. 카운터에 앉은 여자는 썰렁한 찻집을 지키는 것도 무료한지 방금 전까지 펼치고 있던 책에 갈피를 끼워 넣고는 등을 돌려 오디오에 다른 시디를 넣었다. 흐느끼는 듯 흐르다 서서히 장중한 톤으로 변하는 멜로디가 눈발이 날리는 겨울 풍경과 잘 어울렸다. 모래시계에 나왔던 사운드트랙이다. 그곳은 바다와 인접해 있는 어촌이었다. 시계를 보니 오후 시간은 한참 지났을 성싶었다. 수리를 마친 애마는 드디어 목적지에 도착했다.

망망대해의 코발트빛 바다 위로 거센 파도의 춤사위가 끊임없이 난무하고 있었다. 눈망울 가득 바다를 품은 우리는 발목이 푹푹 빠지는 모래사장을 거닐었다. 꼬리를 길게 드리운 열차가 기적을 울리며 간이역을 통과하고 있었다. 바위섬에 올라 먼 수평선을 지그시 바라보는 그녀의 눈길 위로 등꽃이 피어나는 것 같았다. 시퍼렇게 옹이진 물살을 쉼 없이 몰고 오는 파도의 슬픔은 쉬이 우리를 놓아줄 것 같지 않았다. 땅거미가 서서히 내렸다. 걸음을 옮긴 우리는 산으로 간 유람선이 바라보이는 아담한 산장에 숙박을 정했다. 커튼을 젖히면 금방이라도 성난 파도가 창턱을 넘어 밀려올 것만 같은 전망이었다.

여장을 풀자마자 우리는 요기도 할 겸 어둠이 깔린 밤바다를 볼 요량으로 해변에 나왔다. 밤바다는 어둠 속에서 간헐적으로 몸을 뒤채며 철썩거렸다. 집어등은 꺼이꺼이 울부짖는 바다의 눈물방울처럼 히끄무레 빛나고 있었다. 높이가 세 길은 됨직한 시계탑이 우리 앞을 턱 가로막았다. 가늘게 떨어지는 시간의 가루를 보면서 퍼뜩 한 생각이 스쳤다. 바다가 그렇게 쉴 새 없이 울부짖는 이유는 어쩌면 잃어버린 시간을 찾기 위함이 아닐까. 무량한 바다 앞에 서면 시간마저도 정지되는 느낌. 시계탑은 묵묵히 밤바다를 등지고 서서 잃어버린 시간을 찾아 되돌려주고 있었다.

그녀는 추위를 몹시 타는지 오들오들 떨었다. 뱃속에서도 시장끼가 동해 왔다. 포장마차에 앉아 뜨듯한 국물로 속을 풀었다. 몸이 좀 풀어지자 짓궂은 목소리로 달마가 왜 동쪽으로 갔을까,라며 그녀에게 우문(愚問)을 던졌다. 잠시 동공을 세우더니 잘 모르겠다며 고개를 저었다. 좀 우습지만, 아마 동쪽을 성스런 방향으로 여기지 않았나 싶어요. 태양은 항상 동쪽에서 떠오르니까요. 그 당시에는 지구를 네모로 알았을 때니까 동쪽으로 가면 부처님을 만나지 않을까 하는 일념으로. 지금 우리처럼 말예요. 그녀는 넉넉한 미소로 화답했다.

파도 소리만 귓가에 쏴아쏴아 들려오는 깊은 밤이다. 잠들지 못한 누군가가 간간이 해변에서 폭죽을 터뜨렸다. 낯선 잠자리여서 쉽게 잠이 올 것 같지 않았다. 어둠 속에서 그녀와 나란히 잠자리에 들었다. 따뜻한 숨결을 토해내는 그녀에게서 바다 냄새가 났다. 방 안 가득 잔잔한 바다가 들어왔다. 차갑지도 뜨겁지도 않은 바다가 출렁였다. 물결 위로 고래 한 마리가 유유히 미끄러져 들어왔다. 바다는 갑자기 펄펄 끓기 시작했다. 그 뜨거움에 놀란 고래는 지느러미를 힘차게 저으며 거침없이 헤엄을 치기 시작했다. 물속 깊이 잦아들기도 하고 때로는 수면 위로 차

올라 물줄기를 내뿜기도 했다. 바다는 숨이 턱에 차는 듯 심하게 몸을 비틀며 뒤척였다. 작살에 맞은 듯 거침없이 물살을 가르던 고래가 마침내 힘에 부치는지 꼬리지느러미를 축 늘어뜨리며 바다 밑으로 사라졌다. 펄펄 끓던 물결이 점차 평정을 찾은 듯 고른 숨결을 내쉬었다. 고개를 돌려 그녀의 이마에 살며시 입을 맞췄다. 스탠드에 부착된 야광시계가 새벽을 알려주고 있었다. 커튼을 살짝 밀치고 어둠 속에서 담배에 불을 붙였다. 바람난 남편이 술버릇도 좋지 않아서 만취한 날이면 무지막지하게 걔를 팼어요. 너는 평생 고아로나 살라면서. 등꽃의 친구가 마지막으로 들려준 말이 아프게 할퀴고 지나갔다. 창틈으로 싸하게 밀려드는 바다 냄새를 맡으며 나는 오랫동안 잠들지 못했다.

수평선 위로 일출이 시작되었다. 붉게 물든 햇무리가 바다 위로 긴 띠를 풀어놓으며 여명의 아침을 깨웠다. 혹여 늦잠을 자게 되면 깨워달라고 미리 주인에게 일러둔 덕분에 우리는 일출을 맞이할 수 있었다. 이른 새벽부터 모래사장에서 동동거렸을 연인들은 일출이 서서히 시작되자 일제히 환호성을 터뜨리며 제자리에서 팔딱팔딱 뛰었다. 흐릿한 운무 안에서 수평선을 서서히 밀어 올리며 드러나는 선홍빛 자태. 펄펄 끓는 바다에서 아주 잘 익은 태양이 김을 모락모락 피워내고 있었다. 한쪽에선 두 손을 합장하고 기도하는 모습도 들어왔다. 그녀도 합장을 하고 기도하듯 눈을 감았다. 겨울 바다에 피어난 등꽃이었다. 쓸쓸한 세상의 모퉁이를 헤매다 일출의 바닷가에 핀 겨울 등꽃이었다.

말갛게 씻긴 태양이 햇무리 안에서 투명하게 눈부처로 떠올랐을 무렵. 언뜻 내 귓결로 범종소리가 뎅~뎅 울려왔다. 해풍에 실려 온 종소리는 바다의 슬픈 잔등을 다독이며 하염없이 퍼져 갔다. 흘금 그녀를 돌아봤다. 합장한 채 눈부처를 응시하고 있는 그녀의 눈썹이 파장에 따라 가늘게 흔들렸다. 종소리는 붉게 물든 바다를 흥건히 적시며 수평선 너머로 아득히 사라졌다.

일출이 끝나자 집의 노친네가 걱정이 되어 함께 전화 부스로 향했다. 신호음이 가는 동안 그녀는 수화(手話)로 미안하다고 하자, 나는 괜찮다는 표정을 지었다. 이윽고 신호가 떨어지자 노친네의 쇳소리가 다짜고짜 내 귀청을 요란하게 갈라왔다.

―애먼디서 깝치지 말구 얼릉 끼대오너라!

나는 수화기를 놓고는 환한 얼굴로 그녀를 향해 눈을 찡긋해 보였다.

완행열차는 떠나고

전망대에 갔을 때 함께 찍은 사진만 하염없이 바라봤다. 그녀의 집으로 전화를 걸어봤다. 신호음만 연신 들려왔다. 나는 수화기를 내려놓고 보리밭을 배경으로 피아노를 연주하는 빛바랜 포스터에다 멍하니 시선을 부렸다. 그녀가 경의선 열차를 타고 왔듯 다시 그 열차를 타고 집으로 돌아갔다. 그렇게 내 사랑이 열차를 타고 떠났다.

그녀가 탄 열차가 종착지에 도착하는 시각에 맞춰 나는 자전거를 타고 마중을 나갔다. 서울에서 이곳까지 하루에 네 번 왕복하는 경의선 완행열차. 아름다운 그녀는 목까지 감싸는 하얀 블라우스를 단정히 입고 종착역 벤치에 다소곳이 앉아있었다. 승객들이 다 떠난 텅 빈 대합실에 그녀 혼자 기다리게 한 게 못내 미안했다. 그녀는 나를 보자 방긋 미소를 지었다. 이런저런 사연으로 한동안 헤어져 있던 터라 낯선 곳에서 만남이 조금은 어색했다. 게다가 낡고 초라한 자전거를 끌고 그녀를 마중 나온 내 처지가 한심하고 부끄러웠다. 그녀는 그런 내 심정을 이해한다는 듯 묵묵히 자전거에 올라앉아 내 허리를 꽉 쥐었다. 우리는 접경지 마을 읍내를 가로질러 아담한 둘만의 보금자리로 돌아왔다. 접경지 마을은 원주민들과 실향민들 그리고 대처에서 죄를 짓고 온 자와 사업이 부도가 나서 은신한 사람들이 숨어든 도피처이기도 했다. 우리도 일종의 사랑의 도피를 한 셈이었다.

그런데 동거를 하고 한 달쯤 지나자 그녀의 부모는 어떻게 알았는지 허름한 동네의 우리 방까지 찾아왔다. 부

268

모는 그녀를 데려가려 강제로 손을 잡아끌었지만 그녀는 완강히 버텼다. 그러자 그녀의 부모도 체념을 했는지 '너는 이제 버린 자식이니 다시는 집에 돌아올 생각 말라'며 매몰차게 문을 닫고는 쌩하니 돌아갔다. 나는 비 맞은 닭마냥 한쪽 구석에 우두커니 서 있을 뿐이었다. 이른 나이에 한 번의 이혼 경험이 있는 나로서는 입이 백 개라도 할 말이 없었기 때문이다.

"어멋!"

난데없이 부엌에서 비명과 함께 그릇 깨지는 소리가 요란스럽게 들려왔다. 이불을 걷어 젖히고 후다닥 나가보니 그녀가 잔뜩 겁에 질린 채 떨고 있었다.

"무슨 일이야?"

"저, 저기로 쥐가 지나갔어."

안 그래도 그녀가 어둠침침한 부엌에서 긴장된 맘으로 밥을 짓고 있었을 텐데. 그 징그럽게 생긴 쥐의 생김새에 많이 놀랐을 것이다. 부들부들 떨고 있는 그녀의 어깨를 가만히 보듬어주자 금방이라도 눈물을 뗄 굴듯 울상이 되었다. 그녀를 달랜 뒤에 방으로 들어가서 쉬게 하고는 부엌을 휘둘러봤다. 이렇게 낡아빠진 집에서 한 번도 살아본 적이 없었을 그녀를 생각하니 가슴이 아파왔다. 그녀가 정성껏 차린 밥상에 앉아 우리는 밥 한 그릇씩을 뚝딱 해치웠다.

"지각하겠다. 얼른 서두르자."

그녀는 학원으로 출근했다. 겨울방학이라 오전부터 수업 시간이 짜여있었다. 행여 그녀가 지각할까 봐 출근을 재촉했다.

"괜찮아 오빠. 설거지하고 가도 충분해."

나는 몇 달째 직장을 구하지 못하고 집에서 쉬고 있었다. 그런 내가 혹시라도 미안한 생각을 가질까 봐 그녀는 뒷정리까지 끝내고 출근을 서둘렀다. 내게 점심을 꼭 챙겨 먹을 것을 일러둔 뒤 햇살을 받으며 산동네 언덕길을 총총히 내려갔다. 문득 그녀가 없는 방 안이 공허감으로 차올랐다. 뉴스에선 북한의 독재자 김일성이 심장발작 때문에 갑자기 죽었다는 속보가 올라오고 일기예보는 요즘 날씨가 가마솥 같은 불볕더위라며 특히 건강에 주의하라는 멘트가 이어졌다. 재작년 가을 현희를 처음 본 날을 떠올렸다.

지방에서 대학을 졸업하고 도심에서 조금 떨어진 소규모 회사에 다니던 나는 주말이면 자전거를 타고 하이킹을 즐겼다. 등줄기에 땀이 흐를 때쯤 나는 한적한 들길에 자전거를 세우고는 헬멧을 벗은 채 청명한 하늘을 올려다보고 있었다. 가을 하늘이 더없이 파랗고 높아 보였다. 나는 이마에 흐르는 땀을 닦고는 황금빛 들판을 무심히 바라봤다. 평화로운 들판에 가을볕이 눈부시게 내리쬐고 있었다. 들판 너머로 왕릉골이 지붕만을 드러내고 있었다. 옛 왕조 시대 마지막 비운의 왕의 무덤이 있어서 왕릉골이라 불렀다. 황금빛으로 물든 들판을 황홀하게 바라보며 우두커니 서 있는데 난데없이 노란 자전거를 탄 여자가 홀연히 시야 속으로 들어왔다. 한눈에 봐도 아름다운 여자였다.

내 앞으로 달려오던 여자가 갑자기 자전거와 함께 발라당 넘어졌다. 나는 얼른 달려가서 넘어진 자전거를 일으켜 세우며 괜찮냐는 말을 건넸다. 여자는 많이 다치지는 않았는지 얼굴을 붉히며 괜찮다는 손짓을 해 보였다. 얼핏 보니 무릎에 충격을 받았는지 약간 절뚝거렸다.

여자는 철로와 나란히 뻗은 가로수길을 달리던 중 때마침 저만치서 시골 간이역을 향해 들어오던 경의선 열차가 기적을 울렸고, 그 소리에 깜짝 놀라서는 자전거 페달을 놓쳐버렸다. 그 바람에 자전거 체인이 벗겨지며 옆으로 나동그라지고 말았다.고 했다. 나는 벗겨진 체인을 고쳐주며 혼자 갈 수 있겠냐고 물었다.

여자는 고개를 끄덕이며 고맙다는 인사를 한 뒤 서둘러 자전거에 올라타고는 누런 들판 너머로 사라졌다. 나는 문득 여자를 따라가고 싶다는 생각이 강렬하게 솟구쳤다. 하지만 나는 여자가 사라진 쪽을 바라보며 우두커니 서 있었을 뿐이었다.

"방에 있는가?"

공사장에서 미장일을 하는 주인집 남자의 걸걸한 목소
리가 들려왔다. 겨울이 되면서 일거리가 없어지자 그도
집에서 쉬고 있었다. 해서 이사 온 뒤로 미뤄왔던 낡은 문
짝을 수리하기로 한 날이다. 남자는 한때 폭력 조직에 몸
을 담았다. 나이가 들면서 과거를 씻고 자그마한 키에 장
애를 지닌 여자를 만나서 미장일을 하며 근근이 산다고
했다.

남자는 문짝을 수리할 양으로 벌써 연장과 자재를 마당
에 부려놓으며 나를 불러냈다. 그동안 나와 현희가 드나
드는 방문이 낡고 너덜거려서 찜찜했다. 문짝을 통째로
뜯어내고 그 위에 매끈한 베니어판을 덧대어 페인트칠을
하는 데 한나절이나 걸렸다. 그녀와 내가 매일 드나드는
문인지라 꼼꼼히 페인트칠을 해서는 볕에 말렸다. 햇살에
반사되는 노란 색깔이 눈을 환하게 찔러왔다. 남자는 입
가에 웃음을 지었다.

"자네 애인이 돌아오면 깜짝 놀라겠는데."

"그러게요. 현희가 정말 좋아할 것 같아요."

나도 흡족한 마음이 되어 환하게 웃었다. 낡은 문짝에
노란 페인트를 칠하니 새것처럼 문짝이 한결 산뜻해 보였
다. 남자는 여기저기 널부러진 연장을 챙기며.

"점심 먹고 바람이나 쐬러 안 갈랑가?"

"저도 심심하던 참인데 그러죠."

주인집 아이들은 방학을 이용해 친척 집에 보냈다. 썰렁한 집안에 허우대 멀쩡한 두 사내가 하릴없이 구들장이나 지고 있는 신세가 처량했다. 주인 남자와 나는 점심을 후딱 해치우고 집을 나섰다. 두툼한 방한복으로 목덜미를 단단히 여몄다. 휴전선과 인접한 마을이라 한겨울 추위가 매섭다. 예전엔 야트막한 산이었을 봉우리까지 주택과 학교가 들어서 있다. 우리는 언덕배기를 넘어 버스터미널로 향했다.

시외버스 터미널에 서 있는 승객들이 추위에 몸을 잔뜩 움츠리고 있었다. 그중 몇몇은 도착하지 않은 버스를 원망하며 발을 동동거리고 있었다. 우리는 선유리 행이라고 쓰인 팻말 아래 섰다. 마침 들어오는 시골 버스를 타고 연신 삐거덕거리는 소리를 들으며 목적지를 향했다. 동네를 벗어나자 벌판 한가운데 주둔한 미군 캠프가 보였다. 캠프 공터에서 건장한 미군 병사들이 휴식 시간인 듯 운동복을 입고 농구 경기에 몰두해 있었다. 캠프를 지나 선유리 동네에 들어서자 길가에 늘어선 상점 간판마다 한글이나 영문자 등이 조악하게 섞여 있었다. 마치 시간을 거꾸로 달려와서 영상으로만 봐왔던 한국전쟁 직후의 풍경을 보는 듯했다. 아직도 전쟁의 상흔이 접경지 마을에 유령처럼 떠돌고 있는 것 같았다. 잠시 전쟁의 폐허를 떠올리는 동안 버스는 덜컹거리며 동네를 벗어나 한적한 들길로 접어들었다. 목적지에 다 왔는지 남자는 손짓을 했다.

허허로운 들판에 달랑 우리를 떨어뜨린 버스는 길을 휘돌아 시야에서 멀어져 갔다. 우리는 고려 말과 조선 초기에 살았던 황보인 묘의 팻말을 지나 논둑길로 걸음을 옮겼다. 골짜기를 개간한 다랭이논 도랑에는 얼음장이 두껍게 얼어있었다. 황량한 들판을 거칠게 불어대는 찬바람이 점퍼 속을 마구 헤집었다. 터벅터벅 논둑을 걸으면서 야트막한 산들을 바라봤다. 관목 크기의 소나무들이 듬성듬성 뿌리를 내리고 있었다.

산기슭에 아래로 덮개 비닐하우스 한 채가 보였다. 남자는 앞장서 걸음을 옮겼다. 낮은 철조망으로 둘러친 마당에 들어서자 철장 안에 있던 개들이 일제히 짖어대기 시작했다. 개를 사육하는 장소 같았다. 빈집인지 인기척은 없고 을씨년스런 기운만 마당을 맴돌고 있다. 남자와 내가 두리번거리며 안쪽으로 들어가자 까무잡잡한 사내가 돼지우리에 먹이를 넣어주고 있었다. 남자는 가볍게 씩 웃으며 사내에게 다가갔다. 울안에 먹이를 퍼 주던 작달막한 키의 사내도 멋쩍게 미소를 지었다. 사내는 먹이를 다 주었는지 플라스틱 바가지를 먹이통 속에 던져 넣고는 우리 안의 가축들을 구경시켜주었다. 마당 한쪽에 오리와 닭들이 있고 우리에는 돼지와 개들이 낯선 방문객을 쳐다보았다.

우리를 둘러보던 중 몸집이 유난히 큰 도사견 한 마리가 내 시야에 들어왔다. 털빛이 밤색인 도사견이 빠끔히 울 밖을 내다보다가는 내가 다가서자 겁이 많은지 우락부락한 눈을 내리깔고는 슬며시 몸을 숨겼다. 입가엔 광견병에라도 걸린 듯 허연 거품을 질질 흘리고 있었다. 가축들을 마저 구경시켜준 사내는 농장 한켠에 살림방으로 쓰는 곳으로 앞장을 섰다.

방에는 올해 추수한 곡식이며 고구마 등속이 자루에 담겨있고 벽에는 사냥도 하는지 도구들이 걸려 있었다. 사내가 방 안에 놓여 있는 무쇠 난로에 장작불을 피웠다. 이윽고 활활 타오르는 열기로 방 안이 금세 따뜻해졌다. 덮개 창문으로 겨울 햇살이 엷게 들어오고 있었다. 혼자 거처하는 듯한 살림살이는 어수선하게 널려있었다. 사내는 남자에게 담배를 권하며 연기를 길게 내뿜었다. 남자도 불을 붙인 뒤 조용히 입을 열었다.

"요즘도 글 쓰는가?"

"글은 무슨…"

끊어질 듯 이어지는 그들의 대화에서 어떤 질박한 사연이 묻어있는 듯했다. 사내가 산골짜기에서 외부와 벽을 쌓고 사는 데는 필시 곡절이 숨어 있는 것 같았다. 나는 궁금증이 일었지만 내색하지 못한 채 묵묵히 듣고만 있었다. 땅딸막한 키에 주름이 자글자글한 얼굴 위로 세파의 흔적을 읽을 수 있었다. 사내가 바닥에 놓인 재떨이에 담배를 비벼끄고는 침묵을 걷어냈다.

"질긴 게 목숨인가 보이. 엊그제가 마누라 기일이어서 무덤에 다녀왔네. 그렇게 한 줌의 흙으로 돌아갈 육신인데…"

사내는 고개를 숙이고 한숨을 내쉬었다. 실내에 고여있던 하얀 연기가 햇살과 뒤엉키다가 문틈으로 빠져나갔다. 바닥에 깔아놓은 담요에서 온기가 전해왔다. 고개를 돌려보니 한쪽 구석에 종이 박스가 쌓여있었다. 엉성하게 묶은 틈으로 드러난 걸 보니 책인 듯했다. 난로에 올려놓은 주전자 뚜껑이 딸그락거리며 소리를 냈다. 수증기가 모락모락 허공으로 솟구쳤다. 손잡이가 달린 스테인리스 잔에 뜨거운 물을 따르자 커피 향이 코끝을 자극했다.

사내를 뒤로하고는 터덜터덜 농장을 벗어나자 남자가 들려준 사내의 사연은 이랬다. 사내는 작가인데 글 쓰는 일에 매달리다 보니 생계는 전적으로 아내의 몫이었다. 어렵게 살림을 꾸려가던 아내는 급히 돈 쓸 일이 생기자, 그간 고이 간직해온 패물을 들고 전당포에 맡기고 돈을 쓸 요량이었다. 그런데 잠들었던 딸아이가 엄마를 찾으러 무턱대고 길을 나섰다가 그만 브레이크가 고장 난 트럭에

276

치여 목숨을 잃고 말았다. 아내는 하나뿐인 딸을 잃은 충격으로 넋을 놓았고 그 후로 발작을 일으키더니 급기야는 미쳐버렸다. 그리고는 혹한의 겨울날 몽유병자처럼 집을 나섰던 아내는 행방불명이 되었다. 며칠 후 들판의 봇도랑에서 싸늘한 시신으로 발견되었다. 아내를 잃은 사내는 글 쓰는 걸 접고 외부와 단절한 채 살아간다고 했다. 그런 연유인지 사내를 처음 봤을 때부터 어딘지 모르게 고단한 삶이 스며있는 듯했다.

　농장을 벗어난 우리는 길섶에 불을 지피며 손을 녹이다가 들길을 달려오는 버스를 탔다. 버스 안이 시끌벅적했다. 오일장이라도 섰는지 촌부들 손마다 보따리가 하나씩 들려있었다. 나는 소란스러운 차 안의 풍경을 애써 외면하며 창밖으로 시선을 주었다. 막 들길을 벗어난 버스는 통일로와 만나는 사거리 언덕에서 정지신호를 받고 멈추었다. 읍내가 나지막하게 보이고 서편 하늘에는 노을이 걸려 있었다. 겨울 해는 뉘엿뉘엿 기울어 있고 오래된 목욕탕 굴뚝에선 연기가 아스라이 흩어지고 있었다. 옆에 서 있는 남자를 흘낏 보니 그도 멍하니 창밖을 응시하는 중이었다. 저 멀리 개척교회 첨탑이 음울하게 서편에 떠 있었다.
　시선을 당겨 내 앞에 앉아있는 승객을 훔쳐보았다. 현

희와 비슷한 또래의 여자다. 차분한 인상을 지닌 여자의 얼굴 위로 그녀가 오버랩되었다. 정차해 있던 버스가 출발하려는지 엔진 소리가 커졌다. 신호를 받은 맞은편 차량들이 좌회전을 했다. 우리가 탄 버스도 좌회전을 하며 하행선 통일로를 따라 달렸다. 버스는 양쪽으로 늘어선 앙상한 은행나무 사이를 기우뚱거리며 전속력을 냈다. 터미널에서 남자는 들를 데가 있다며 먼저 들어가란 손짓을 했다. 나는 언덕배기를 휘적휘적 내려서며 저 멀리 북녘 땅을 바라보았다. 까만 능선 자락이 희붐하게 잠겨 들고 있었다.

낡고 삐걱대는 함석 대문을 열고 마당으로 들어섰다. 아침에 페인트칠한 문짝이 겨울 햇살에 잘 말라 있었다. 문짝을 조심히 들어서 문틀에 걸고는 지긋이 바라봤다. 노란색 페인트를 칠해서인지 따뜻해 보였다. 나는 부엌으로 들어가서 쌀을 씻어 밥솥에 안쳐 놓았다. 그러고는 몇 달이 지나도록 직장을 잡지 못하고 있는 내가 한심해서 문턱에 걸터앉아 담배를 물었다. 불쑥 작년에 겪은 퇴직의 아픔이 찌르르 두통을 유발했다.

"김 대리 약속 있어?"

퇴근 무렵. 바로 뒷자리에 앉은 정 차장이 예의 그 탁한 목소리를 내 뒤통수를 향해 던져왔다. 퇴근하고 술 한잔하자는 거였다. 그는 일주일에 두어 번 정도 나를 꼬드겨

술자리로 데려갔다. 그렇다고 특별히 내게 어떤 부탁할 일도 없으면서 으레 그랬다.

"아뇨. 없는데요."

"그럼. 이따가 거기서 술 한잔 하자고."

매번 내게 술을 사고 친절을 베푸는 정 차장의 제의를 거절할 이유가 없었다. 화통한 성격에 상사나 후배들에게 오지랖이 넓은 그는 아는 것도 많았다. 직원들이 생각지도 못한 일들을 기발하게 짜내어 회식 때나 산행 때 모두에게 유쾌한 즐거움을 던져주곤 했었다. 하지만 유독 내게 더 친근하게 대하는 이유가 궁금해서 언젠가 물어본 적이 있었다. 정 차장 대답 왈. 누구보다도 자네 뒤통수를 가장 많이 보는 사람이라며. 호탕하게 웃었다. 암튼 직장 생활 10년째인 그는 이재에도 밝아 제법 알부자라는 소문이 사내에 퍼져있었다. 그런 정 차장이기에 술자리를 마다할 하등의 꺼림이 없었고 또한 긴장에 쌓인 하루를 말끔히 날려버릴 수 있어 좋았다.

그와 사석에서 형 아우하며 돈독하게 지내던 어느 날. 갑자기 사장으로부터 긴급 호출을 받았다. 사장실에 올라가 보니 사장과 간부들이 잔뜩 일그러진 표정으로 일제히 나를 노려보았다. 그러고는 다짜고짜 어떻게 된 일이냐며 한 뭉치의 서류를 들이대며 마구 다그치기 시작했다. 나는 무슨 영문인지 몰라서 한참 동안 어리둥절했다. 대략 사건의 요지를 들은 나는 너무 황당하고 기막혀서 어떻게 사장실을 나왔는지 정신이 아뜩했다.

휘청대는 다리를 간신히 지탱하고 자리에 온 난, 다음날로 사표를 제출하고 회사를 떠났다. 회사를 벌집 쑤셔놓듯 발칵 뒤집어 놓은 그 사건은, 며칠 후 회사 동료를 통해서 전말을 듣게 되었다. 내가 회사를 떠난 그 날로 종적을 감춘 정 차장이 모든 일을 저지른 것이라고 그랬다. 형제처럼 가깝게 지내다 보니 대수롭지 않게 여겼던 그의 행동을 다시금 되짚어보았다. 언제인가 지나가듯 내 신분증을 보여 달래서 지갑에서 빼내어 건네준 적이 있었다. 그리고 다음 날에 아무런 의심 없이 돌려받았다. 그것 말고는 그다지 수상쩍은 행동이나 부탁을 받은 일이 없었다.

계속 들려준 친구의 얘기는 이랬다. 정 차장은 회사 내의 자금 흐름을 훤히 꿰뚫고 있어서, 내가 입사하기 전부터 자금의 수입과 지출의 상당한 시간 차이를 이용해 공금을 빼돌려서는 은밀히 주식에 손을 대고 있었다. 그렇게 한동안 재미를 보던 그는 점점 액수를 키우게 되고, 혹시나 자신의 비위가 탄로 날 것을 대비해 나 몰래 신분증과 인장을 도용하여 은밀히 은행에서 상당한 액수의 대출을 받았다. 그러던 차에 수출이 부진해지고 회사 자금줄도 압박을 받기 시작하자 정 차장도 다급히 주식에 투자한 자금을 회수하여 공금을 채워야할 상황이었다. 그러나

증권가도 예외가 아니어서 주가도 연일 폭락을 거듭했다. 설상가상으로 거래하던 은행이 합병이 되고 돈줄이 막히자 그도 어쩔 수 없이 궁지에 몰리게 되었다. 결국 그의 은밀한 재산 불리기는 탄로가 나고 그동안 톡톡히 재미를 보며 쌓아왔던 재산을 일시에 처분하여 변제를 했지만 그도 결국 쫓겨나듯이 회사를 떠났다는 후문이었다.

얼추 밥이 다 됐는지 밥솥 뚜껑이 들썩거리는 소리가 들렸다. 된장찌개를 얼큰하게 끓여놓고 문단속을 한 뒤 대문을 나섰다. 그녀가 퇴근할 때쯤이면 나는 저녁을 준비해 두고 마중 나가곤 했다. 어둠이 내리면서 날씨가 갑자기 꾸물거렸다. 진눈깨비가 사락사락 내리기 시작했다. 어둑해진 거리가 가게의 불빛으로 환해졌다. 읍내를 가로지르는 좁은 도로를 지나 신축 아파트 상가 건물이 그녀가 일하는 곳이다. 나는 그녀의 일터가 정면으로 보이는 가로등 아래에서 걸음을 멈췄다. 가느다란 눈발이 차츰 굵어지면서 머리 위에 쌓였다. 희부옇게 밝혀주는 가로등 아래서 '쇼팽 피아노 학원'이라고 쓰인 창문을 물끄러미 올려다보았다. 그녀는 나와 살면서 전에 일했던 학원을 그만두고 이곳에 새로운 일자리를 잡았다. 귀가하는 행인들이 어깨를 잔뜩 웅크리며 지나갔다. 막 학원 계단을 내려온 초등학생 두서너 명이 가로등 아래 서 있는 나를 흘끔거렸다. 자신들이 방금 나온 피아노 학원을 뚫어져라 쳐다보고 있는 내가 자못 궁금한지 아이들이 고개를 연신 기웃거리며 지나갔다.

이제 곧 그녀가 나오겠지, 하는 순간 텔레파시라도 통한 듯 창문 한쪽이 스르르 열리며 그녀의 얼굴이 나타났다. 그곳에서 기다리고 있는 걸 알았다는 듯이 그녀가 활짝 웃으며 손을 흔들어 보였다. 나도 손을 들어 빨리 나오라는 신호를 보냈다. 창문이 닫히고 기다리는 동안 가로등에 눈길을 줬다. 불빛이 원을 그리고 있는 동그라미 안으로 눈송이가 소복이 쌓여갔다. 그녀가 성큼성큼 계단을 내려와서는 내 손을 꼭 잡았다. 따뜻한 체온이 아늑히 전해져왔다. 내가 마중이라도 나온 날에는 더없이 생기가 도는 것 같았다.

"오빠, 눈도 오고 생일날인데 뭐 먹고 들어갈까?"

"저녁 해놓고 나왔는데."

"그건 내일 먹지 뭐. 외식한 지도 오래됐잖아."

외식이라 해봤자 분식집에서 겨우 떡볶이나 김밥 등을 사 먹는 정도지만 우리는 마냥 행복했다.

"그럴까, 그럼."

그녀와 나는 다정히 팔짱을 낀 채 눈길을 밟으며 걸음을 옮겼다. 상점가로 접어드는데 철로를 달리며 들어오는 경의선 진동 소리가 아련히 들려왔다. 까만 밤하늘로 흩어지는 열차 소리가 왠지 쓸쓸하게 와닿았다. 뭉쳤다가 흩어지는 그 소리는 눈발 속으로 아스라이 묻혔다. 우리는 허름한 식당으로 향했다. 읍내에 있는 작고 아담한 영화관에서 처음 영화를 본 날, 배가 출출하여 우연히 들어간 곳인데 아주머니의 인심이 후해서 상점가에 나올 때면 가끔 들르는 곳이었다. 남편을 일찍 잃은 아주머니는 시난고난한 삶을 거치며 자식들을 어엿하게 키워냈다. 우리가 눈을 털어내며 식당을 들어서자 아주머니가 반갑게 맞이해 주었다.

"아이구, 오랜만에 왔네."

"눈도 내리고 아주머니도 볼 겸해서요."

"호호. 나야 뭐 그렇지. 색시가 훨씬 더 예뻐진 것 같우."

"제가 못나서 고생만 시킵니다."

"전에 식당에 왔을 때도 집에서 쉰다더니."

"직장이 쉽게 안 잡히네요."

"빨리 직장을 잡아야 할 텐데. 나도 좀 알아볼 테니까 연락처 좀 줘봐."

"아, 아닙니다."

"자네들이 다 내 자식 같아서 그러니 적어줘."

"괜히 아주머니께 폐만 끼치네요."

"원, 별소리를…"

분식집을 나서자 거리가 온통 하얗게 덮여있었다. 접경

지 마을답게 눈 한번 푸짐하게 내렸다. 우리는 소복이 쌓인 눈길을 밟으며 상가 불빛을 따라 걸었다. 저만치 시외버스터미널이 보였다. 팻말에 적힌 행선지마다 어린 학생들이 삼삼오오 모여 신나는 표정으로 눈 장난을 치고 있었다. 군인들의 비품과 군복을 수선해주는 점포를 구경하며 겨울 풍경에 젖어들었다. 방금 터미널에 들어온 직행버스에서 한 무리의 승객들이 우르르 쏟아져 나왔다. 번화가를 벗어나 슬레이트 지붕이 드문드문 이어진 산동네로 접어들었다. 우리의 보금자리가 있는 야트막한 언덕을 향했다. 인적이 끊어진 골목은 어두컴컴했다. 낮은 담장 너머 창문에서 새어 나오는 한 가닥 불빛만이 골목을 희미하게 비추고 있었다. 고즈넉함 때문인지 알 수 없는 쓸쓸함이 일순 밀려들었다. 그녀와 나는 뽀드득 뽀드득 눈 밟는 소리를 들으며 묵묵히 걸음을 옮겼다. 대문이 저만치 보이자 그녀가 살며시 팔짱을 끼며 침묵을 깼다.

"오빠, 휴일에 전망대 구경 갈까?"

"전망대?"

나는 전망대, 라는 말에 잠시 멈칫거렸다. 그러고는 그녀의 얼굴을 조심히 살폈다. 조금 전의 밝은 표정은 사라지고 어두운 그늘이 드리워져 있었다. 단란한 가족을 떠나 낯선 동네에서 단 둘이 지낸다는 게 힘들어 보였다. 함께 지낸 지 육 개월째 접어들면서 그녀는 이따금씩 갑자기 변한 환경에 적응이 안 되는지 힘없이 앉아있을 때도 있었다. 한편으론 비좁은 골방을 벗어나 도도하게 흐르는 임진강을 바라보며 답답함을 풀어보려 했는지도 모른다. 게다가 그곳은 우리가 처음 만난 곳이기도 하니까.

벚꽃이 만발한 작년 봄. 함께 기숙하던 나와 동료인 친구는 칙칙한 방구석에서 TV나 보며 황금 같은 시간을 죽이는 게 아까워서 모처럼 교외 드라이브를 계획했다. 렌트카를 몰고 행주산성을 구경한 뒤에 시원스레 뚫린 자유로를 무작정 달렸다. 열린 차창으로 상쾌한 강바람이 세차게 들어왔다. 친구와 나는 들뜬 기분으로 한참을 달렸다. 산봉우리가 보이면서 차량들이 부쩍 늘어났다. 차창으로 이정표를 보니 '오두산 전망대'라고 쓰여 있었다. 무작정 나선 드라이브라서 친구와 나도 전망대에 올라 북녘 땅을 보기로 했다. 주차장 입구엔 노점상들이 텃밭이나 개펄에서 채취한 주전부리를 잔뜩 쌓아놓고 있었다. 널찍한 주차장을 가득 메운 차량들 틈새를 용케 찾아 주차시켰다. 정상까지 무료로 운행하는 셔틀버스를 이용하려다 길게 늘어선 관람객들을 보고는 탈 엄두가 나지 않았다.
친구와 나는 슬슬 걸어 올라가기로 작정하고 주전부리를 하며 걸었다. 처음 보는 임진강의 거대한 물결에 감탄하며 저 멀리 북녘의 산야가 희끄무레 시야에 들어왔다.

비탈길 한편으로는 셔틀버스가 쉴 새 없이 승객들을 실어 나르고 있었다. 또 한편으로는 우리처럼 여유 있게 산을 오르는 사람들로 전망대 가는 길은 활기에 넘쳤다.

대략 30여 분 소요되는 산길을 올라 정상에 세워진 통일전망대 앞에 이르렀다. 매표소에서 표를 구입하고 아담한 광장으로 발걸음을 옮기다 보니 북녘땅이 마주 보이는 광장 한켠에 망향비가 세워져 있었다. 제단에는 고향을 잃은 실향민이 가져온 듯 제수 음식이 차려져 있고 그 앞에서 한 가족이 경건하게 절을 올리고 있었다. 영상실 홍보자료에서는 민족통일의 염원을 담아 92년 9월에 설립했다는 통일전망대 건립 경위를 본 다음 관람객들의 발길을 다급히 끄는 망원대로 갔다. 관람객들은 망원렌즈에 얼굴을 바짝 들이대고 강 건너 북녘땅을 구경하는 데 여념이 없었다. 발 디딜 틈 없이 많은 인파여서 줄을 서야 될 지경이었다. 유유히 흐르는 강물 위로 하늘은 맑고 쾌청해서 육안으로도 북녘땅 능선자락이 보일 정도였다.

전망대 절벽 아래로는 대하를 이루며 임진강이 도도하게 흐르고 있었다. 널따란 모래톱에는 재두루미 떼가 한가로이 쉬거나 깃을 다듬고 있는 모습도 구경할 수 있어서 한껏 흥미를 더했다.

친구와 나는 기분이 한층 고조되었다. 차례가 오자 누가 먼저랄 것도 없이 먼저 망원경을 보려다 그만 동전을 절벽 아래로 떨어뜨리고 말았다. 어이없는 표정으로 서로를 탓하며 가벼운 실랑이를 벌이고 있는데, 등 뒤에서 순서를 기다리고 있던 여자 일행 중 한 녕이 씽긋 웃으며 내게 동전을 살짝 내밀었다.

"아따. 대낮에 사람 차별하네."

여자가 내게만 동전을 건네주자 친구는 샘나는 투로 입술을 비죽이며 짓궂게 쏘아댔다. 나는 얼른 여자를 대신해서 농담조로 맞받았다.

"인마. 너 같이 심보 고약한 놈은 어림도 없지."

친구도 이에 질세라 여자를 위아래로 한번 쓱 훑어보더니 한술 더 떴다.

"너 혹시. 몰래 애인 데리고 온 거 아냐?"

"그걸 이제야 알았냐. 인마. 하하."

"그만 싸우고 뒷사람 생각해서 빨리 보세요."

친구와 내가 실없는 농담을 주고받으며 시간을 끌자 여자가 미소를 띄운 채 면박을 줬다. 그러고는 친구에게도 웃으며 동전을 건넸다. 사실 그녀는 나를 기억하고 있다고 했다. 전망대 앞에서 우리 일행과 마주쳤을 때 그녀도 적잖이 놀랐다. 일전에 있었던 자전거 사건으로 인해 우리는 금방 안면을 트는 사이가 됐다. 암튼 전망대에서 벌어진 작은 해프닝으로 그녀와 나는 재회하게 되었고 그런 인연으로 '양현희'라는 이름과 고교 졸업 후 취미 생활로 익혀둔 피아노 실력으로 학원에서 아이들을 가르친다고 했다. 나는 용기를 내어 그녀의 전화번호까지 받게 되었고 몇 달이 흐른 후 우리는 함께 살기로 약속했다.

나는 웃으며 오케이를 외쳤지만 그녀의 얼굴은 여전히 어두운 빛을 띠웠다. 힘없이 방에 들어선 뒤에도 우두커니 앉아 천장만 쳐다보았다. 학원에서 그녀에게 무슨 안 좋은 일이 생겼나 싶었다.

"오늘 안 좋은 일 있었니?"

"…"

"말해봐. 현희가 그러고 있으니 불안해 죽겠다."

"낮에 엄마한테서 또 전화가 왔어."

"…"

"그렇게 네 멋대로 살려거든 부모자식 간에 인연을 아예 끊자구."

그녀 부모의 최후통첩에 마침내 올 것이 왔다는 생각이 들었다. 나는 아무 말도 못 하고 침묵만 삼켰다. 오직 나만을 믿고 낯선 동네까지 따라온 그녀의 의지도 조금씩 흔들리는 것 같았다. 직장도 없이 매일 백수로 빈둥거리는 데다 가난한 집의 자식인 내가 그녀 부모에게 곱게 보일 리가 만무했을 터였다. 더구나 그녀의 집에서는 진작부터 왕래가 있던 부잣집 자식을 점 찍어 뒀다고 하지 않앉던가. 나하고는 비교도 안 될 만큼 좋은 학벌에다 넉넉한 환경 등. 그래서 그녀 부모는 딸의 앞날을 위해 내게 헤어질 것을 끊임없이 강요하지 않았던가. 설상가상으로 직장 다니면서 모아 둔 알량한 돈도 이미 바닥이 난 지 오래였다. 그녀가 벌어오는 적은 월급으로 방세를 내며 겨우겨우 버텨나가는 상황이었다. 그녀는 울음이 복받쳐 오르는지 조용히 흐느끼며 내 품에 파고들었다.

"나, 조금 힘들어."

"…"

나는 묵묵히 그녀의 손을 꼭 쥐며 가만히 머릿결을 쓸어내렸다. 무슨 말로 위로해 주고 흔들리는 그녀를 붙잡아줘야 할지 답답하기만 했다. 떼어낸 퍼즐처럼 숱한 단어만 머릿속을 맴돌 뿐 딱히 떠오르는 말이 없었다. 그녀는 내 품에 얼굴을 묻은 채 가늘게 흐느꼈다. 나는 묵묵히 그녀의 등을 쓸어줄 뿐이었다. 힘없이 고개 들어 시계를 보니 자정이 가까워져 있었다. 휴전선 철책 너머에서 웅~ 웅 거리는 대형 스피커 소리가 들려왔다.

"현희야, 조금만 더 참을 수 있지. 머잖아 취업 서류를 보낸 회사들 중 한 곳쯤은 분명 좋은 소식이 올 거야. 내가 이렇게 버틸 수 있는 것도 다 현희가 곁에 있기 때문이야. 그러니까 조금만 더 참아 줘."

잦아드는 슬픔을 가다듬은 나는 힘겹게 입술을 뗐다.

동거하기로 약속한 뒤 가족을 등지고 외진 동네로 와서 고생하는 그녀가 안쓰러웠다. 그녀는 고개를 끄덕이며 글썽이는 눈망울로 그윽이 바라봤다. 나는 다시금 팔에 힘을 주어 그녀를 꼭 보듬어주었다.

며칠 전 그녀가 몹시 충격받았을 사건이 퍼뜩 떠올랐다. 그녀는 아직도 그 충격에서 쉽게 헤어나지 못하는 것 같았다. 연탄가스 중독 사건이다. 그 당시 원만한 대도시에서는 가스보일러를 사용하고 있을 때지만 여기는 워낙 발전이 더뎌서 대부분 기름보일러를 때고 있었다. 그런데 그마저도 혜택을 받지 못한 서민들은 여전히 연탄 아궁이와 씨름하고 있었다. 세 들어 사는 우리 집도 마찬가지였다. 접경지 마을로 도망치듯 와서 연탄 아궁이를 다시 접하게 되었다. 그녀도 연탄불을 다루는데 무척이나 서툴렀다. 미닫이문 너머로 바로 연탄 아궁이가 있어서 불안했다. 혹시라도 연탄가스가 골방으로 들어오지나 않을까 늘 조마조마했다. 연탄불을 갈 때나 잠자기 전엔 문틈을 막는 것도 꼼꼼히 했다. 그런데도 방 안에는 연탄가스 냄새가 항상 배어있었다.

그러던 어느 날 새벽이었다. 머리가 무겁고 몹시 추워서 힘겹게 눈을 떴다. 왠지 방 안이 매캐한 냄새와 냉기로 가득 차 있었다. 어둠 속에서 둘러보니 미닫이문이 반쯤 열려있었다. 불안한 마음에 형광등 스위치를 당겼다.

그 순간 불빛에 드러난 광경에 나는 그만 아연실색했다. 누군가 허술한 담장을 타고 넘어와서 우리가 잠자는 틈에 방 안을 여기저기를 뒤진 것 같았다. 서랍이 열려있고 옷가지가 헤집어져 있었다. 도둑이 황급히 나갔는지 방문을 열어놓은 채였다. 콧속으로 심한 연탄가스 냄새가 훅 끼쳐왔다. 나는 다급히 그녀를 살펴보았다. 그녀가 잠들어 있는 자리에 물기 같은 게 흥건했다. 아무래도 그녀가 이상해서 흔들어 깨웠다. 정신을 잃었는지 축 늘어진 채 눈을 뜨지 못했다. 연탄가스에 질식한 듯했다. 그녀의 잠옷이 축축하게 젖어있는 걸 보니 가스에 중독되어 소변을 흘려버린 것 같았다. 걸레로 소변을 얼른 훔쳐내고 주인집으로 가서 방문을 다급히 두드리며 소리쳤다.

"현희가 연탄가스를 마셨어요. 좀 나와 보세요!"

주인 내외는 갑작스런 소란에 잠도 덜 깬 눈으로 문을 열고 뜨악하게 나를 쳐다보았다.

"도둑이 들었나 봐요. 문도 다 열어놓고."

내외는 후닥닥 옷을 챙겨 입고는 우리 방으로 건너왔다. 나는 어두컴컴한 새벽 거리로 내달렸다. 셔터가 내려진 약국 문을 세차게 두들겼다. 안에 아무도 없는지 인기척이 없었다. 급한 마음에 다시 집으로 뛰었다. 주인집 여자가 정신을 잃은 그녀의 입속에 동치미 국물을 한 사발 들이붓고 있었다. 남자가 병원 구급차를 불렀다. 잠시 후 구급차가 도착하자 그녀를 실은 뒤 동승했다.

병원으로 가는 도중 그녀는 점점 더 창백해지며 사색이 되어갔다. 병원 응급실에 내리자마자 간호사를 붙잡고 빨리 응급 처치를 해달라고 호소를 했다. 그녀는 응급실 커튼 뒤로 옮겨졌다. 밖에서 기다리는 내내 입술이 바짝 타들어오고 가슴에 통증이 일었다. 아침이 밝아올 무렵 간호사는 그녀가 깨어났다고 했다. 그녀가 누워있는 침대로 갔다. 병실 천장만 하염없이 바라보고 있는 그녀의 눈에는 눈물이 그렁그렁 맺혀있었다. 차마 입이 떨어지지 않은 나는 그녀의 손만 꼭 움켜쥐었다.

그리고 며칠이 지난 어느 날이었다. 여느 때처럼 그녀가 근무하는 학원으로 마중을 나갔다. 그날따라 겨울비가 추적추적 내렸다. 나는 우산을 쓰고 그녀가 나오기만을 기다렸다. 아이들이 하나둘 계단을 내려오는 학원 입구를 멀뚱히 바라보고 있었다. 그들 중 저번에 나를 흘낏거리며 지나갔던 아이가 보였다. 그 아이가 내게로 가까이 걸어왔다.

"양현희 선생님, 조금 전에 엄마란 분하고 먼저 가셨는데요."

"뭐?"

"저번에 선생님이 그러더라구요. 학원 앞에서 기다리는

남자가 누구냐니까. 오빠 된다구요."

갑자기 머릿속이 텅 비어버린 듯 멍해졌다. 굳은 표정으로 아이 얼굴만 쳐다보다가 순간 이 아이가 지금 거짓말을 하는 게 아닌가 싶었다. 그렇지만 아이 얼굴을 보니 전혀 거짓말을 하는 표정이 아니었다. 고개를 들어 다시 한번 학원 창문을 쳐다봤다. 아이는 쪽지 한 장을 건네주고는 불안한 눈동자를 굴리며 발걸음을 옮겼다. 나는 쪽지를 받아든 순간 현희가 떠났구나, 하는 불길한 예감이 들었다. 나는 우산을 내팽개치고 있는 힘껏 종착역을 향해 뛰었다. 하지만 열차는 이미 떠난 뒤였다.

다시 혼자가 된다는 생각에 두려움이 앞섰다. 지독한 외로움을 어찌 감당하며 살아갈 것인가. 다리에 힘이 풀리고 자꾸만 내려앉는 듯했다. 거푸집 같은 몸을 간신히 가로등 기둥에 기댔다. 주위가 금세 깜깜해져 있었다. 나는 휘청거리는 다리를 질질 끌다시피 집으로 돌아왔다. 불을 켜고는 방 안에 털썩 주저앉았다. 그러고는 전망대에 갔을 때 함께 찍은 사진만 하염없이 바라봤다. 그녀의 집으로 전화를 걸어봤다. 신호음만 연신 들려왔다. 나는 수화기를 내려놓고 보리밭을 배경으로 피아노를 연주하는 빛바랜 포스터에다 멍하니 시선을 부렸다. 그녀가 경의선 열차를 타고 왔듯 다시 그 열차를 타고 집으로 돌아갔다. 그렇게 내 사랑이 열차를 타고 떠났다.

그녀가 떠나고 눈이 많이 내린 날이었다. 나는 경의선 열차를 타고 첫 출근을 했다. 식당 아주머니한테 연락이 온 지 며칠 후였다. 친척이 운영하는 회사인데 일해보지 않겠냐는 거였다. 얘기는 다 해두었으니 서류를 들고 한 번 들러보라고 했다. 그리고 첫날이라 일찍 퇴근하고 집에 돌아와 있는데, 주인집 남자는 무슨 좋은 일이 생겼는지 만면에 희색을 띠며 나를 불러냈다. 농장으로 꿩고기 먹으러 가자고 했다. 사내가 쳐놓은 올무에 꿩이 걸렸으니 술 마시러 오라는 거였다.

발목까지 쌓인 눈밭을 헤치고 농장에 다다르자 아궁이에 걸린 솥에서 김이 무럭무럭 솟아나고 있었다. 벌써 깃털을 다 뽑고는 삶는 중이었다. 구수하게 익어 가는 꿩고기 냄새에 입안에서 군침이 저절로 돌았다. 방바닥에 푸짐한 안주가 놓이고 가게에서 사 온 소주도 넉넉하게 꺼냈다. 술잔이 연거푸 몇 순배 돌고 푹 고아진 꿩고기를 소금에 찍어 먹으며 잠시나마 시름을 잊었다. 이따금 세찬 눈발이 하우스 벽을 한 차례씩 흔들며 지나갔다. 빈 술병이 늘어나고 불콰하게 취기가 오르자 사내가 한 곡조 뽑겠다며 빈 병에 숟가락을 꽂고 노래를 부르기 시작했다. 콩밭 매는 아낙네야~ 베적삼이 흠뻑 젖는다~. 나와 사내들은 저마다 응어리진 회한을 풀 듯 비닐하우스가 떠나가도록 합창을 했다. 저 멀리서 희미하게 기적소리가 들려

왔다. 완행열차가 설원을 가로지르며 철커덕 철커덕 달려
오고 있었다.

부적 쓰는 여자

박도열 소설집

발 행 처 · 도서출판 청어
발 행 인 · 이영철
영   업 · 이동호
기   획 · 남기환
편   집 · 방세화
디 자 인 · 이수빈 | 김영은
제작이사 · 공병한
인   쇄 · 두리터

등   록 · 1999년 5월 3일
(제321-3210000251001999000063호)

1판 1쇄 발행 · 2022년 8월 30일

주   소 · 서울특별시 서초구 남부순환로 364길 8-15 동일빌딩 2층
대표전화 · 02-586-0477
팩시밀리 · 0303-0942-0478

홈페이지 · www.chungeobook.com
E-mail · ppi20@hanmail.net
I S B N · 979-11-6855-063-6(03810)

이 책은 경기문화재단 예술지원금으로 발간되었습니다.